十二國記
白銀之墟 玄之月
四
小野不由美
Ono Fuyumi
繪者◆山田章博
Yamada Akihiro
譯者◆王蘊潔

十二國記
白銀之墟 玄之月 卷四

目錄

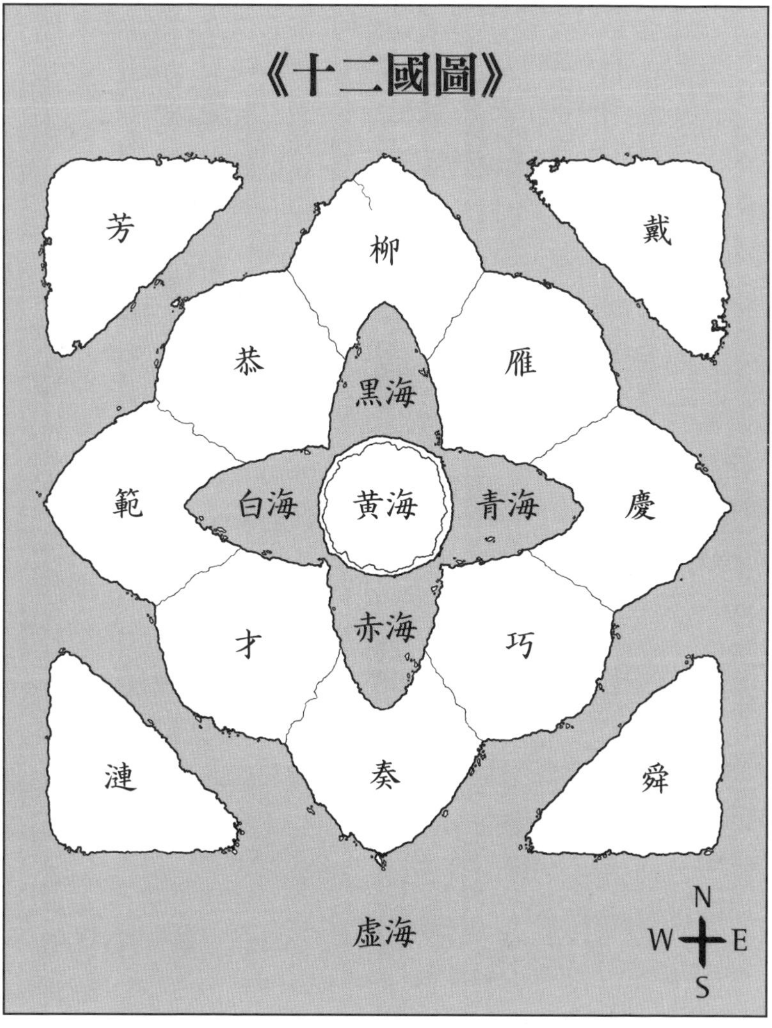
《十二國圖》
芳
柳
戴
恭
雁
黑海
範
白海
黃海
青海
慶
赤海
才
巧
漣
奏
舜
虛海
N
W
E
S

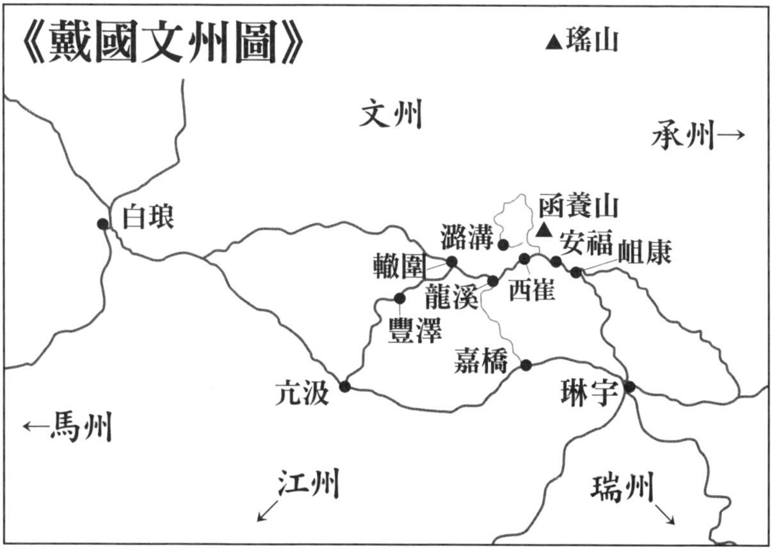
《戴國文州圖》
瑤山
文州
承州→
白琅
函養山
潞溝
安福
岨康
轍圍
龍溪
西崔
豐澤
嘉橋
亢汲
琳宇
←馬州
江州
瑞州

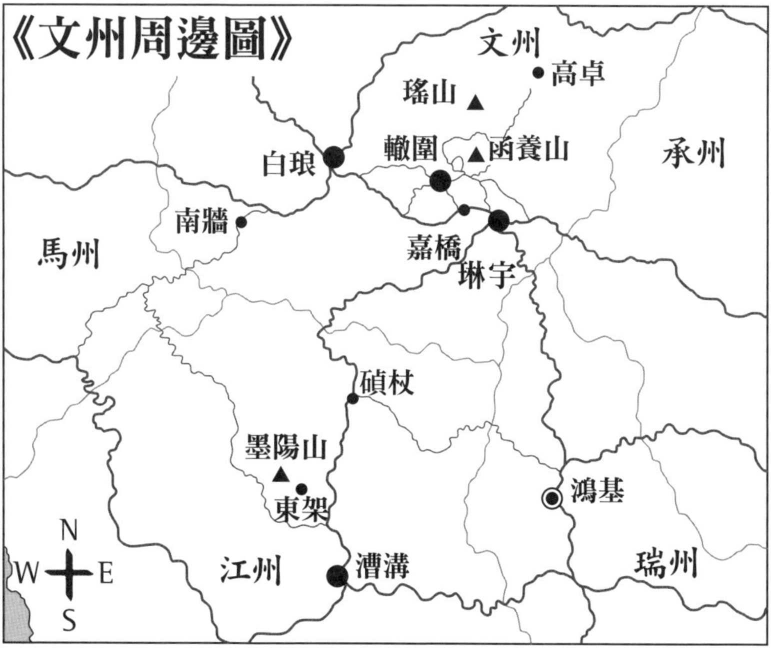
《文州周邊圖》
文州
高卓
瑤山
轍圍
函養山
承州
白琅
南牆
馬州
嘉橋
琳宇
碵杖
墨陽山
鴻基
東架
N
W
E
S
江州
漕溝
瑞州

第十九章（承前）

十二國記

1

捕騶虞必須使用陷阱。之前在黃海使用了鐵鍊做的陷阱，但在函養山的地底深處，當然不可能指望有這種東西。雖然繩子令人有點不安，但黃朱有時候也會用繩子。只不過他們使用的是黑繩，那是用生長在黃海的堅硬樹木樹皮編成的繩子，這裡當然也沒有這種樹皮，只能用散落在地的木材代替。他剝下原木的樹皮，敲裂之後編繩。雖然要用玉做為誘餌，幸好這裡是玉礦，有無數玉礦石，而且之前在挖掘崩塌的砂土時，找到了很大的琅玕。

即使在昏暗中，他也知道那不是尋常的貨色。剔透無瑕的碧綠琅玕出奇的大，裂成了五塊。雖然好像還有另一塊相似的玉石，但卡在岩石之間拿不出來。即使只有一塊，敲碎後的量也很多。騶虞最喜歡的是瑪瑙，但這麼優質的琅玕，騶虞不可能不動心。

除了有用樹皮編的繩子以外，還有從支柱的殘骸中拔出來的ㄇ字釘和釘子。他小心翼翼地把ㄇ字釘敲直，做成了鉤子。用支柱的木頭燒出來的炭品質很差，但做鉤子完全沒問題。

——所有這些事，都是驍宗之前在黃海向朱氏學來的。

之前驕王下達了難以接受的命令，驍宗原本打算在無奈之下受命，但看到了那個眼神。

阿選看著驍宗。

他無法在阿選面前做沒出息的事，比起驕王的懲罰，阿選的蔑視更讓他難以忍受。驍宗抗命，並引咎辭去。他放棄仙籍，離開了鴻基。

他無事可做，因為自尊心不允許他繼續留在戴國，於是他離開國家。令人驚訝的是，巖趙竟然跟著他，說無法讓他單槍匹馬上路，所以也辭職下野了。

起初他打算利用這個機會周遊列國，尤其他對雁國和奏國充滿興趣，但在前往奏國途中，遇到了一群昇山者。那些人是才國的昇山者，和驍宗、巖趙完全沒有關係，但驍宗很好奇黃海到底是一個什麼樣的地方。昇山者中有人不懂劍術，無法保護自己，於是他覺得跟著昇山者去黃海看看也不錯。他在尋找需要護衛的昇山者時，遇見了專門以保護昇山者為業的剛氏，然後又遇見了朱氏。朱氏專門在黃海獵捕妖獸，於是驍宗覺得去黃海獵捕騎獸比跟著昇山者去黃海有趣好幾倍，而且剛好聽說第一批昇山者中出現了王，所以昇山者的人數也開始急速減少。既然這樣，跟著朱氏比跟著剛氏更理想。他想獵捕自己的騎獸，並為自己馴服妖獸，於是就向朱氏提出想要拜師學藝。

朱氏當然沒有立刻答應，叫他跟著剛氏一起去黃海看看。於是他跟著一名不是當昇山者的隨從，而是為了開路進入黃海的剛氏，結果和剛氏意氣相投，剛氏也認同了他的本領，朱氏才同意收他為徒。記得他和巖趙兩個人最初獵到的是很像狗的普通妖獸，之後兩個人嶄露頭角，獵捕的本領很快就比朱氏有過之而無不及。三年後，朱氏最後一次允許他們參加獵捕時獵到了騶虞。

驍宗很想要有自己的騶虞，所以在回到朝廷之後，只要有空就前往黃海，最後獵到了計都。

計都是一頭白色的騶虞。騶虞有像計都一樣的白毛黑紋，或是黑毛白紋兩種，後者的數量比前者更是壓倒性的少。驍宗在函養山發現的騶虞正是黑毛白紋。

黑色的騶虞讓驍宗想起了泰麒，想起當年正打算下山時，追上來的黑麒麟。

……在這裡遇到黑騶虞，應該也是某種緣分。

他覺得似乎有某種力量在命令他，捕獲、馴服這頭騶虞。

幸好在地底深處遇見的騶虞好像在冬眠的野獸般昏昏沉沉，從早到晚都在睡覺，似乎也不打算攻擊驍宗。當驍宗靠近時，牠會醒來威嚇，但驍宗離開時，牠並沒有追上來，也沒有轉移陣地的跡象。

但是，如果貿然出手，絕對會遭到攻擊，在牠徹底清醒之前，必須一次就把牠捕獲。

黑繩、鉤子和玉石都已經準備就緒，但還需要響板，掛在繩子各處，然後根據響板的聲音察覺騶虞的動向。之前在黃海時使用了磬石。如果太吵會驚動騶虞，但如果發出的聲音太小聲，就無法發揮應有的功效，所以需要外形小巧，但可以發出清脆聲音的東西。驍宗起初打算用玉石加工，但小玉石在加工時很容易碎裂。因為他沒有像樣的工具，這也是無可奈何的事。只要有時間，也可以用敲直的釘子和小石頭打洞之後製作，問題是他並沒有這麼充裕的時間，但大石頭無法發出理想的音色，反應也不夠靈敏。他正在為這個問題煩惱時，突然想到之前在淺灘撿到的籃子內，有小女孩玩耍時使用的沙包。他記得拿在手上時會發出叮鈴鈴的輕微聲音。上面好像縫了鈴鐺。

他走去珍藏漂流供物的地方，找出了沙包。仔細打量已經有點磨破的沙包，發現裝了野草果實的布袋兩端各縫了一個鈴鐺。驍宗記得以前看過的沙包上都只有一個鈴鐺。

「……太感謝了。」

如果只有一個鈴鐺，聲音可能會太小。不知道是有什麼特殊的原因，還是縫沙包的人心血來潮。無論如何，對驍宗來說，這是僥倖。他至少需要五個鈴鐺。

——又是上天保佑。

他覺得有一雙神奇的手在幫助自己。

獵捕騶虞的關鍵，在於必須激怒騶虞，但又不能讓牠暴跳如雷。在刺激騶虞後，讓騶虞來追自己，將牠誘入陷阱。雖然自己會躲起來，但如果不適度激怒騶虞，牠根本不會來追；然而刺激過度，騶虞就會暴跳如雷。陷阱對暴跳如雷的騶虞根本無法發揮作用。騶虞知道人躲在哪裡，當牠發怒，想要威嚇人類時，才會慢慢逼近，一旦暴怒，就懶得威嚇，一口氣直接撲上來，根本來不及拉陷阱。

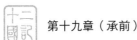

在黃海獵捕騶虞時，通常會尋找牠的巢穴或是經過的路。騶虞也有地盤意識，一旦走進牠的地盤，就會刺激牠。在騶虞的地盤內設陷阱，就是激怒牠的行為。當騶虞在自己的地盤內嗅到入侵者的痕跡，當然會產生警戒。如果入侵者持續在地盤中逗留，就會激怒牠。當入侵者賴著不走，牠就會靠近，試圖趕走入侵者，所以必須在騶虞採取行動的階段之前就完成陷阱，也就是必須在騶虞發現有人入侵，到決定趕走入侵者期間就完成陷阱，只有一次機會，不允許失敗和延遲。

如果無法完成陷阱，騶虞就會無情地展開攻擊。雖然準備了玉石安撫騶虞的情緒，但無法保證能夠鎮撫牠。一旦騶虞展開攻擊，就必須殺了牠，或是讓牠無法動彈後逃走。然而，這是非常困難的事，而且即使費了九牛二虎之力逃走，一旦受了傷，就無法再靠近騶虞的地盤。騶虞很聰明，可能靠氣味或是動靜記住敵人，一旦敵人進入牠五感能夠感受到的範圍，就會立刻展開攻擊。

如果能夠找到騶虞的巢穴，獵捕時可以稍微輕鬆些，但只有偶爾才能成功找到牠的巢穴，所以通常只能將陷阱設在騶虞出入的通道上。總之，必須掌握騶虞出沒的地方設置陷阱，無法用守株待兔的方式獵捕，即使守在那裡也沒有意思。

獵捕騶虞時，必須在確認有騶虞出沒後，摸索牠出入的位置，然後設下陷阱。當騶虞遠離時，雖然可以有更多時間設置陷阱，但騶虞可能會產生警戒而離去。如果和騶虞之間的距離拉近到足以激怒牠的位置，可能會來不及設下陷阱。假設能夠找到騶虞的巢穴，只要將陷阱設在入口外，就絕對可以將騶虞引誘進入陷阱，但如果只是設在牠出入的通道上，無法保證百發百中。因為不知道騶虞會從哪個方向靠近，一旦錯估牠的動向，就會導致悲慘的結果，幸好驍宗發現的騶虞和在巢穴內差不多。

只有一次機會，必須迅速精準地設置陷阱。

驍宗在準備繩子和鉤子時，一次又一次確認步驟，同時回想起最後一次在黃海設置陷阱的情況。那一次他帶著泰麒同行。

雖然為了雙眼露出好奇眼神的年幼泰麒設了陷阱，但其實驍宗當時並沒有發現騶虞的痕跡，所以無法把陷阱設在騶虞出入的通道上，只不過之前曾經在那一帶附近獵捕到計都，所以知道那個區域是騶虞的棲息地。雖然守株待兔無法獵捕到騶虞，但騶虞未必不會落入陷阱，事實上，偶爾會發生這種情況。為了避免這種千載難逢的情況發生時，也可以讓泰麒逃命，驍宗事先撒了可以安撫騶虞的玉石——雖然泰麒以為是用玉石吸引騶虞上鉤，但其實並非如此——而且他們當時埋伏的地方離陷阱的距離比正常情況下遠好幾倍。

當泰麒說想要跟著驍宗一起去時，驍宗很想帶他同行。因為希望他可以瞭解獵捕騎獸是怎麼一回事，而且也希望他瞭解有人以此為業，至少希望泰麒可以瞭解有名為朱氏的一群人，知道他們原本也是遊民，而且是國家的沉淪讓他們成為遊民。

驍宗回想起這些事，忍不住輕聲笑了起來。

——雖然最後發生了意想不到的情況。

不知道泰麒目前的狀況如何。既然自己還活著，至少代表泰麒並沒有遭到殺害，但既然沒有來救自己，是不是代表他可能失去了人身自由？不知道他受到怎樣的對待，希望不會是太悲慘的狀態。

每次想起泰麒，他年幼的身影都浮現在腦海，但當時至今已經經歷了漫長的歲月，泰麒應該已經長大，照理說已是成年人——成獸了。不知道他成為怎樣的大人。

蓬山上的仙女曾經說，戴國人秉性剛毅。雖然「秉性剛毅」的說法太簡約，但驍宗認為並沒有說錯。如果缺乏堅強的毅力克服戴國漫長的冬天，不厭棄、不放棄地忍受嚴寒，就無法在這個國家生存。戴國有很多出家人，有很多土匪、俠客，應該也和這種天生的秉性有關。戴國人都有不屈不撓的精神和果敢的行動力。然而，有人認為年幼的麒麟完全相反。雖然驍宗對泰麒有不同的評價，但也覺得旁人認為「完全相反」情有可原。不知道這樣的孩子會成為怎樣的大人——即使努力想像，也無法浮現出明確的樣子。

——顯然和安然無恙相去甚遠。

「對不起，我無法救你……」

2

在溫暖的太陽漸漸下山的傍晚時分，駹淑聽到午月小聲叫自己。雖然早晚很冷，但白天有陽光時，稍微緩和了嚴寒，只不過站崗時，腳趾仍然凍得發痛。今天雲層不厚，可以看到燦爛的夕陽，天空也從雲層的縫隙中露了臉。

「沒有烏雲滿天，真是讓人鬆一口氣。」

驍淑抬頭看著天空說這句話時，聽到身旁傳來「噓！」的緊張聲音。轉頭一看，發現午月正注視著從門館突出來的那棟房子。

驍淑也偏著頭看向那棟房子，並沒有發現什麼不對勁的狀況。那是驍淑和其他人駐守的房子，目前裡面應該沒有人。午月小聲叫著驍淑，驍淑默默看著午月，發現他刻意壓低聲音。午月用下巴指向那棟房子，然後悄悄又指了指那棟房子的漏窗——窗內有什麼嗎？驍淑瞇起眼睛。屋內的光線很暗，窗戶玻璃反射著夕陽，看起來很刺眼。他偏著頭，改變了角度，反射的光線稍微減弱，但發現窗戶玻璃上反射了前院，還是看不清屋內的情況。

站在自己身旁的午月可以看到屋內嗎？正當他感到訝異時，看到有一個影子掠過玻璃表面。一個人影走過玻璃反射的前庭後方那棟房子屋簷下。

「伏勝大人今天也很辛苦啊。」

午月用輕鬆的語氣說，但這裡根本看不到窗戶內的情況，而且伏勝也不在屋內。驍淑剛才看到伏勝抱著一大堆文件，無精打采走過眼前，去了前院。

驍淑看向午月，午月向他輕輕點了點頭。窗戶上反射出有好幾名官吏悄悄地移向簷前的身影。

「我們去幫他一下。」

午月說完，轉身走進門館。「好啊。」駹淑回答之後，也跟著他走進門廳。已經適應了戶外陽光的雙眼覺得門廳內的光線很暗，駹淑眨了眨眼睛，努力讓眼睛適應眼前的昏暗，看到午月滿臉緊張的表情。午月抓住駹淑的手臂，把他拉到暗處。他察覺了午月的用意，衝進自己駐守的房廳內。午月跟在他身後。

他們從折疊門的縫隙看向無人的門廳，過了一會兒，有人從門廳另一側、平時闇人駐守的房廳探頭張望。駹淑看過那個人，他是不久之前，朝廷派來的下官。仔細一看，發現總共有六個人，正從門廳探頭向前院張望，然後很快又躲了回去。他們應該去了前院的廂館。

午月衝出去，駹淑也跟在後方。他們穿越門廳，走進對面的房廳，隔著漏窗，看到有人影在廂館內的其中一個房間晃動。那是以前朝廷派來的內宰府官吏使用的房間。州宰趕走國官之後，目前無人使用這個房間。國官離開時，也把房間內所有的東西都搬走了，所以不可能有人來收拾東西，更何況如果是來搬東西，不可能這樣偷偷摸摸。

駹淑和午月持續觀察著廂館，但走進去的人並沒有出來。

「……沒有動靜。」

「對啊，」午月問：「不知道那裡的窗戶是怎樣的狀況。」

「只有高處有採光窗，但窗戶很小，人無法從那裡鑽過去。」

「既然這樣，他們應該還躲在裡面——你去找人來，小心別被人發現。」

駹淑點了點頭，悄悄走出門廳找來其他士兵。中途遇見了伏勝，向他說明了情況。伏勝一臉凝重的表情點了點頭，發出了簡短的指示。駹淑報告完畢之後，回到午月身邊。午月瞥了他一眼說：「仍然沒有動靜，他們可能會等到晚上才行動。」

暮色漸漸籠罩了房廳，但那幾個可疑人物躲藏的房間沒有亮起燈光。

「他們一定覺得最好不要被人發現，萬一被發現了，也可以推說是來收拾東西。」

午月小聲地說。這可能就是他對那幾個賊的看法。

「但他們賊頭賊腦的樣子太可疑了。」

駹淑小聲地說。

「他們可以推說因為國官奉命撤出黃袍館，只要這麼說，也算是說得通。」

有道理。駹淑點了點頭。

「他們的人數並不多，到底有什麼目的？」

八成和泰麒有關，但這幾個人無法做什麼大事。更何況泰麒身邊有嚴趙和耶利，只要有那兩個人，那些國官根本不是對手。還是說——這些人其實是武官，但假扮成文官？

「應該不可能是武官。」午月似乎猜到了他的想法，「我以前看過這些人。」

駹淑點了點頭。午月沒有再說話，然後迎接了漫長的黑夜。駹淑等十五名士兵躲在暗處監視那個可疑的房間。痛苦的寒夜越來越深，然後越來越接近拂曉時分，寒意刺骨，難以想像前一天曾經陽光燦爛。

宮城的天空還很暗，但漸漸有了有人起床的動靜。天快亮了。

「……大僕知道嗎？」駹淑用沙啞的聲音問道。

午月點了點頭說：「伏勝大人應該已經通知了。」

既然這樣，就不必擔心了。駹淑想到這裡，突然發現了一件事。

「……路亭。」

黎明時分。黃袍館正館的屋頂出現在微微泛白的天空下，屋頂瓦片的後方是庭園的岩石山，岩石山上有一個路亭，路亭的屋頂前端隱約出現在正館屋頂後方。那是駹淑被分配到這裡以來已經看膩的景象。

聽說泰麒每天早上都會去路亭。有時候有人陪同，但有時候獨自前往。因為正館和後庭是泰麒的領域。

「……你說什麼？」午月問。

「台輔每天早上都會去路亭，有時候甚至只有一個人。」

如果已經通知大僕有賊溜進來，應該不會讓台輔去路亭，即使台輔要去，也不會讓他單獨前往。

就在這時，終於有了動靜。遠處的廂館門悄悄打開一條縫，然後就安靜下來，不知道是否有人從裡面張望。不一會兒，門又稍微推開一點，有人影從裡面溜出來。一個人、兩個人——總共有六個人。當最後一個人不忘把門關上時，第一個人躡手躡腳地走向廂館深處，準備走向過廳。過廳右側是奄奚出入的小路，那些人影都走向那個方向。駹淑確認之後，穿越過廳。過廳內沒有燈光，但是當駹淑等人走進去時，察覺到有人的動靜。應該有人警覺地起床準備察看，八成正在觀察。

駹淑等人繼續走向深處，在正館前左轉，從奄奚出入的西通道繼續走向後方的庭園。這條通道夜晚也有人站崗。正館東側的通道也一樣。

駹淑躲在庭園的樹叢中，輕輕吐了一口氣。

「他們應該不會走東側的通道。」

他小聲嘀咕，午月點了點頭。他們用圍巾遮住嘴，否則會看到吐出的白氣。

「……照理說應該是這樣。」

午月回答時，聽到不知道哪裡傳來輕輕開門的聲音。因為有人站崗，所以不可能是小門——正當駹淑這麼想的時候，看到昏暗的庭園深處，在岩石山相反方向那片奇岩和樹叢密集處有一個人影。

——原來是隔壁。

他想起黃袍館其實是隔壁園林的附屬建築，雖然有通道通往園林內的設施，但在駹淑他們來這裡之前就建了牆壁封住了，只是不知道奄奚出入的小路有沒有封閉，所以也許可以從園林那裡走去後庭。雖然園林那裡也有人站崗，但沒有聽說有人守在園林和黃袍館之間界線的位置。

「原來那裡晚上沒有人站崗。」

午月似乎也發現了同一件事，輕輕咂著嘴。黃袍館的戒備工作由國府負責，不久之後，瑞州府開始運作，黃袍館成為州天官夏官的管轄範圍，但黃袍館以外的地方就不屬於管轄範圍，應該仍然維持國府安排的警衛狀態，八成有好幾處漏洞。駹淑想起之前——阿選曾經突然不知道從哪裡冒出來。原本以為阿選憑著自己的權力通過崗哨，現在看來可能並非如此。

正當他在想這些事時，人影已經穿越庭園，走上水池後方的岩石山。人影身上攜帶的武器在昏暗中閃了一下，而且顯然不想被人看到——然後躲進了路亭周圍的岩石和樹木後方。

「原來他們要埋伏。」

這時，有一個陌生的聲音小聲說道，駹淑差一點叫出聲音。他渾身僵硬，戰戰兢兢地回頭一看，發現身後的士兵中竟然出現了一名女性。

「……啊，耶利大人。」

耶利點了點頭。她穿了一件有防風帽的披風，而且把防風帽戴了起來，但那件披風很豪華。身上的衣服也和平時不一樣，是一件高級的朝袍。

駹淑納悶地看著她。耶利回答說：「這是向台輔借來的衣服。我現在去路亭，之後就交給你們了。」

耶利說完，把防風帽拉得很低，走向正館的方向。岩石山上沒有動靜，黃袍館——後庭也都沒有動靜。當黎明昏暗的天光籠罩周圍時，正館的門打開了，一個身穿披風的人走了出來。原來如此。耶利和泰麒的身材很像。路亭那裡的人不知道是否看到了人影，也傳來了動靜。

——真辛苦，應該很冷吧。

岩石山的山頂上風特別大，他們可能已經冷得牙齒打顫。

駹淑邊這麼想，邊把手伸進遮住嘴巴的圍巾裡，用吐出來的氣暖和著手。現在終於能為泰麒做事了。

人影把披風拉起，走上岩石山，沿著石階彎了好幾次，在即將到達路亭時，躲在草叢中的人可能沉不住氣，一下子竄了出來。午月立刻站起來，駹淑也跟著衝出去，衝上了岩石山，看到竄出的人影被擊中要害，滾下石階。其他士兵立刻逮住了躲在岩石之間的官吏，路亭上傳來了怒罵聲和慘叫聲。耶利雙手拿著短棍，轉眼之間就把暴徒打倒在地。

駹淑衝上路亭時，暴徒已經被打趴在鋪著石板的地上。因為必須審訊，所以留下了活口。駹淑和其他人衝上去制伏了那些倒在地上發出呻吟，仍然想負隅頑抗的官吏。

「耶利大人出手，根本不費吹灰之力。」

駹淑扭著官吏的手腕說道，耶利脫下了防風帽，臉上露出不悅的表情。

「……派這種程度的貨色來這裡，真的以為能夠搞定嗎？」

「有幕後黑手嗎？」

「應該有，就是士遜。」

駹淑驚訝地看著耶利。

「這種蠢事，只有士遜做得出來。」

3

驍宗帶著火把和陷阱走向龜裂的地方。騶虞還在昏睡，所以有足夠的時間可以設置陷阱。光線昏暗，地上很不好走，幸好有充足的時間——但不知道騶虞會昏睡多久。

他不時注意騶虞的動靜，把楔子打進岩石，在岩石之間爬來爬去拉繩子。來到成為支線的繩子打結的位置時，拿起支線的繩子，把繩子拉在只要騶虞一動，牠的身體就會碰到的位置。第一個鈴鐺發出了輕微的聲響。他又回到打結的地方，把楔子打進岩石後掛上繩子，不斷重複這樣的過程。

他盡可能輕手輕腳，不發出任何聲音。騶虞還沒有醒來的跡象——在設置完像蜘蛛網般的陷阱後，牠仍然沒有醒。既然這樣，就必須把牠叫醒。

驍宗拿起前端稍微削尖的木棒。一旦把木棒丟出去就無法回頭了。他的腰上掛著玉石，也帶了劍，但只有當他輸的時候，才會使用這兩樣東西。最終到底會抹殺能夠成為自己翅膀的僥倖？還是驍宗被殺？或是牠飛去深淵的某個地方？

他吸了一口氣，在吐氣的同時，把木棒——標槍投向躺在那裡的騶虞左眼。前端並不夠尖的標槍沒有刺到騶虞，而是打到岩石後滾在地上。黑暗中亮起兩個銀點，驍宗知道騶虞睜開了眼睛。在確認把牠叫醒之後，又立刻丟出第二支標槍。這次丟在妖獸的頭頂上方，撞到岩石後彈了一下，落在妖獸的頭上又彈了出去。驍宗沒有看滾落在地的標槍，而是立刻拿起最後一支標槍。這次丟在騶虞的眼前。

第三支標槍斜斜插在妖獸的前方，牠黑色的身體動了一下，粗壯的前腳把標槍踩在腳下，發出低吼聲。沿著地面岩石傳來的聲音，可以發現騶虞動了怒。驍宗避開牠瞪過來的視線，躲到岩石後方。手上拿著繩子，屏息斂氣，全神貫注地豎起耳朵。

岩石後方傳來憤怒的咆哮。叮鈴鈴。鈴鐺輕輕響了起來。妖獸跨越了第一根繩子。叮鈴鈴。第二根。叮鈴鈴。第三根。接著同時響起了叮鈴鈴、叮鈴鈴兩次聲音。代表牠已經走進陷阱入口，接著只要拉繩子，之後就看驍宗的氣勢是否能夠制伏這頭妖獸了。只要有一絲猶豫和怯懦，妖獸就會擺脫陷阱。這個陷阱只夠維持到獵人碰到獵物身體的時間，如果是黃朱狩獵，就會有很多人同時參加，即使妖獸把騎手甩下來，也不斷有其他人可接手跳上去馴服駕馭，也會用鐵鍊綁住牠，但目前只有驍宗單打獨鬥。

咆哮聲越來越近，雖然沒有腳步聲，但可以聽到巨大的妖獸發出的呼吸聲，而且還感受到溫暖的氣息飄了過來。就在此時，驍宗用力踢向腳下的岩石拉緊繩子。妖獸大吃一驚，發出了吼叫聲。

他立刻從岩石區衝了出去。在他衝出去後，看到銳利的爪子在背後一閃。驍宗向後一跳，妖獸轉身的同時，繩子繞住牠龐大的身軀。當驍宗回頭時，看到騶虞生氣地搖晃著身體。牠甩動前腿，後腿用力踢，同時想要追驍宗，結果導致身上的繩子纏得更緊。妖獸生氣地吼叫著衝了過來，驍宗閃過牠揮動的爪子，跳上牠的背，然後把纏繞在牠身上的繩子當作韁繩，騎在牠的背上，抓住牠的脖子。妖獸搖晃著巨大的身軀，怒不可遏地大聲咆哮。

「別動──別動，安靜。」

驍宗騎在拚命掙扎的妖獸身上，一隻手抓著牠的脖子，另一隻拍著牠身上的毛。妖獸咆哮著跳了起來，扯斷纏在身上的束縛，亂蹦亂跳著想要甩掉背上的敵人。驍宗拚命抓住牠，不被牠甩下來，同時拚命安撫牠。抓住韁繩的手不能有絲毫的鬆懈，要讓對方瞭解自己想要制伏牠的堅定意志。他的五根手指好像掐住妖獸身體般用力抓緊，同時用另一隻手微微打開腰上的袋子。妖獸想要掙脫束縛拚命掙扎，袋子裡的玉隨著牠激烈的蹦跳散落在地。

最危險的瞬間來了。妖獸想要躺倒在地上擺脫騎在背上的敵人，一旦被壓在牠龐大的身軀和岩石之間，性命恐怕難保。驍宗察覺牠的想法，抓住牠的手更加用力拉向相反的方向，把牠的身體拉了回來。他靠夾住妖獸身體的雙腿和抓住脖子的手，總算壓制了暴跳的妖獸──制伏了牠。

玉石可能也發揮了效果，妖獸的情緒漸漸平靜，妖獸想要甩開騎手的動作和驍宗駕馭牠的動作漸漸和諧。

「別擔心，安靜。」

我不是敵人，不會危害你。放心——臣服於我。

妖獸想要踢後腿時，就把牠的頭拉高；牠想往右，就把牠往左拉。妖獸慢慢平靜下來。

「我不是敵人，只是想要你助我一臂之力。」

騶虞遲疑地低吼著，脖子周圍豎起的毛也柔順起來。

「你應該知道我沒有壞心吧。」

呼嚕嚕。騶虞在喉嚨深處輕輕吼了一聲，然後安靜下來。驍宗可以感受到胯下的身體慢慢放鬆下來。「很好。」他對騶虞說了一聲，撫摸著牠的脖子，牠用巨大的腦袋摩擦他的手掌。妖獸接受了驍宗。

「……謝謝。」

驍宗緩緩從騶虞背上跳了下來——牠應該不會再攻擊自己，但很可能轉身離開。

驍宗把手放在牠的背上，緊張地看著牠。妖獸輕輕搖晃著身體。

——果然要走嗎？

正當驍宗不由得感到難過時，發現騶虞躺了下來。牠全身放鬆地躺在那裡，抬頭看著驍宗。驍宗覺得騶虞複雜的眼神在催促自己，於是他伸出了手。騶虞輕輕嗅聞他伸出的手，然後把脖子靠了過來。
驍宗撫摸著牠的脖子，然後抱住牠。
「你願意幫我嗎？」
他內心充滿感謝。
「——我為你取名為羅睺。」
騶虞的喉嚨發出舒服的聲音。驍宗靜靜地聽著牠發出的聲音，然後抬頭看著頭頂上方。
這裡只能看到岩石形成的洞頂，但他透過洞頂，看到了遙遠的一點白光。
——我終於有了翅膀。

4

戴國北方終於迎接了冬季的尾聲。文州常常有淡淡陽光照射的日子，下雪的日子也變少了。即使下雪，也很快就融化了。結了冰的積雪開始慢慢減少，陽光充足的平地已經露出了黑色的地面。
漸漸有人悄悄地、靜靜地前往文州東北部。以高卓為中心，周圍的里廬有一個人、兩個人沿著街道離開。有些成群結隊前往街道，也有三五成群從小路出發；有人騎馬，也有人背著行李徒步趕路。這些人幾乎都把斗笠壓得很低，用圍巾遮住臉，低頭快步趕路，不讓旁人留下印象。他們在雪地中低調前進，從瑤山北側的街道前往白琅，在即將抵達白琅前走進河邊的捷徑，轉向以前轍圍所在的地方。然後有掛著白旗的推車加入這些人的隊伍中，身穿白衣的道士走在堆放了大量貨品的推車周圍。聽說龍溪將重建石林觀道觀，因為遭到討伐後荒廢多年，但獲得位在白琅的牙門觀的支援，將要擴大規模重建。不僅如此，位在更東方市街的道觀也將重建。一些看起來像工人的人群聚集在貨品周圍，對人潮敏感的遊民也加入其中。遊民都會聚集在人潮流動眾多的地方，被土匪鎮壓多年的地方似乎不再大力驅趕外人。隨著石林觀道觀的重建，土匪不再像以前那樣驅趕外人的消息在窮人之間口耳相傳。只要去那裡，就有房子可住。因為人潮聚集，或許可以找到工作。機靈的商人也小心謹慎地加入了其中。

六年前，位在西崔中心的城燒毀了，在土匪之亂時徹底土崩瓦解。土匪如今仍然盤踞在不遠處的客棧內，但不再像以前一樣，不由分說地驅趕靠近的人。雖然進入西崔時，仍然會被盤問身分，卻不再阻止外人前往西崔周圍的里廬。大部分里廬都因為土匪之亂和之後的討伐變成廢墟，但漸漸有人出入這些勉強還維持著外形的房子。雖然周圍的耕地目前仍然被雪覆蓋，但已經有人在整理通往耕地的道路。

文州城內沒有人注意這些動向——不，即使有人發現，也不會聯想到這一切是有目的的行動。西崔已經算是不存在的地方，這個決定沒有改變，即使有遊民和災民活動，也和府第無關，因為這些人都是行政上形同不存在的人。

「發生什麼事了？」

雖然有官吏這麼問。

「聽說是土匪放鬆了鎮壓，窩在函養山上的土匪可能也走投無路了，已經沒有餘力管制那麼大的區域。」

當敦厚這麼回答後，官吏也就一副了然於心的表情點頭不再說什麼。

「可以這樣丟著不管嗎？」也有官吏開始觀察周圍人的態度，在聽到有人說「州侯曾經指示『不要管』」之後，也陷入了沉默。

「也許不久之後，土匪會放棄函養山離開，到時候函養山一帶的里廬或許會重建，我們等到重建完成，有人來申請重建里祠時再採取行動也不遲。」

敦厚巧妙地在高官之間表達的見解成為州府的方針。

——因為州侯沒有特別的指示。

不要引人注目。一旦引起注意，結果不是生病，就是會遭到排除。

「在春天之前，州府應該不會有任何行動。」

敦厚這麼告訴李齋。李齋這一天來造訪葆葉，接受準備搬運的貨品。

「還真是無憂無慮啊。」

李齋苦笑著說。

「應該說是怠慢，州府已經沒有行政府的樣子了——只不過可能整個戴國目前都這樣。」

李齋點了點頭。文州到處都有露宿街頭的災民凍死，即使勉強沒有凍死，很多老人和小孩都因為凍傷而失去了手指和腳趾。有餘力前往比較溫暖地區的人，在冬天正式來臨之前就已經離開，只有連這種餘裕都沒有的窮苦人還仍然留在酷寒的文州。

「話雖這麼說，」葆葉愁眉不展地問：「但是有這麼多人移動，朝廷真的沒有發現嗎？即使成為爪牙的州侯已經變成了廢人，但朝廷應該有自己的耳目吧？」

「因為表面上的理由是石林觀要在龍溪和西崔重建伽藍，還有創設龍溪戒壇。」

敦厚回答。文州冬季原本就有大量人員流動。瑤山北側——文州北部沿岸地區是戴國屈指可數的暴雪地帶，經常發生整個里被雪封閉的事，所以有時候整個里的百姓都會外出避難。文州的百姓已經習慣在冬天期間，看到為了躲避暴雪和雪崩等災難的避難者、因為窮困而不得不移動的災民和外出打工的苦工這些窮苦人，成群結隊在街道上來來去去的景象。

「而且朝廷也不得閒，聽說委州似乎又有暴動跡象，朝廷正忙著處理這件事。」

「原來還有人在抵抗。」

葆葉說話時有一半佩服，另一半是驚訝。

「在下以為委州的反抗勢力幾乎都被斬草除根了。」李齋說。

「安分了一陣子之後，可能勢力又增加了。因為曾經遭到殘酷的討伐，所以委州對阿選的憤怒很強烈，而且，」敦厚又繼續說下去，「很多人打算往南邊去。」

「往南邊？」

「百姓紛紛傳說，只要去瑞州就能夠得救。聽說瑞州打開了義倉，向百姓發糧食，也擴大里家的規模，收容病人、老人和小孩。」

「這樣啊……」

李齋小聲嘀咕，她不知道該不該為這件事感到高興。百姓得到拯救當然是好事，但她無法瞭解實際發生了什麼事，只知道應該和阿選踐祚的傳聞不無關係。只是很慶幸活化了文州整體的人潮流動，所以霜元手下的勢力在移動時也沒有引起注意。

「真希望能夠支援那些向南移動的百姓。」

敦厚聽了李齋的話，露出了苦笑。

「如果州府有行動力做到這件事，我們就不可能沒事，所以很令人煩惱。」

敦厚正在積極拉攏州城內的士兵。雖然直接籠絡將軍，事情就簡單多了，但也必然會引起注意，所以敦厚說，他針對下面的——卒長和旅帥下手。李齋不瞭解文州的實際情況，所以無法評論，聽說人數已經慢慢增加。只不過即使總共將近有一軍的人數，但因為沒有掌握指揮系統，所以還無法稱為勢力。

「只能繼續努力——你們能夠攻破函養山嗎？」

李齋聽了敦厚的問題，苦笑著回答說：「我們也只能盡力而為。」

目前人數不斷增加，朽棧也伸出援手，所以達到了有成功希望的人數。當初崩塌的地點到底在哪裡？在列出幾個可能的地點之後，通往那裡的坑道已經整備完成。

「但是目前還無法瞭解函養山的全貌。」

「我也不經意地在州內部打聽了一下，官吏內也沒有人知道函養山的實際情況。因為那座山太老舊了，而且玉泉主要都掌握在坑氏手上。」

坑氏為了保護自己的利益，會徹底隱瞞玉泉和通往玉泉的坑道，導致極其難以掌握函養山整體的情況。

「期待你們的好消息。」

李齋聽了敦厚的話，點了點頭。

「所以妳這一陣子要假扮成坑夫嗎？真辛苦啊。」葆葉笑著說。

「只要有目的，有事可做就不辛苦。很感謝妳提供的幫助。」

「工人和物資問題交給我來處理，至少可以讓妳不必在坑道裡挖洞。」

「拜託了——因為在下在挖洞這件事上幾乎派不上用場。」

李齋笑著離開了牙門觀。李齋一個人時可以騎飛燕飛回去，從牙門觀回到西崔只要半天的時間，現在為了避人耳目，在白琅周圍無法讓飛燕自由飛行，但即使小心謹慎地挑選路線，也不需要一天的時間。她在傍晚漸漸亮起燈光時回到了西崔，看到新的落腳處正堂掛起了一塊布。

「妳回來啦。」霜元回頭看著李齋說：「葆葉大人那裡的情況怎麼樣？」

「老樣子——這是什麼？」

那是一塊普通的白布，可能是用了現成的布。長方形的白布下方畫了一條淺墨色的線。看起來像是用毛筆沾了淡淡的墨汁寫了一個「一」字。

「回來了。」靜之笑著說：「牙門觀送來的貨品上都綁著白旗，我們剛才在討論，覺得這樣好像在冒充白幟，感到很不安。」

「喔……嗯，那倒是。」

目前有大量的人和貨品進入西崔，因為名義上是重建石林觀的道觀，所以掛上白旗。白旗原本就是石林觀相關人員的標記，但是，對李齋他們來說，白旗代表不同的意義。那是轍圍的百姓感謝驍宗威德的心意，所以掛上白旗時，的確有一絲心虛。

「但我們也不能不掛白旗，」霜元說：「所以就做了這個做為識別。雖然我們不是白幟，但目標相同。這樣的話，白幟應該也能夠諒解。」

「沒什麼諒不諒解的問題。」建中露出了苦笑。

「嗯，很好啊。看起來很清爽，最重要的是很簡單。」

物資和資金都沒有多餘，這個標誌可以用現成的東西製作。

去思聽到李齋這麼說，開心地拍著酆都的後背。

「——該不會是酆都的主意？」

「對，原本我覺得太簡單了，但霜元將軍說很好。」

酆都顯得很害羞。李齋打量著那面旗子。離開碩杖後，很長一段時間都只有和酆都、去思三個人。之後得到了喜溢的協助，靜之和余澤又一起加入，但也只有六個人而已。這面簡樸的旗子讓她看到了以前的自己，越看越可愛。

「我很喜歡這面旗子。」

余澤把茶杯放在李齋面前時說，李齋猜想他也有和自己相同的感慨。

「……想當初，我們漂泊到高卓附近時只有四個人，只有四個人和兩匹馬。」霜元輕聲嘀咕，「現在已經發展到需要用旗子來識別的規模了。」

李齋點了點頭──原來霜元也有同樣的感想。每個人當初沒有人手，沒有資金，也沒有人脈，就像白幟一樣，只有滿腔鬥志，在持續孤獨的旅程之後，所遇到的人的高情厚誼，讓他們終於有了今天。

正當她深有感慨時，聽到外面傳來歡呼聲，走出去一看，從高卓騎馬前來的一群人中有幾個人到了。

「這個地方比想像中更大，費了一番工夫才找到這裡。」

李齋等人聽了之後，很快就在市街各處豎起了畫上墨線的白旗。向朽棧借用的落腳處早已擠滿了人，已經又借了隔壁和後面的兩棟房子。

5

國官帶著武器試圖攻擊泰麒。這個消息震撼了宮城，所有暴徒都當場遭到逮捕，送去州秋官府。國官也慌忙趕去州秋官府，在嚴格調查之後，那天下午逮捕了士遜。

「怎麼會有這麼糊塗的人。」

秋官長大司寇橋松咬牙切齒地說。阿選即將登基，現在謀殺宰輔，等於誅殺阿選。

「這是大逆，必須處以極刑。」

但遭到逮捕的士遜則哭著喊冤。

「你們都被騙了，他並不是台輔。」

他大聲訴說，那個人是偽裝成台輔的替代品。

「如果是台輔，怎麼可能那麼冷酷無情？冢宰也一直說，他不是台輔。」

他堅稱有某種勢力找到了長得很像宰輔的人送入宮城，「新王阿選說」是那個假宰輔的欺騙之詞，目的是為了擊敗阿選。

因為士遜說的話太像張運的主張，諸官都忍不住帶著懷疑的眼神看張運。

「胡說也該有點分寸！」

張運氣得漲紅了臉。

「我怎麼可能懷疑台輔？而且我第一眼看到台輔就知道是本尊了，不可能懷疑台輔的真假。」

「但你經常說這是台輔的欺騙。」

張運聽到哥錫指出這一點，用力跺著腳說：「我只是說有這種可能。為了主上的生命安全，為了國家的安全，凡事都必須小心謹慎，所以我必須考慮到萬一的可能性。」

「真的是這樣嗎？」哥錫用揶揄的語氣說：「我覺得好像和我的記憶不太一樣。」

哥錫說完，看向六官，徵求其他人的同意。六官紛紛點頭表示同意。

——太蠢了。案作忍不住想道。

張運可以在主觀的世界扭曲事實，卻無法改變別人的記憶。瞭解當時狀況的人只要聚在一起確認記憶，就可以立刻發現張運的自我欺騙。

張運並沒有意識到自己在說謊，所以謊言的內容也很粗糙，只能大聲咆哮。他以為只要一直咆哮到對方認輸，謊言也可以變成真相。

「我不是說了，我只是指出這種可能性嗎？更何況為什麼要聲討我，罪人是士遜。即使士遜誤解我的話，做出粗暴的舉動，也和我完全沒有關係。」

張運惡狠狠地說。

「我認為這是士遜的人品有問題，他身為州宰，竟然得罪了台輔而遭到更迭。之後因為他說無論如何都想為宰輔效力，所以派他去當內宰，沒想到又惹台輔不高興，台輔命令他不得靠近。他一定是因為受到這樣的待遇懷恨在心，所以才會做出這種行動。」

「這樣啊。」哥錫露出諷刺的笑容，「派這種人品有問題的人去當州宰、內宰，難道沒有問題嗎？」

「如果我早知道他有問題，當然不可能給他任何權力！」張運粗聲說道：「我承認自己上了士遜這個傢伙的當，但是各位不是也沒有表達反對的意見嗎？所以你們不是也同樣受騙了嗎？」

張運說到這裡，又仰起頭表達意見。

「我們上當了，我沒想到他是這麼卑劣卑鄙的莽撞之徒。雖然身居要職，卻一次又一次失敗，最後還恩將仇報，竟然襲擊台輔——襲擊這個國家的麒麟！」

張運用盡所有能夠想到的話責備士遜，為自己受騙嘆息，聲稱同樣遭到欺騙的六官也同罪，但六官都露出冷漠的眼神。

「冢宰對此事怒不可遏。」負責偵訊士遜的秋官說：「很後悔竟然任用了你這種魯莽不逞之人。」

「怎麼會這樣？」士遜淚流滿面，「太過分了，我只是——冢宰他——」

士遜只是想要迎合張運。他內心當然感到不滿，也痛恨擋在自己面前，把自己逼入絕境的泰麒，很著急照此下去，自己可能官位不保，更著急會失去張運的信任，所以他為了迎合張運，努力想要排除泰麒，如張運的願。因為並不是只有士遜遭到泰麒排斥、臉上無光，張運也被逼入了絕境。對張運來說，泰麒根本是仇敵，只要排除泰麒，即使張運無法大聲張揚，但內心一定很高興。

「冢宰認為必須對你處以極刑。」

士遜目瞪口呆。

「怎麼會——太荒唐了。」

不可能有這種事。即使張運表面上說重話，私下一定會設法營救。

士遜一次又一次問刑吏，有沒有人要求面會。因為他認為張運一定會派人來找他，但一次又一次聽到「沒有」這個極其冷淡的回答，他終於知道，張運並不打算營救自己。

士遜在接受鞫訊時垂頭喪氣。

「……我太糊塗了。事到如今，我會招供一切。」

他無力地說完這句話，抬起了頭，他的眼中露出異樣的光。

「我都是奉冢宰的命令才這麼做。」

張運被深夜上門的司刑逮捕時茫然若失。他不知道發生了什麼事。

「冢宰——對台輔？」

同樣遭到拘捕鞫訊的案作說不出話。

——不可能，張運再怎麼蠢，也不可能蠢到這種程度。

但是，據說士遜堅稱是張運指使。雖然由自己計畫、執行，但全都是張運下達的命令。

雖然張運極力主張絕無此事，但所有官吏都知道士遜是張運的爪牙。張運大聲澄清，士遜會揣摩自己的意思做事，所以自己會利用他，但絕對不是自己的臣下。

「才不是這樣。」莫名遭到張運更迭的內宰笑著說：「士遜一直都是奉張運的指示行事。當初就是為了陷害台輔，才會指派士遜擔任內宰一職，而且士遜多次請示張運的指示，而且還不惜用金錢賄賂，內宰府的很多下官都可以作證。」

張運聽了之後，忍不住發出慘叫聲。他覺得自己落入了天大的陷阱。

事到如今，只有一個人能夠救自己。

張運寫了一封長信給阿選。

隔天就收到了回覆。只有「知道了」——三個字。

6

月初時，李齋等人在西崔收到了牙門觀傳來的消息。夕麗騎著騎獸一路飛行，在晚上抵達了西崔。

「發生什麼事了？」

「敦厚大人的緊急通知——他說文州城內有奇妙的動靜。」

「動靜？」

「文州城接到了指示，要打開兵站，好像有來自鴻基的軍隊。」

州師正在做補給準備，迎接來自鴻基的軍隊。

李齋感到背脊抖了一下。

「規模呢？」

「從補給的規模判斷，差不多有一師左右，雖然不是大軍，但似乎打算長期駐紮。」

「從軍隊的規模研判，並不是討伐……」

李齋嘀咕著，靜之點了點頭。

「所以是偵察嗎？可能中央已經得知了我們的存在。」

「也許是，果真如此的話，雖然有點可惜，要不要暫時避一下風頭？」

好不容易找到驍宗的下落。

但是，如果為了爭一時讓身分曝光，反而會壞事。

「現在總共有多少人？」

「已經超過五千了。」

西崔已經擠滿了人，而且連周圍無人的里都住滿了人。同道住的房子都悄悄掛起了旗子——就是酆都提議的白色旗子。最近，白幟也在他們的旗子上畫了墨線，感覺像在宣誓要和李齋他們團結一心。久而久之，李齋等人把包括白幟在內的所有人都稱為「墨幟」。

位在西崔西方的龍溪，正在為重建石林觀的道觀大興土木，同時，高卓戒壇公布了將在龍溪設置戒壇一事，修繕了沒有住持的寺院做為戒壇。做工的工人、前來高卓戒壇的方術師，和來此地謀職的災民，以及為了這些人聚集而來的商人，形成了巨大的人潮，為同道提供了良好的掩護。而且令人驚愕的是，檀法寺也在西崔設置了別院。檀法寺將一座已經變成廢墟的寺院修復，掛上了「護法院」的匾額，人們看到工人聚集在寺院進行修復時，個個瞪大了眼睛，李齋反而對此感到驚訝。

「他們為什麼這麼驚訝？永霜也有好幾座檀法寺。」

李齋問空正。

「應該沒有寺名吧？」

「喔！」李齋叫了一聲。她想起所有的寺院都只掛了「檀法寺」的匾額而已。

「因為檀法寺被稱為沒有寺院的寺院。」

清玄說。高卓戒壇派空正和清玄擔任龍溪戒壇設立的指揮工作，同時率領支援墨幟的人。

「沒有寺院？」

李齋問，空正點了點頭。

「我們除了衣缽以外，不可擁有任何東西。」

僧侶只能擁有衣服和飯碗，冬天可以多一張防寒的草蓆。因此檀法寺沒有寺院，因為這種極端的態度被認為是異端派，但漫長的歲月以來都沒有改變。

「沒有寺院的教義至今基本上仍然沒有改變，妳之前看到的檀法寺，是不是看起來並不像寺院？」

「你這麼一說，好像的確是普通的房子——還有的是普通民宅。」

除了檀法寺本山以外，並沒有所謂的寺院。雖然有末寺，但只是很普通的房子，沒有個別的寺院名字，全都稱為「檀法寺」。
「檀法寺重視布施。」
布施就是將自己所擁有的東西施捨給他人。施捨包括財施、法施和無畏施三種，財施就是施捨財物，法施就是施捨佛法——也就是傳導佛教的教義、佛法的施捨，無畏施就是安慰因為災害和受難而受傷的人，給予幫助。
「因為財施是基本，所以不可以積蓄財產。」
即使獲得喜捨，也要將所有的剩餘布施出去。只能有一件衣服，即使獲得他人喜捨，也要將多餘的衣服轉送他人。
「不過——」空正笑著說：「通常會把新衣服留下來，把舊衣服送給別人。」
「原來是這樣。」李齋也笑了起來。
「因為沒有錢，所以也沒有餘力建造寺院。各處的檀法寺並不是我們建造的，而是有人喜捨了房子。我們不會自行建造房子，或是向他人索取。」
「原來是這樣——所以才會有普通的民宅變成寺院的情況。」
「就是這樣。」
如今，檀法寺要建造別院，這的確是一件大事。
「但是，既然不能夠積蓄財產，設置別院的資金從何而來？」
「聽說整理了末寺——從驕王治世末期開始，國家開始沉淪，出家人越來越多，所以設置了末寺，但之前就有人說末寺太多了，所以就決定了每個地方有幾家末寺，然後進行整合，將多餘的房子出售。多出來的僧侶中，願意為國家效力的人都來西崔了。」

「聽你這麼說，真是信心大增，但這麼做沒問題嗎？」

「僧侶不需要住處。以前馬路就是道場，在法施時就在那個地方落腳，然後睡在馬路上弘揚佛法。」

「這種做法是不是讓別人很困擾？」清玄笑著說：「僧侶就像乞丐一樣睡在馬路上，然後在街頭弘揚佛法，所以別人都說檀法寺的人都很怪。」

空正一臉理所當然地點了點頭。

「所以很容易發生糾紛，無論和民眾，還是和府第都一樣。」

「這……也難怪，所以才會隨身帶武器嗎？」

檀法寺的僧侶身上都有武器，武術也是修行的一部分，也因此被認為與眾不同。

「三施之一就是無畏施，當發生災害和災難時，我們都會趕去現場。聽到有妖魔出現，就會趕去拯救民眾──但如果想要真正拯救民眾，就必須獵殺妖魔。妖魔的襲擊、遭到無法無天的人踐踏、戰亂，有足夠的力量才能夠布施，同時也為了發生糾紛時能夠保護自己，所以檀法寺把武術視為修行的一部分。」

以前的僧侶只有衣缽和一張草蓆，現在是衣缽和一種武器。空正有一把鐵錘，那是信者喜捨給他的冬器。一旦用武，當然就會經常受傷。檀法寺就是做為治療跌打損傷的施術院所建造的。

「在下也曾經多次接受檀法寺的治療，」李齋微笑著說：「因為軍中的人一致認為，檀法寺比瘍醫更厲害。」

檀法寺的治療迅速見效，預後良好——這已經成為士兵之間的常識。西崔的護法院內的施術院也已經開張，除了墨幟以外，受傷的工人也經常登門。

李齋覺得目前正迅速建立基礎，越來越有信心。不僅人手增加，支持這些人的基礎也逐漸完善。然而，就在此時收到了令人不安的消息。王師出動，州師正在進行支援的準備工作。

「州師的氣氛如何？」李齋問夕麗。

夕麗一臉嚴肅地思考後回答：「並沒有準備打仗的感覺，州師應該真的只是在為提供兵站做準備工作，至少州師這麼認為。」

「既然這樣，問題就在於從鴻基來的那些人。」

到底有什麼目的？難道墨幟的存在已經曝光，被視為叛民嗎？

「——怎麼辦？」

李齋問霜元，霜元也陷入沉默，思考片刻後說：「不怕一萬，就怕萬一，我們的規模不小，一旦王師來這裡，不知道什麼時候會看到我們，所以只留下不會引起注意的人數，其他人撤退到潞溝。山上還有積雪，如果不趕快行動，讓新的雪蓋住腳印，就會被王師發現我們在山上也有據點。」

「是。」部下點頭後跑出去執行命令。

7

山谷的里飄著零星的雪。

冬天來到此地的旅人，把這個里的女人屍體送來這裡，然後就住了一陣子。雖然他說自己是住在白琅的隱士，但定攝一眼就看出他是俠客。這個說自己名叫博牛的男人幫忙修理了因為人手不足而無法修繕的房子，定攝內心非常感激。那時候剛好是初冬，破損的房子需要修理，才能捱過極寒時期。博牛用和他魁梧身材相襯的膂力幫助了許多里人，許多里人看到牆壁和屋頂都在嚴寒之前修好，都暗自鬆了一口氣。

博牛住了半個月左右，協助里人做好冬天的準備就離開了。他可能要繼續上路找人。定攝和其他里人努力向周圍的里廬打聽，是否曾經見過遭到通緝的人，但沒有任何人見過。

「聽說主上已經駕崩了……」

定攝安慰他。

「但目前並沒有明確的證據顯示主上已經駕崩，所以我要繼續尋找。」

「但主上已經駕崩的傳聞已經傳了有六、七年，如果主上還活著，為什麼保持沉默？」

是因為害怕鴻基的偽王，所以躲起來了嗎？在他害怕得發抖期間，戴國已經極度荒廢——定攝在說話時難掩這樣的不滿。

博牛安撫他說：「其中必有原因。」

「但是——」

「不要懷疑。如果責備主上為了活命而躲起來，能夠奢望他向百姓施捨嗎？如果希望主上回到王位之後撥亂反正，仁治天下，就必須相信，主上也希望拯救百姓。」

定攝聽了他委婉的勸說，點了點頭。

「……有道理。」

那個旅人拍了拍定攝的肩膀，然後就離開了。

王還活著，一定會回來拯救百姓——博牛深信這件事的態度，對這個里的百姓產生了不小的影響。原本認為一切都是無可奈何的灰心，認為無可救藥的絕望漸漸減少了，里人齊心協力，努力一起捱過冬天，同時也加強了里閭的防備。

——原本就是從遠方來攻擊你們的那些人不對。

博牛讓他們瞭解到這件事。既然這樣，那就固守城池。他們把里閭修補牢固，為了預防土匪展開攻擊突破里閭，他們建了城牆和望樓，用竹子做成竹槍，然後在農具上裝了刀子，可以在緊要關頭當作武器使用。在被大雪徹底封閉之前，盡可能蒐集更多物資，冬天期間省吃儉用，避免物資消耗過度。

「絕對不再成為俎上肉。」

博牛留下的某些東西打動了定攝和里人原本已經因為絕望而枯萎的內心。如果土匪來索取物資，只能在交涉之後交出一部分，但今後絕對不會再把任何人交給他們——這就是定攝和其他里人的決心。

測試他們決心的日子毫無預兆地出現在他們面前。

街道上的雪開始融化時，幾個之前被大雪封閉的土匪可能要來補充冬天期間不足的物資，上門要求交出糧食，交出木炭，交出老人。定攝用力吸了一口氣，隔著里閭上的窺視孔和土匪對峙。

「我們剛熬過冬天，沒什麼存糧，不好意思，沒有東西可以給你們。」

土匪威嚇他們，但定攝斷然拒絕。不必直接對峙——光是這件事，就讓拒絕變簡單了。在雙方爭論之後，定攝同意交出少量木炭和糧食，但拒絕把人交出去。

「我們無法把人交給你們，以後也不會。」

「別開玩笑了！」土匪大吼，但因為無法進入里內，所以也無可奈何。他們在門前罵了半天，最後只能悻悻然帶著東西離開了。

「定攝，太好了。」

彥衛從架在里的四個角落的望樓上下來後，開心地說。

「真希望你親眼看到那些傢伙咆哮的嘴臉。」

定攝點了點頭。原來只要抵抗，就可以做到。他為確認了這件事感到高興。雖然交出去的物資有點可惜，但他們之前就猜想可能會遇到這種事，所以事先預留了下來，而且只給了其中一部分。最寒冷的時期已過，不會對里人的生活產生太大的影響。笑容回到了里人的臉上。

五天之後，他們遭到了襲擊。

總共有數十名土匪湧到門前，每個人手上都拿著武器，還帶了翻牆的梯子，和準備破門的鐵鎚。

在望樓上站崗的人很快就發現了土匪，立刻通知了里人。他們讓女人和孩子躲進里家內修補得特別牢固的區域，男人帶著武器分頭行動。雖然只是竹槍和用農具改造的武器，但比手無寸鐵安心多了。

土匪開始用鐵鎚敲打里閭，同時把梯子架在牆上，但內側有移動式的望樓，聽到望樓的指示後，就把移動式望樓架在城牆上，一看到有人爬上外側的梯子，就立刻丟石頭，然後用斧頭把梯子砍斷。土匪的鐵鎚雖然把小門砸破了，但內側還有一道牆。牆並不高，卻超過了一個人的身高。土匪想用人梯爬上來，但站在牆上的里人把他們一個一個都打了下去。

土匪又開始射火箭，但里內四處都裝了水。經過半天的攻防，土匪暫時撤退，深夜時又展開第二次襲擊，這次又成功打敗了土匪。很多土匪都滿身是傷，還有的土匪受了重傷，但里人幾乎毫髮無傷。

隔天，土匪又進行了小規模的攻擊，但只是徒增傷兵，最後逃走了。

這是定攝和其他人在屈服多年後，第一次獲得勝利。

第二十章

1

在暖和多日後再度變冷的飄雪下午，友尚抵達了琳宇。士兵和坐騎身上都披著雪，好像穿了一件白衣。

他們在琳宇和州師會合，奉命前來的文州師中軍師帥說，函養山被土匪占領了。

「土匪？」

「對，名叫朽棧的土匪和他的黨羽從幾年前就占領了函養山，封閉了周圍一帶。」

友尚皺起了眉頭。

「人數很多嗎？」

「並不知道確切的人數，但應該不到一師的人數。」

「只有這麼一點人數，州師為什麼放任不管？」

友尚忍不住感到驚訝。國土屬於國家，屬於百姓，當然不允許一小部分人擅自霸占。更何況是土匪，他們的活動完全屬於非法，為什麼默認這種事情？

「——因為並沒有接到討伐的指示……」

師帥不知所措地含糊說道。

「不知道是幸運還是不幸，這一帶因為曾經遭到討伐，所以幾乎是無人的地區。如果百姓遭到追捕，州師也會前來救援，但也沒有發生這種事……」

友尚輕輕吐了一口氣。之前曾經聽說文州侯病了，也就是說，文州侯根本不想做任何事。放任是在戴國蔓延的第二大疾病，生病的高官放棄了權力，害怕失敗的下屬也效仿。

「在琳宇留下一旅。」友尚下達了命令。

原本友尚打算把琳宇交給州師，但目前無法瞭解文州侯的狀況，當然也無法信任文州侯所指揮的州師。琳宇是和兵站之間的樞紐，一旦和兵站之間的連結遭到切斷，部隊就可能斷糧。

「如果只有不到一師的土匪不是我們的對手，我們繼續北上。」

友尚必須帶兵前往函養山。雖然最希望土匪看到友尚軍就落荒而逃，否則就必須打仗。他下令麾下著手準備，在隔天天亮之後，就沿著街道北上。

王師在空地安營之前，朽棧就已經接獲報告，得知琳宇有不平靜的動靜。潛伏在琳宇市井的手下看到州師在琳宇聚集，立刻產生了警戒，四處打聽消息，同時派人監視從瑞州方面往琳宇的街道。這天趕回來的探子報告說，王師已經抵達琳宇，是禁軍一師的兵力。文州師中軍在此之前已經抵達琳宇，不知道是否要支援禁軍。

——但是搞不清楚他們的目的。

只有一師兩千五百名士兵，看起來既不像是要討伐土匪，也不是之前常見的討伐。有點像是偵察，但又搞不清楚他們偵察的目的。探子報告說，在琳宇分散後的部隊似乎繼續北上——只是無法瞭解到底是要去北方的某個地方，還是以聚集在北方的土匪為目標。

「看起來不像是討伐。」

朽棧偏著頭納悶。這樣的規模不像是討伐——還是他們沒把自己這些土匪放在眼裡，認為只要一師就可以搞定？

「怎麼辦？」親信赤比問。

「希望不是討伐，如果是討伐的話，我們根本沒有贏面。」

土匪根本不可能是王師的對手。或許有可能不輸，但絕對不可能贏。即使採取不輸的策略，也只是做好會承受巨大打擊的心理準備，之後偽裝成百姓，混入市井和山野中襲擊王師，對王師造成輕微的打擊後逃走，然後一次又一次重複這種作戰方式，一直等到對方認為「差不多這樣就好」。朽棧的土匪集團應該會在這個過程中遭到瓦解，但只要朽棧和身邊的人活下來，就不算輸，但王師可能打算一舉殲滅。如果考慮到這種危險，就應該放棄襲擊，見機逃走。不——其實一開始就不和王師對戰，直接逃走就好，只不過這樣太丟臉，會被其他土匪看不起，以後也無法在坑夫和百姓面前耀武揚威，無法繼續當土匪。

「如果王師只是路過呢？」

「不讓他們通行。我們不讓任何人通行，才能夠占據函養山，如果別人覺得只要用武力威脅，我們就會放行，就會連函養山都被搶走。」

最近有很多外人進入西側的西崔，那是因為正在重建石林觀的道觀。朽棧之前也默認白幟通行，外界都知道他們並未和石林觀敵對，所以情況不一樣。

這種時候，朽棧就覺得土匪不好當，必須隨時靠武力生存。

「不管怎麼說，還是先通知一下李齋。」

「她會幫忙我們嗎？」

「你真傻，」朽棧嘲笑赤比，「不管怎麼說，她之前是將軍，怎麼可能幫土匪的忙？而且一旦阿選發現他們，他們就完蛋了，我們和他們不是同道，什麼都不是──只是條件契合，所以才向他們提供協助而已。」

「如果拜託她的話，她搞不好願意幫忙。」杵臼怯生生地插嘴說。

朽棧斥責道：「別說這種沒出息的話，難道你想被人嘲笑，說函養山的土匪向仇敵低頭求饒命嗎？」

「但是──」

「我一時好奇，決定幫助李齋，但我並不覺得她欠我的情，而且我也只有在好奇的範圍幫忙而已──話說回來，我答應讓他們住在西崔時，她曾經說，發生萬一的狀況時，她會協助我們讓女人和孩子逃走，所以這件事可以指望她。」

赤比點了點頭。

「李齋應該會幫這個忙……」

「我們無法向她提更多的要求，我也不打算這麼做。雖然我不知道這件事是好是壞，他們打算從阿選手上奪回戴國，一旦成功，我們就是他們的敵人。」

「敵人嗎？」

「當然啊。」朽棧笑著說。土匪是罪犯，是非法的存在。一旦奪回國家，李齋等人就必須征討土匪。只要朽棧等人繼續當土匪，就必須抵抗。彼此無法相容——當然就是敵人。

「既然他們打算奪回這個國家，當然無法和我們這些未來絕對會成為敵人的對象關係太好，我們當然也不能和他們混太熟。」

「是嗎？」赤比和杵臼落寞地互看著。

「別哭喪著臉……王師的目標也可能是李齋，所以最好還是去通知她一下，說王師已經抵達琳宇了。」

「要賣人情給她嗎？」杵臼興奮地問。

「你傻了嗎？如果王師是為李齋而來，可能也會討伐我們，他們在逃走時必須假裝和土匪沒有關係，否則會造成我們的困擾。」

「他們應該瞭解這一點吧。」赤比說。

「我想也是——所以先讓女人和小孩去岨康以備不時之需，同時召集人手守住外城牆，萬一遭到攻擊，也可以爭取時間。」

「要進城嗎？」

「岨康就不用了，只要守住城牆爭取時間就好，如果王師衝進來，就逃去安福。」

安福要進城，必須撐到女人和小孩逃到安全地點為止。」

友尚率兵三天就抵達土匪勢力範圍的岨康附近，遠遠就可以看到岨康關上了城門，外城牆的牆垛上有許多人影，牆垛上密密麻麻的應該是投石機。看來這些土匪並不是無能的烏合之眾。

「怎麼辦？」麾下問。

友尚回答說：「先向他們打聲招呼，叫他們別妨礙我們通行，但我想他們不會乖乖退縮。」

「那該怎麼辦？」

「反正早晚要清除函養山周圍的土匪。」

友尚的話音剛落，烏衡插嘴說：「如果他們礙事，殺了他們就好。如果他們求饒，就把他們抓起來，之後讓他們去挖坑道。」

——等用完他們之後，再幹掉嗎？

烏衡的臉上露出冷笑。友尚瞥了他一眼說：「如果他們逃走，就不必去追，這點勢力不可能在重整旗鼓後又打回來。總之，要確保從琳宇到函養山一帶的行動自由，只要他們不來妨礙，就不必動他們。」

烏衡發現友尚無視他的發言，露出掃興的樣子。

「太手下留情了。」

「並沒有下令要討伐他們，此行的目的是來函養山偵察。」
「只有膽小鬼才奉命行事，軍人的優劣取決於累積的屍體數量。」
友尚正面看著烏衡問：「你什麼時候變成我的指揮官了？」
烏衡聽到友尚這麼說，露骨地咂著嘴。
「你別忘了，一旦違反指令就會嚴厲懲罰。」
哼。烏衡哼了一聲後就轉身離去。
麾下長天問：「……阿選將軍為什麼重用這種人？」
「不知道。」友尚只回答了這麼一句話。
「先派使者過去，只要他們願意打開城門就好，否則就派空行師襲擊城牆，在投石機無法發揮作用之後，讓步兵一口氣衝到門前。突破城門之後，步兵在那裡當後援，由騎兵衝進去，空行師負責支援。」
「王師派了使者過來，要求我們把門打開。」
手下跑過來說，杇棧聽了，立刻表示拒絕。
「我拒絕，這裡是我的地盤。」
「還是把門打開吧。」
杵臼在一旁膽顫心驚地說。
「喂！」

「如果我們不打開，他們就會攻進來。他們是王師，到時候我們會死很多人，函養山這麼重要嗎？反正現在也賺不了什麼錢了，首領不是也說了，只是時間早晚的問題嗎？」

「沒錯，」朽棧笑著說：「所以我不是說要爭取時間嗎？」

朽棧環視在場的所有人。

「你們聽好了，我們不可能打贏王師。只要他們出動，我們就完了，即使留在這裡，也只有死路一條。但如果夾著尾巴逃走，就無法再當土匪，只能去當遊民各自想辦法生存。」

朽棧又接著說了下去。

「但是，如果讓王師通行，還是可以繼續像以前一樣過日子，我當然會這麼做，問題是到時候別人就會說我們是遇到王師就嚇得屁滾尿流逃命的喪家狗，誰去理會喪家狗的地盤？到時候一定會有人想來霸占這座山。」

「到時候把竊賊打敗就好。」

周圍響起很有氣勢的聲音。

「當然會這麼做，而且我們也可以打敗他們——但我們以後就會一直為這種事耗費精力。如果不想遇到這種麻煩，我們至少要報一箭之仇後再逃走，所以要先讓老人、受傷的人，還有女人和孩子撤退。」

「即使只發一箭，只要他們有人受傷，就一定會向我們報復。」

朽棧一腳踹開說這句話的人。

「如果你打人還怕對方打回來，還當什麼土匪？只要乖乖當遊民，就不會因為打別人而被打回來──只不過到死都會被別人打。」朽棧瞪著倒在地上的男人說：「只要那個豺虎在王位上，挨打的日子就沒有終點。」

朽棧根本不在意國家，也不知道王到底有什麼意義，現在仍然如此。但是……

「我們不需要阿選。」

朽棧環視周圍的人。

「函養山已經被阿選盯上了，除了女人和孩子以外，也要讓李齋他們撤退。雖然我對他們敬奉的王沒有興趣，但必須靠他們推翻阿選。」

使者回到友尚身邊回報，土匪堅決不同意讓王師通行。

「那些愚蠢的傢伙。」

烏衡嘲笑道，友尚不理會他，召集了四名旅帥。

「這也沒辦法，只能打垮他們。」

空行師最先衝出陣營，沒想到費了一番工夫才終於控制了城牆，在對戰之後，終於成功地打開了午門，騎兵衝了進去。土匪仍然抵抗，但趁著暮色開始後退。不知道他們打算逃離市街，逃去山上，還是……

「現在該怎麼辦？」

「如果他們打回來就傷腦筋了，為了以防萬一，留一旅的人手駐守在這裡。同時和琳宇聯絡，要求支援。等他們到這裡之後，再來追我們。」

2

一隻青鳥在冷雨中飛回了鴻基的白圭宮。上個月底從鴻基出發的友尚軍報告，已經抵達琳宇，繼續向函養山前進。

要讓驍宗離開函養山，必須先挖通崩塌的通道。要等友尚的報告才知道當初崩塌的規模有多大，但無論怎麼想，都不是國府只派遣王師能夠解決的問題。現場需要很多人手，軍隊能夠支援的人手有限，必須動員當地的工人，因此需要文州的協助，只不過文州侯已經生病，無法期待他能夠敏捷地採取行動。

阿選再度坐上王位之後，也向其他州發出了救濟災民的命令，但那些生了病的州侯行動很遲緩，必須逐一下達指令。文州的應對不僅比其他州更慢，而且幾乎沒有什麼動靜。如果想要指揮文州，就必須重新掌握大權，但之前因為士遜謀反，導致無法及時採取措施。

「傀儡就像木頭人，」琅燦說：「六年——不，已經七年了——病了這麼多年，幾乎已經變成廢人了。即使下達將函養山恢復原狀的命令，他也沒有能力自行思考該怎麼做，如果要用文州，就必須鉅細靡遺下達指示，或者更換文州侯。」

阿選不得不同意，問題在於人選的問題。

「張運的朝廷內沒有人有能力擔任州侯，在那個朝中，張運算是最能幹的人，因為他排除了所有比他能幹的人，不過——這也是理所當然。」

這時，叔容插了嘴。

「惠棟怎麼樣？」

阿選皺起了眉頭。惠棟目前是瑞州州宰，而且是泰麒指派的，泰麒不可能贊同。

「……朝廷有點太偏向台輔了。」

案作小聲對阿選說。即使阿選坐上了王位，六官唯泰麒是瞻。阿選的行動和登基過程有許多不明之處，讓人無法舉雙手贊成，但對泰麒就不必有任何擔心。因為上天保證麒麟絕對正確，相信泰麒很簡單明瞭。官吏不願思考複雜的問題，所以都偏向泰麒。惠棟也成為這些行動的良好輔佐。

惠棟顯然是能吏，被認為有望接任軍司一職。惠棟雖然是阿選的麾下，卻是泰麒派——可以說，他已經和泰麒一條心了。即使阿選重新坐上王位，甚至在登基之後，應該仍然無法動搖惠棟對泰麒的信賴和認同。對案作來說，惠棟太礙事了。

「原來如此，」阿選露出了然於心的笑容看著案作，「只要把惠棟調離，就可以削弱泰麒的力量。」

「削弱——當然沒這個意思，只是認為必須維持適當的均衡。」

叔容強力推薦惠棟。叔容原本就認為惠棟是人才，所以希望他擔任小司馬或是副司馬，只是不知道為什麼，遲遲沒有頒發任命狀，結果讓惠棟一直空等，浪費了很多時間，他為此深感懊惱，所以卯足了全力說服六官長。

「答應這件事也不失為好主意。」

案作向阿選咬耳朵。

「的確——惠棟應該可以勝任。」

阿選點了點頭。

惠棟突然接到命令，任命他為文州侯，立刻前往文州上任，他為此感到困惑。他目前是瑞州州宰，而且是由泰麒親自任命。按照正常的情況，宰輔的方針就是國家的方針，但目前戴國並不屬於常態，原本屬於國家一部分的瑞州，好像變成一個獨立的州。

「承蒙看得起，但我還有州宰的職務。」

惠棟這麼回答使者，使者用盛氣凌人的態度說：「這是命令。」惠棟一籌莫展，和泰麒討論這件事。

泰麒說：「我知道——你要接受。」

惠棟聽了泰麒的回答，忍不住感到愕然。

「您要我——去接文州侯？」

「我希望由你擔任文州侯一職，是我拜託叔容強烈推薦你。」
為什麼？惠棟說不出話，他內心感到極度失望。
「台輔，您之前說，需要我的幫助——所以現在不需要了？」
「不，」泰麒直視著惠棟，「我需要你，你是我最得力的助手，所以才請叔容奔走，因為我希望你去文州。」
「但是……」
「主上在文州。」
惠棟說不出話。軍隊已經開始行動，要把驍宗帶回來，讓他禪讓——以禪讓為理由帶回鴻基。驍宗目前仍然在函養山。
「李齋為了營救驍宗主上，也已經前進文州。」
「李齋——以前瑞州師的劉將軍嗎？」
泰麒點了點頭。
「目前並不知道李齋他們是否查到驍宗主上的下落，但是，當他們看到軍隊出動，而且函養山上有狀況，應該會猜到驍宗主上在函養山，他們一定會採取行動把驍宗主上搶回來，到時候就會被發現，知道文州有驍宗主上麾下的同黨——」
一旦曝光，就會被視為叛民。
「正因為這樣，我希望發生這種狀況時，你可以在文州。」
惠棟恍然大悟。如果自己在文州，即使朝廷下令討伐，自己也可以無視，而且還可以派州師支援李齋。即使驍宗不幸落入王師的手中，在離開文州之前的某個階段，可以用巧妙的方式讓驍宗留在文州。不僅如此——

惠棟忍不住顫抖，內心深處湧現了熱切的激動。

——還可以打開文州城，迎接驍宗和叛民。

在阿選多年的暴政之下，文州付出了最大的犧牲。文州的氣候特別寒冷，土地貧瘠，再加上討伐導致了更嚴重的荒廢，文州侯變成了傀儡，對百姓棄之不顧，百姓陷入了痛苦的境遇。

只要惠棟前往文州，不僅可以拯救他們，還可以奪回驍宗，反抗阿選。

「惠棟，請你去文州。」

「我欣然前往。」

「謝謝。」泰麒握著惠棟的手，「你幫了我很多，說句心裡話，你離開讓我很難過。」

「我也是，無法再為台輔效力——」

「你不必擔心我……文州、驍宗主上和李齋就拜託你了。」

「——好。」

接到正式任命狀後，惠棟在一個寒氣稍緩的晴天出發前往文州。他由新任命的牧伯和侍從陪同，在一部分津梁軍護衛下離開了鴻基。泰麒在惠棟身邊安排了值得信賴的人，同時把可以直接聯絡的青鳥交給他，才送他上路。為他送行時，耶利再三叮嚀，木牌絕對不可離身。

「到了文州之後的第一件事，就要抓次蟾。即使確認安全之後，那塊木牌也不能離身。」

惠棟用力點頭，鄭重地握著泰麒的手，深深鞠了一躬，沿著積雪很深的街道離去。

嘉磬接任了惠棟的工作。這個有點年紀的人曾經是皆白左右手，和皆白一樣都是出了名的能吏。嘉磬這輛車子順利行駛在惠棟鋪好的軌道上。

因為寒冷漸漸緩和，鴻基開始出現了樂觀的氣氛。許多災民都湧入鴻基，但都立刻得到官吏的保護，送去鴻基近郊比較有餘裕的里，或是人手不足的里。越冬的積雪已經融化，很快就可以耕地，每個里有再多人手也不夠。瑞州援助了生活的物資，百姓終於安心，開始保養農具。

但是，戴國北方的雪還很深。

文州即將迎接巨大的轉機。

3

雲層壓得很低的夜空中，可以看到比滿月稍有欠缺的月亮從雲層中探出頭。正在西崔的李齋等人這天晚上收到了緊急消息，得知阿選軍和土匪進入了戰鬥狀態。

「土匪如何應對？」李齋問。

使者回答說：「目前已經讓原本在岨康的老弱婦孺逃去東邊，其他人都逃去了安福。原本在安福的女人和小孩應該都準備來這裡。」

「這樣啊。」李齋嘀咕後陷入了沉思。

「他們是不是打算死守？即使這麼做，也完全沒有致勝的機會。」

李齋聽了喜溢的話，點了點頭。

「應該是為了爭取時間，讓女人和孩子逃去安全的地方，但是，一旦決定固守，就無法再逃了。」

也許土匪打算從位在函養山西側的西崔逃去轍圍，但如果敵人同時從轍圍方向進攻，就根本無處可逃了。

「州師似乎已經前往支援，聽說在如雪偏離北方大道向東前進。」

「那是經過轍圍、龍溪，往西崔的路。一旦州師經過龍溪，杇棧他們就完蛋了。」

酆都說完，看著李齋問：「要怎麼辦？」

霜元等人聽了酆都的問題，露出了驚訝的表情。

「沒怎麼辦吧——土匪吸引敵人的注意力，就可以減少我們被發現的可能性。」

靜之點了點頭。

「但是，一旦開始掃蕩，可能會進山搜索。」

「到時候只能逃了，現在還不能被發現。雖然隱藏的物資被發現損失有點慘重，但他們會認為是土匪囤積的。」

「等一下，」李齋插嘴說：「我們不能見死不救，朽棧之前幫了我們不少忙。」

「救土匪？」

李齋點了點頭。酆都和其他人都表示同意，李齋又繼續說：「朽棧的確是土匪，在土匪之亂時，也意外幫了阿選的忙，而且現在也絕對不是想要抵抗阿選的叛民，但是，在我們尋找驍宗主上時，他提供了協助，他還承諾，之後我們在函養山展開搜索時，他也願意幫忙。我們不能眼睜睜地看著朽棧他們就這樣被殺。」

「但是——」

「朽棧他們同時照顧很多因為阿選棄民不顧而苦不聊生的弱者，就是在他們固守時撤退的那些親戚好友。雖然大部分都是土匪的家屬，但還有已經死了的土匪留下的家人和親戚，那些人幾乎都無法靠自力生存——原本應該在里家接受照顧，如果朽棧他們死了，這些靠他們養活的人也會無法活下去。」

「但是，土匪是仇人。」有人說道。

「土匪的確是仇人，但也可以說，他們只是被阿選利用，而且還被阿選用過即丟。」

「這是他們自作自受。」

「當然是這樣。」李齋加強了語氣，「所以土匪已經為自己的行為付出了代價，而且朽棧對我們有恩，我們不能袖手旁觀。」

「他們哪有付出什麼代價？」

「恕我插嘴，」靜之開了口，「如果是這樣，可以等主上回到宮城之後，正式對他們興師問罪，然後再制裁他們。朽棧和其他人的確曾經幫助我們，我們必須回報這個情分。」

「但如果我們插手，阿選很可能會發現我們，到時候阿選就會像以前一樣討伐我們，連同周圍的里廬都誅盡殺絕。」

靜之聽了，也只能閉嘴。

「即使這樣，我們仍然無法見死不救。」李齋小聲地說：「朽棧對我們有恩，驍宗主上遇到這種事，應該也不會袖手旁觀。」

霜元看著李齋，然後陷入了沉思。

李齋又繼續說：「忘恩負義不是有損驍宗主上的名聲嗎？我們背負著驍宗主上的名聲，附近的百姓和土匪都在看我們的行動。」

「……那倒是。」

霜元在嘀咕時，有人表達了意見。

「那就徹底殲滅敵人，剩下的全都抓起來當俘虜，讓他們無法向阿選報告我們的存在。」

「但是，只要有一個人逃回去，阿選就會發現文州出現了異常狀況，這不就等於暴露了嗎？」

「沒錯，但是如果我們對有恩的人見死不救，等於玷汙了主上的名聲，即使會導致我們的行蹤暴露，也必須救土匪。」

「現在還不能暴露，我們還沒有做好和阿選對決的準備。」

「在哪個階段算是能夠對決？雖然有打下文州城的實力最理想，但現實往往無法如願。既然遲早會非自願暴露，當然要選擇能夠為了義氣而暴露的狀況。」

建中看著他們吵吵鬧鬧，悄悄離開了。他走出正房，來到中院的廂房，然後在暗處向兩個同伴招手。

「……你們趕快去召集人手，雖然很危險，但希望大家幫忙。」

那兩個人聽了之後點了點頭，在決定步驟之後，各自分頭行動。建中準備了武器之後走去廄房牽騎獸，突然聽到有人說話。

「——你果然要去嗎？」

回頭一看，一個看起來像僧侶的男人正從其中一間廄房內走出來。建中記得他叫空正，是來自高卓戒壇的檀法寺僧侶，身旁還有另一個身穿皮甲的男人。他也是來自高卓戒壇，名叫清玄，他是道士。
空正和清玄都把鞍韉放在騎獸上。
「……你們也是嗎？」
戒壇的兩個人聽了建中的問話後點了點頭。
「李齋將軍在說服霜元將軍之前不會採取行動。」
「是啊。」建中點了點頭。如今人數已經增加到這種程度，當然需要統率，必須決定共同的意志後才能行動。但是，李齋恐怕很難說服霜元等高卓派的人。高卓派的人幾乎沒見過朽棧，對之前的情況也只是耳聞而已，無法擺脫「既然是土匪，就是驍宗的仇人」這種想法，所以李齋恐怕必須花很長時間才能說服他們，但建中無法對朽棧見死不救。
「李齋應該會和霜元將軍分道揚鑣，自己去救人。」
「要和好不容易遇到的同袍分道揚鑣嗎？」
建中點了點頭。在共同行動之後，他瞭解李齋是這樣的人。
「但是，在此以前，她應該會盡最大的努力說服，只不過在採取行動之前的時間太浪費了。朽棧的黨羽中有很多是老弱婦孺。」
建中在多次經過岨康之後認識了不少老弱婦孺，也曾經受到他們的照顧，建中的腦海中浮現了好幾張臉，這些和朽棧關係密切的人應該已經逃去安福，之前在岨康的坑夫應該也在其中。雖然坑夫的脾氣都很暴躁，但坑夫和匪賊不同，即使很容易打架，卻從來沒打過仗，必須讓他們有活路可走。

來到院子時，兩名部下已經召集了十個人左右在等他。他帶著這些人走出宅院，發現大門前還有二十人左右，這些人以六名僧侶為中心，應該是空正從高卓帶來的檀法寺僧侶，其他人都是看起來像俠客的男女，還有幾個像是道士的人。建中大致計算了集合的人數。

「包括我在內——總共有三十七人，還不錯。」

其中並沒有士兵的身影。因為刻意避免召集曾經是士兵的人。軍人瞭解統率的重要性，甚至可以說已經滲透進入骨子裡。在李齋或霜元採取行動之前，他們也會按兵不動。

「走吧。」建中一聲令下，從殘破的城牆來到城外，聽到暗處有人說話的聲音。

「喔——召集了不少人嘛。」

轉頭一看，發現一個身材魁梧的男人率領一群人站在那裡。

「你是？」

「我叫博牛，從牙門觀來這裡會合。」

「喔。」建中點了點頭。雖然在夜色中看不清楚，應該就是那個臉上有傷痕的男人。之前聽說他是白琅的俠客，負責帶領牙門觀保護的俠客。他的年紀差不多四、五十歲，但經過嚴格鍛鍊的身體像岩石一樣，手上拿著普通人根本拿不動的大斧。

「你們是不是要去救土匪？」

建中默默點了點頭，博牛也對他用力點頭。他身後的那些人應該就是牙門觀的俠客。大致計算一下，差不多有二十人左右，每一個看起來都驍勇善戰，但也沒有像詳悉那種以前當過兵的人。

「總共差不多有二兩左右的人。」

建中聽了空正的話，再度默默點頭。空正也和博牛一樣，他的膂力也非比尋常。他帶著長柄前有球形錘的鐵錘，但球形錘大得驚人。

「這代表只有這些人重視俠義精神更甚於紀律。」

清玄帶著一絲揶揄說。

「並不是這樣，」博牛責備道：「李齋他們並不是沒有俠義精神，最重要的是，他們是軍人，必須要有紀律才能避免軍隊墮落成為餓狼集團。士兵本身就像是武器，武器不可以有自由意志。」

「是這樣嗎？」

清玄的回答似乎顯示他內心並不認同，建中聽了他的回答，不由得想到李齋率領人數不斷增加的集團多辛苦。為了推翻阿選，必須將這些各式各樣，甚至不認識的人整合成一個戰鬥集團，很多事情無法只靠有志一同解決，不難想像未來的辛苦。

「光靠我們這些人能打仗嗎？」清玄忍不住擔心。

「雖然我們的武功不如士兵，但膽量絕不落人後。」

建中聽了博牛的話後說：「我們無法和敵人對抗，最多只能幫助那些逃命的老弱婦孺。」

空正也表示同意。

「總比拱手旁觀好多了——出發吧。」

去思焦急地看著意見遲遲無法統一的討論現場。去思很想馬上去救朽棧，因為朽棧幫過的忙足以讓人為他兩肋插刀。之前曾經在琳宇逗留一段時間的李齋和其他人也有相同的心情，認為絕對不能袖手旁觀——只不過很難讓高卓派的人瞭解這種心情。

「在下知道做好迎擊阿選準備後再和阿選軍對峙最理想，但到底什麼時候才能做好準備？」

李齋環視所有人問。

「在下希望各位考慮到底需要多長時間才能做好準備，在這段期間，遠方的同道會持續來和我們會合，沒有人能夠保證在所有人都到齊之前，我們的行蹤不會暴露，相反地，暴露的可能性還比較大。在準備就緒之前不暴露才不可思議。」

霜元冷靜地傾聽李齋的意見，但霜元的麾下明顯表現出拒絕的態度。他們曾經和土匪打仗，失去了很多同道——最後還遭到土匪追捕，不得不四處逃命。去思能夠理解他們對「土匪」的嫌惡，他們一定認為土匪就是敵人。去思起初也這麼想。

「我們並沒有天真地以為在一切準備就緒之前不會暴露，鴻基的耳目當然會在那之前的某個階段發現我們，但至少不是現在，現在還為時太早。」

「沒錯！」有人大聲附和。

「沒必要為了土匪提前對自己不利的時機。」

「從高卓沿著街道徒步來這裡的人才剛到這裡沒幾天，根本不可能打仗。」

「是不是也該顧慮一下百姓？」另一個聲音說道：「一旦我們的行蹤暴露，百姓也會遭受池魚之殃。」

李齋不知該如何回答，看向喜溢。喜溢和從琳宇來到這裡的牙門觀的人——詳悉和端直，一旦他們做出錯誤的選擇，就會殃及百姓。

「我……」喜溢開了口，「在心情上很想營救那些土匪。我當然不是百姓的代表，也無法為百姓的心情代言，但如果對土匪見死不救，是不是意味著也可能對百姓見死不救？如果對土匪也沒有見死不救，當然也不會對百姓見死不救——」

「如果各位的選擇連累百姓，百姓當然會怨恨各位，」詳悉說：「但如果各位對土匪見死不救，百姓就不會相信各位。」

喜溢點了點頭說：「一定會有人表達不滿，但是可以為百姓帶來希望，下一次自己遇到狀況時，各位可能也會救自己，我相信到時候就能夠瞭解各位的行動具有的價值。」

李齋點了點頭。

「如果連累百姓，百姓當然會怨恨我們。但是，不忠不義的是阿選，並不是我們。」

李齋看著所有人，大聲地說：「如果我們對土匪見死不救，就是我們的不義。」

陷入沉思的霜元終於開了口。

「如果沒有任何人回去，阿選一定會覺得可疑，但他首先會想要搞清楚到底發生了什麼事，我們可以趁機爭取時間，就可以稍微加強陣容，同時也可以提醒附近百姓趕快逃命。」

「霜元！」李齋欣喜地叫了一聲。

霜元點了點頭說：「幸好穀雨將近，阿選在越冬雪融化之後才出動大軍的可能性相當高，所以就看在李齋的分上支援土匪。」

李齋跳起來說：「在下先去安福，霜元，後方就拜託了。」

4

固守安福的土匪已經連續兩天遭到友尚的攻擊。

「……姑且稱讚他們一下，以土匪來說，他們的戰力算是很不錯。」

友尚說著，注視著遠方的安福市街。安福雖小，但很難攻打。既然這個叫朽棧的土匪特地選擇這個規模居於劣勢的地方做為據點，可見他不是省油燈。城牆雖然並沒有特別高，也並沒有特別牢固，但後方不遠處的高山並不容易對付。陡峭的懸崖幾乎逼近市街的北側，懸崖上到處設置了箭樓，放置了投石機。雖然石頭並不大，但會同時丟下十幾個需要雙手才能抱住的石頭，連空行師都束手無策。因為箭樓在高處，所以需要較長的飛行距離，但如今根本無法靠近市街的上空。

「安福的土匪人數有多少？」

「雖然不是很清楚，但應該並不是所有的土匪都在這裡。聽說土匪也同時占據了函養山和西崔，如今西崔的規模已經超越了岨康，既然這樣，應該有將近半數的土匪留在函養山和西崔——所以說，應該不到一千——差不多八百人左右。」

友尚點了點頭，八百的人數估計和實際作戰後的感覺一致。友尚目前有一師兩千五百兵力，其中兩旅一千人留在琳宇和岨康，只靠一千五百的兵力恐怕不容易攻下安福。雖然也可以無視安福繼續趕路，但如此一來，必定會遭到前後夾擊。

「可以放火啊。」

烏衡笑著說，友尚立刻否決。

「我並沒有接到討伐土匪的命令。」

目前已經向鴻基報告，土匪占領了函養山，但並沒有接到包括掃蕩土匪在內的任何命令。

「這裡不是戰場嗎？當然需要隨機應變。」

友尚回頭看著烏衡，向前一步說：「即使如此，也是由我判斷，而不是你。」

烏衡似乎被他的氣勢嚇到，向後退了一步，然後不發一語轉過頭，吐了一口口水。

——莫名其妙。

烏衡離開陣營，走向聚集在裝物資的車輛附近那群穿著紅黑色盔甲的人。雖然盔甲的顏色有新有舊，但全都是紅色的盔甲。這是烏衡帶領的一兩二十五名士兵。烏衡本身是卒長，在他帶領的四兩兵力中，他將其中一兩都用和他相同的紅色盔甲統一，稱為自己的部下。這群被稱為赭甲的人在驍宗遠征文州時擔任驍宗身邊的護衛，奉阿選的密令帶驍宗前往函養山。雖然當時失去了超過半數的士兵，但烏衡之後挑選了他認為有潛力的士兵補充。

「將軍似乎打算陪土匪玩，我們自己行動。」

那群人聽了烏衡的話，同時露出了目中無人的笑容站起來。

「那些土匪讓女人和孩子從安福逃走了。斬殺他們！讓他們知道禁軍的厲害。」

所有赭甲都有坐騎。除了烏衡以外，其他人的坐騎都是很普通的騎獸，但比馬匹更安靜，而且速度也快多了。為了坐騎、紅色盔甲和武器，想要加入赭甲的士兵前仆後繼。

烏衡帶著部下悄悄離開陣營，先沿著和往安福方向相反的街道南下，在拉開足夠的距離之後往西前進。經過好幾個幾乎變成廢墟的里之後，慢慢向北前進，不一會兒，來到了河畔。由南往西流經安福的河流是有很多石頭的溪流，有一定的深度。雖然河面並不寬，但必須有騎獸才能跨越。從對岸看過來的視野良好，而且南側的灌木都被砍平了。雖然有一些高大的樹木，卻沒有藏身之處，然而北側有一片灌木林，不知道土匪會躲在哪裡。他們尋找視野比較良好的地方慢慢向西移動，最後來到安福的高樓看不到的位置，一口氣越過了山谷中的溪流。

過河之後，立刻聽到了應該是土匪發出的哨子聲。雖然看不到土匪躲在哪裡，但土匪似乎看到了烏衡等人。烏衡咂著嘴，拔出了朴刀。土匪應該很快就會衝過來，到時候就見一個砍一個。

「獵物沿著街道往西逃走了，快追。」

烏衡向半數的部下發出指示，自己仍然留在原地。他很快看到有好幾個人影從遠處的廬內衝了出來。

烏衡並沒有等待土匪衝過來，他騎著騎獸衝向廬。跑過來的土匪手上都拿著斧頭、鉤子和木棒這些湊合的武器，無論是斧頭還是釘耙，都是把農具和工具拿來當武器，但既然不是長槍和刀劍，烏衡當然不把他們放在眼裡。

「這些終究只是匪賊和坑夫的烏合之眾。」

烏衡冷笑著對部下說完，舉刀砍殺衝過來的那些人。他騎在騎獸上，連續砍倒三個擦身而過的人。阿選賜給他的刀很輕巧，刀身纖細，卻很鋒利。一個土匪看到烏衡的氣勢洶洶，嚇得轉身就逃，烏衡揮刀把土匪的身體劈成了兩半。土匪還來不及發出慘叫聲，上半身就滾落在地，下半身倒在地上，濺了滿地鮮血，發出了濃濃的血腥味。

「簡直輕而易舉！」

烏衡大聲說道，騎著騎獸繼續前進。當他衝進廬時，看到驚慌失措、四處逃竄的土匪。他和緊跟而來的部下一起見人就砍，部下拿著大斧和鐵鍾檢查廬家，見門就破，見窗就砸，只要看到裡面有人影，就立刻衝進去大卸八塊。躲在暗處的土匪撲了上來，但烏衡在聽到動靜的瞬間，就已經扭身閃避，然後砍下土匪揮斧落空的雙臂，土匪手上的斧頭也掉在地上。土匪茫然地看著消失的手臂，烏衡又揮刀砍下了他的腦袋，轉眼之間就制伏了這個廬。

「有土匪躲在廬內！」

土匪應該以能夠看到溪流的廬為據點，既然這樣，就逐一攻擊所有的里。烏衡又將只剩下半數的部下分出一半，指示他們向往北的街道前進，去廬內尋找其他土匪，自己率領幾名部下沿著河畔西進。看到的下一個廬的房子幾乎都倒塌了，並不像是荒廢，而是原本就只是冬天會倒塌的簡陋小屋，然後不知道哪一年被雪壓垮了。在下一個廬內看到了正在歇腳的老婦人、女人和兩個小孩，烏衡把女人和孩子交給了摩拳擦掌的部下，自己撲向老婦。老婦跪地哭著求饒，他接連砍下了老婦的一隻手和一條腿，老婦用僅剩的一隻手和一條腿爬著逃命，烏衡砍斷她的身體，最後砍下了頭。鮮血和內臟掉在冰冷的泥土地面上冒著熱氣，他瞥了一眼正在凌遲獵物的部下後離開了廬，因為他看到繼續往西，還有下一個小廬。

建中聽到風中傳來隱約的慘叫聲，騎獸猛然抬起了頭，將耳朵對著前方，然後用力吸著鼻子，似乎在嗅聞飄來的氣味。

「是慘叫聲——聽起來像女人的聲音。」

空正把坐騎靠近建中後嘀咕，清玄也騎著騎獸追了上來。

「還有哭聲——是小孩子嗎？」

建中的騎獸外形像馬，此刻轉頭看向流經南側的河流，河面吹來寒冷的風。

「在上風處。」

建中說完，瞥了一眼身後。部下正協助剛才逃來這裡的一群老人逃上山坡。他叫住其中一人，命令對方負責現場後，叫其他人跟著他，然後騎著騎獸前往上風處。

他很快就看到了廬，有一半的房子早就倒塌了，但還剩下了一半的房子。屋頂煙囪周圍的積雪已經融化，證明有人居住。建中才剛確認這件事，就聽到廬內傳來了咆哮聲和慘叫聲。「趕快！」建中騎著騎獸全速前進，來到廬家之間的廣場時，看到一頭穿著騎甲的猙獰騎獸，腳下躺了兩具壯漢的屍體。騎手似乎離開了，騎獸正貪婪地啃食屍體。建中周圍響起了驚愕和憤怒的聲音。

建中毫不猶豫地揮戟攻擊騎獸。騎獸雖然閃過一擊，但在跳向後方時，挨了清玄的棍子。雖然騎獸的前腿勉強閃過了，但清玄的棍子是梢子棍，棍子的前端用鐵鍊連結了一根短棍棒。騎獸無法避開比長棍晚一步飛過來的短棍。短棍重重打在騎獸的前腿上，騎獸翻了一個跟頭，當場倒在地上。空正的鐵錘落在牠的背上，差不多像人類腦袋般大小的鐵球敲碎了牠的脊椎，身上的騎甲也碎裂了。

騎獸身上噴出鮮血，同時發出了臨死的慘叫聲倒在地上。一個人影連滾帶爬地從旁邊的房子逃了出來，男人的身上沒有盔甲，而且只有一條腿，重心不穩地倒在地上。一個身穿紅黑色盔甲的士兵追了出來，看到眼前的狀況，立刻生氣地大叫一聲，轉身逃走了。博牛的大斧和建中的戟接連打向士兵，但那個士兵簡直就像背後長了眼睛一樣巧妙地避開了攻擊，衝進了搖搖欲墜的廬家，把家具當作擋箭牌逃了出去。

紅黑色的盔甲——那就是惡名昭彰的赭甲嗎？

博牛等人衝進廬家追上去，建中急忙騎著騎獸繞去房子後方。當建中繞到屋後時，赭甲剛好跳上繫在屋後的一匹馬上。建中的騎獸跑得比馬快，當他鞭策著騎獸追上去時，看到赭甲在快馬加鞭的同時舉起一隻手。

建中立刻看到有什麼東西一閃，他還來不及產生疑問，右肩就被什麼打中了，他整個人被推向後方，無法發出聲音，從騎獸身上滾落。他立刻縮起身體，在地上滾了一下。當他抬起頭時，又遇到了第二擊。這次看清楚了，是流星錘。

繩子前端像拳頭般大小的鐵球落在建中腦袋旁，地上立刻凹了一塊。赭甲一甩手，把繩子一拉，把鐵錘拉了回去。隨即飛過來的第三擊擦過建中的手臂，正在逃命的對方手上的繩子長度，勉強能夠打中從坐騎上掉落的建中。建中對自己被打中感到驚訝，更驚訝鐵錘直擊了失去騎手的騎獸後腦勺。赭甲不理會大驚失色的建中逃走了，建中放棄了追擊，跑向騎獸。因為鐵錘並沒有很大，所以騎獸並沒有受重傷，但似乎很受打擊，腳步有點不穩。

「你沒事吧？」

回頭一看，原來是空正。建中點了點頭，想要拉騎獸的韁繩，但發現右手使不上力。空正來到身旁，看著建中的肩膀問：「石頭嗎？」

「是流星錘，那麼遠的距離竟然被打中——而且同一錘還打到了騎獸，簡直難以相信。」

敵人丟出第一錘時完全背對著建中，建中根本沒有看到他丟出流星錘，而且丟過來的速度很驚人，敵人完全沒有旋轉流星錘，計算雙方之間的距離，毫不猶豫地一丟就中的功力令人驚嘆。

「你不要動——建中，先撤退，你需要包紮治療。」

聽到檀法寺的僧侶這麼說，建中只能接受，但現在不能撤退。

「你趕快去追，剛才那個受傷的人呢？」

「博牛正在為他包紮，但失血很嚴重，恐怕很危險。」

「可惡！」建中在嘴裡罵道，在他們說話時，部下已經去追赭甲了。建中對著他們大聲叫著：「小心他的鐵錘！」同時要求空正也趕快去追。

「我很擔心剛才聽到的慘叫聲，你趕快去看看。」

空正點了點頭離去，趕來的部下把建中推上了騎獸。

烏衡策馬狂奔，趕回部下所在的廬。他感到怒火攻心，氣得七竅生煙。花錢買了騎甲的騎獸遭到殺害實在太令人生氣，騎獸也就罷了——反正只要向阿選要就好，買騎甲的錢也要向阿選要回來，下次要央求更好的騎獸。他一路想著這些事，為自己只能騎馬逃跑感到生氣。

回到前面那個廬，看到人影跌跌撞撞地從廬家中逃出來。兩個人都穿著紅黑色的盔甲——是部下。有一個人影出現在他們背後，那個從廬家中追出來的人影身上披著破布。其中一名部下看著烏衡，舉起手、張著嘴想要求助——但背後的一擊讓他倒在地上。披著破布的人影單手抱著幼童，但動作敏捷，劍法鋒利。他是何方神聖？烏衡勒馬放慢腳步。

另一名部下和人影對峙，烏衡曾向這名部下傳授「怪力」，不要說土匪和俠客，就連普通的士兵也根本不是他們的對手，但人影輕鬆地撥開部下的刀，並趁部下重心不穩時予以斬殺。部下勉強躲過這一劍，但還來不及站穩，對方又乘勢以突刺襲來。烏衡還來不及趕過去拔刀相助，勝負就已經見了分曉。腹部被刺穿的部下向前跪在地上，人影用力揮劍砍在他肩上。

雙刃劍是刺殺的武器，並不是砍人的武器。砍人的劍刀身長，而且必須雙手使用，但眼前這個可疑人物一隻手抱著幼童。以劍的大小來看，也是單手使用的劍，但可疑人物的劍劈斷了部下斜背在身上的背帶。可見他的武功不同尋常，那把劍也非比尋常。

烏衡感到背脊發涼。因為他曾經見過這種能夠巧妙地又砍又刺的劍法。

——怎麼可能？

追擊者的腳步聲從背後傳來。可疑人物輕鬆跨過屍體朝向烏衡走來。因為他的臉被拉得很低的布蓋住了，所以一大半都看不清楚，但隱約露出的下巴線條震撼了烏衡的記憶。

烏衡立刻讓馬匹掉頭，全速逃命，然後騎到部下留下的騎獸旁跳了上去，立刻踢著鐙讓騎獸飛起來，一頭黑色的獸在轉眼之間衝到他的腳下。雖然那頭獸既沒有鞍轡，也沒有韁繩，但聽到可疑人物輕輕吹的口哨聲，立刻轉頭跑向可疑人物。顯然是被馴服的騎獸。

部下的騎獸反應遲鈍。烏衡咂著嘴，拚命催著騎獸飛行。他回頭看了一眼，發現追擊者似乎和可疑人物會合了。至少已經和他們拉開了距離。他鬆了一口氣，再度看向可疑人物，看著可疑人物仰頭看向自己的嘴和下巴的線條。

——他竟然活過來了。

沒錯。以前在函養山——曾經在他身邊侍候，然後從背後攻擊了他，差一點被他奪走性命。最後好不容易砍了他幾刀，把他丟進了縱坑，並引發崩塌埋葬了他。沒想到他竟然從地底深處爬了出來。

烏衡渾身發抖。

——他是驍宗。

當建中趕到時，清玄正和一個人影對峙。那個人破布遮臉，一隻手上抱著幼童。建中問清玄發生了什麼事，清玄默默指向身後的廬家。幾名部下衝進廬家。

「把那個孩子交給我。」

清玄用棍子指著男人。男人默然不語地把幼童放在地上。那是一個矮小的女孩，害怕地避開男人，哭個不停。她無力地垂著雙手，仔細一看，她的雙手手掌都被割開了。應該是被刀子刺穿後用力割開。清玄好像反胃般湧起了憤怒。

清玄想要抱起女孩，女孩害怕地抗拒，哭著大喊。一名部下設法抓住了想要逃走的女孩，看到她受的重傷，忍不住皺起眉頭。

「她應該很痛，但還是要用布按住止血。」

清玄說完，看著男人。

「你是誰？看起來不像是赭甲的同夥。」

男人想要說什麼，但最後什麼也沒說，閉上了嘴。

「好像——也不是土匪。」

男人聽了清玄的話，默默點了點頭。建中跳下騎獸走過去，打量著眼前的男人。男人身上散發出異樣的感覺，衣衫襤褸，從頭上蓋住上半身的布也破破爛爛，隱約可見的嘴角皮膚異樣蒼白。建中探頭向布內張望，發現他用粗織的薄布遮住眼睛。不知道是眼睛看不到，還是隔著布看外面。如果他的眼睛沒有問題，為什麼衣著這麼奇怪？

「如果你不想和我們打仗，就請你把武器交出來。」

男人聽了清玄的話，沒有任何抵抗，默默把掛在腰帶上的劍連同劍鞘一起拔下來，遞給清玄。劍鞘上傷痕累累，遞劍的手似乎也有點扭曲。

「……敵人嗎？」

建中看著清玄，又看了看那個男人。「不知道。」當清玄這麼回答時，剛才跑進盧家的人跑了回來，其中一人當場仰天大叫，另一個人跪在地上嘔吐起來。發生什麼事了？接連衝進盧家的人都臉色蒼白地跑回來。

「怎麼了？」

「一個女人、一個老婦人，還有一個小孩，都遭到凌遲……慘不忍睹。」

建中看著男人問：「是你幹的？」

「不是。」男人回答。他的聲音沙啞，小聲而無力，簡直就像在害怕，又好像在畏縮，但他的態度沒有絲毫的膽怯。一頭黑色的獸飛落在靜靜佇立在那裡的男人身旁。建中和其他人都嚇了一跳，那頭獸把頭靠在男人的側腹上摩擦著，站在男人身旁，好像在觀察建中他們。

「這是你的騎獸嗎？」

建中問，男人點了點頭，既沒有說明，也沒有抵抗，但也沒有任何友好的舉動。

「我再問你一次，你是誰？」

男人沒有回答。

「既然不知道你的身分，就無法置之不理，可以把你抓起來嗎？」

男人默默點頭。手拿繩子的同道走向騎獸，那頭巨大的騎獸發出低吼聲，男人把手放在牠的脖子上，牠立刻乖乖地讓繩子套住脖子。男人也毫無抵抗地讓繩子綁住了他。

5

只能靠空行師逐一破壞投石機。

友尚看著目前的戰果，聽到陣營內傳來一陣騷動。烏衡撥開驚訝的人群走了過來，友尚瞥了他一眼，看到他驚慌失措的樣子，立刻轉回頭看向安福，但聽到烏衡走過來說的話，整個人都僵住了。

「驍宗出現了。」

友尚回頭看著烏衡問：「——你說什麼？」

「那是驍宗，絕對錯不了。有人把他救出來了。」

「你見到他了？」

友尚激動地問，烏衡點了點頭。

「在安福的西邊，我打算從側面攻擊，所以繞了過去，結果就遇到了。」

「從側面攻擊？」
友尚並沒有下達這樣的指示，現在從側面攻擊根本沒有意義，所以他無法相信烏衡說的話。
「我帶著赭甲一起去，但不知道其他人的下落。不去追他嗎？如果不去追他，他就會逃走。」
「你一個人嗎？」
「他一個人嗎？」
「他有同夥，差不多二十人左右，但並不是士兵，八成是土匪的同夥。」
友尚注視著烏衡的臉。
「土匪是驍宗的敵人，他們不可能在一起。」
「但他真的在那裡！」
「他有說自己是誰嗎？」
「雖然沒有說，但我一看就知道了，絕對錯不了。」
烏衡難得這麼驚慌失措，而且好像有點害怕，顯然真的遭遇了異常的事。友尚回頭對部下說：「安排一兩的人手讓烏衡帶路。」
「一兩的人手不夠，至少要三兩。」
「三兩——趕快行動！」
友尚說完，想到萬一烏衡所說的話是事實，又補充了一句：「不許殺任何人，也不可讓對方受重傷，把所有人都抓起來。」

二兩人手離開後沒有多久就回來了。旅帥士真氣得整張臉都皺了起來，來到友尚面前。

「逃走了嗎？」

「似乎往西逃走，我已經派人去追了。因為有人受了傷，所以不會跑太快。雖然隨著後退，人數會增加很麻煩，但士氣的問題更嚴重。」

「士氣？」

士真點了點頭，放在身體兩側的雙手用力握拳，微微顫抖。

「士兵都不想動。赭甲擅自繞去安福西側，殺害了土匪和逃亡的女人和孩子。」

士真說到這裡，忍不住在嘴裡咒罵著。

「對不起——土匪擔心我們過河，所以在河邊的廬內安排了人手監視。烏衡擅自過了河，衝進廬內攻擊。有兩個廬遭到攻擊，殺了躲在裡面的土匪。第一個廬有七具屍體，應該就是全部了。第二個廬內有三具屍體，如果原本的人數相同，就代表其他人逃去西邊了。只不過……」

「只不過？」

士真吞吞吐吐，臉頰因為憤怒而漲得通紅。

「那兩個廬中間，有一個幾乎是廢墟的廬，有逃離安福的女人和孩子在那裡休息，在那裡發現了老婦、女人和小孩子的屍體。」
「……烏衡他們殺的嗎？」
「不只是殺了他們這麼簡單，完完全全就是凌遲至死，留下的幾乎不能稱為屍體，而是殘骸。」
母親死的時候抱著小孩，小孩被縱向劈成兩半。
「發現的士兵大叫起來，士氣一下子大降。有人說，在追緝之前，應該先埋葬那些遺骸，士兵在那裡不願離開。這也難怪——因為那個母親的腿被砍成了三段，小孩子的腸子繞在她脖子上。」
士真語帶顫抖地繼續說：「我要求處罰烏衡，那不是人幹的事。」
友尚無言以對。
士真對著默然不語的友尚說：「阿選將軍為什麼要重用那種像豺虎般的傢伙？」
「……是啊。」
友尚只能這麼回答。因為如果是以前，主公會第一個懲罰像烏衡這種士兵，會因為討厭這種人而冷淡對待，絕對不可能重用，但是，現實完全相反。既然事實相反，就只能認為正因為烏衡是這種豺虎，所以才受到重用。
——他的武功不錯。
在這次出征時，親眼目睹了烏衡和他麾下的那一兩赭甲武功超凡，之前從來不曾聽說他這麼厲害，也完全沒看出來——顯然低估了他，所以烏衡也隱藏了他的武功——這似乎才是事實。

「母子周圍也有赭甲的屍體，總共有六個人，幾乎都是一刀或是兩刀決定勝負。對方能夠打敗赭甲，可見不是等閒之輩。」

友尚微微前傾問：「武器呢？」

「應該是劍，而且異常鋒利。」

——那就對了。友尚握住了拳頭。雖然他不願承認，但烏衡他們的武功遠遠超越友尚的麾下，很少有人能夠一、兩刀就解決赭甲。即使對方在赭甲專心凌遲獵物時突然出現，也不可能殺了六個人。雖然心有不甘，但無論友尚和阿選都無法做到。

友尚至少知道有一個人有可能做到。

「立刻傳令準備離開岨康——我們也要出動，全軍行動。」

「所以？」

「烏衡似乎並不是吹牛，一定就是驍宗。」

友尚在整理衣裝的同時把麾下叫到身邊說：「烏衡的事，之後我一定會處理，目前先去追驍宗。」

「但太陽已經下山了。」

「我知道——弦雄殿後。」

朽棧發現敵人有了動靜。原本在橋的對岸擺開陣勢的部隊收了隊，好像積水開始流動般向西前進。
「——這個時候往西？」
杇棧在高樓上微微探出身體確認對方的陣勢，有一部分的確開始向西移動，而且遠遠可以看到全軍都開始移動。並不是只有一小部分而已，原本守在橋對岸的王師同時開始撤離。
「喂喂喂，不理我們了嗎？」
因為研判打下安福太耗費時間，所以放棄了嗎？他們一定打算在對岸向西移動，在離開投石機射程範圍之後一口氣過河。
「太陽已經快下山了，他們還真是不把我們放在眼裡。」
「杇棧，我們也要快走，老婆、孩子都還在撤離的路上，這樣會被他們追上。」
杵臼驚慌失措地說，杇棧點了點頭。
「天色暗下來之後，就對我們有利，等他們最後的人馬撤退，我們就出發，跟在他們屁股後面。」
杇棧的部下慌忙開始做追擊的準備。雖然有人認為，為了以防萬一，至少要讓負責投石機的人留下，但傍晚時分，看到敵營最後的人馬也開始撤離時，杇棧決定所有人都離開。因為既然敵人離開了，留在這裡也沒用。而且杇棧手下的人手原本就很少，對抗王師時的人手絕對不足，所以一個人也不能浪費。
「反正安福原本就是為了讓女人、孩子逃走之前的犧牲棋，棄之不顧也沒有問題。」

朽棧說完，將二十幾名手下分成幾組，在王師徹底離開安福後，一口氣展開追擊。

「沒有聽到哨子聲，難道王師打算不過河，一直沿著河邊往西前進嗎？」

朽棧之前安排了人手躲在河的北岸，當王師過河時就會吹哨，但遲遲沒有聽到吹哨聲。他們在暮色中奔跑時，看到河的北側亮起了火把。敵人已經過了河。朽棧派部下去叫躲在廬內的同伴，部下立刻臉色大變地跑了回來。敵人已經摧毀了廬。

「這些王八蛋，到底是什麼時候幹的？」

部下報告說，躲在廬內的將近十個人全都被殺了。

「每具屍體都被砍得面目全非，簡直殺人不眨眼。」

朽棧根據以前的經驗知道，只有惡名遠播的赭甲會凌遲犧牲者。在土匪之亂和之後的討伐中，赭甲一次又一次做這種事。那群穿著紅黑色盔甲的人殘暴不仁，簡直就像是嗜血的餓狼。令人懊惱的是，那群人武功高強，土匪根本無法和他們相提並論。

「他們派赭甲做為先遣部隊嗎？根本是人渣。」

軍隊為了獲勝不擇手段，之前就用這種殘酷無情而又冷血的手法徹底踐踏文州。

「我們要報仇！衝啊！」

朽棧和他的手下熟悉這一帶的地形。太陽已經下山，但即使在黑暗中，他們也不會迷失方向。而且敵人用火把告知了自己的位置，朽棧他們也有一分勝利的機會。

朽棧激勵著手下，跟在向西前進的隊伍後方。他們瞄準火把，接連打掉了燈火。士兵在黑暗中驚慌失措，到處亂竄。朽棧他們的武器上蓋了迷穀的印記，所以不會誤打同伴。迷穀是長在黃海的樹木，迷穀開的花有發光的性質，用迷穀花做的染料雖然很昂貴，但可以在暗處發光。他們在武器的握把附近用迷穀蓋印，不想被人看到時用手握住就可以遮起來。只要露出一部分，就可以做為記號。這是在黑暗的坑道中討生活的人累積的智慧。

王師的陣尾突然遭到攻擊，立刻亂了陣腳。當朽棧暗自鬆了一口氣，認為不值得害怕時，形勢發生了改變。他們集中燈火，調整陣勢，開始和追擊的土匪對峙。當敵人重整態勢，土匪就根本不是王師的對手。

朽棧衝進了一群士兵中，但手上的雙斧被打落了一把，立刻轉身逃走。在逃走時，遇到了背著同伴，搖搖晃晃逃命的部下。

「沒事吧？」

朽棧跑過去問，但發現部下背上的男人已經斷了氣，沾滿鮮血的衣服很熟悉。

「……是杵臼嗎？」

應該是——部下只是這麼回答。這也難怪，因為被很有重量的兵器打到，屍體的頭部已經失去了原來的形狀。

「他已經死了，把他放下趕快逃。」

部下聽到朽棧這麼說，用最後的力氣放下屍體，然後懊惱地撫摸著屍體。朽棧也輕輕拍了拍屍體。杵臼多年來都是朽棧的左右手，雖然很膽小，但很愛家人，也很重情義，吃苦耐勞。他們剛才還交談過，沒想到竟然以這種方式永別。

走了。朽棧催促著部下後退，和其他逃回來的同伴一起躲了起來。朽棧他們的損失慘重，雖然有地利之便，但一旦展開野戰，對土匪壓倒性不利。幸好朽棧他們的追擊，讓軍隊停下了腳步。原本向西前進的軍隊停止前進，對著追擊的朽棧他們擺開了陣勢。

「怎麼辦？要退回去嗎？」

赤比問，朽棧搖了搖頭。

「只要我們把王師困在這裡，撤離的人就可以逃得更遠，所以要盡可能拖住王師。」

「如果他們打過來就麻煩了。」

「那我們就攻擊到他們不至於展開攻勢的程度，我們展開波狀攻擊，即使打不贏也沒有關係。只要他們稍微進攻，我們就馬上撤退，只要敵人嚴陣以待，撤離的人就很安全。」

「瞭解了。」赤比點了點頭，計算了逃回來的人數，重新編隊。只要湊齊人數，就前進襲擊王師。當襲擊的人退回來，下一批人再向前挺進。每次出擊後回來的人數就減少，但即使明知道只是白白送死，仍然只能夠持續。一旦停止攻擊，王師就會轉為攻勢，向朽棧他們出擊。一旦王師正式展開攻擊，朽棧他們根本不堪一擊。

即使人數很少，只要持續進攻，就可以把敵人拖住。

「他們竟然完全中了我們的計，簡直讓人發毛。」

「是不是代表我們的策略正確？」

「即使策略正確，我們有和王師對抗的能耐嗎？」

除了朽棧他們的攻擊以外，應該還有其他原因困住了王師。雖然晚上無法使用弩弓是重要原因之一，但可能還有更嚴重的問題，所以讓他們既無法對朽棧他們展開攻擊，也無法繼續西進。

朽棧這麼認為——而且他猜對了。

友尚想要率兵前進。既然發現了驍宗，就必須去追人。雖然阿選命令友尚去函養山偵察，但偵察的目的是為了挖開函養山抓住驍宗。如今驍宗很可能近在眼前，既然這樣，追捕驍宗當然就是頭等大事。

然而，眼前無法動彈。士兵爆發了對赭甲的不滿，而且阿選的麾下對重用烏衡一事充滿了憤怒。無論是友尚還是他的麾下，都無法忍受烏衡帶領的赭甲所做的行為。無視軍階秩序，行為粗暴蠻橫，無視命令，擅自妄為，而且他們的行為嚴重違反了軍中的紀律。即使在不得已的情況下向百姓揮刀，也要顧及軍隊的道義和品格。士兵為自己多年來的堅持感到驕傲，當然會為這種自負遭到踐踏感到憤怒。友尚無法忽視士兵要求不能原諒烏衡和赭甲，必須抓起來嚴懲的聲音。

雖然友尚保證一定會處罰烏衡，但烏衡和赭甲嗤之以鼻，完全不服指揮。友尚亮出阿選的名字試圖讓烏衡讓步，再度惹怒了士兵。烏衡似乎發現形勢不利，不見了蹤影，一群士兵展開搜索。不知道是誰下達了追緝烏衡，逮捕歸案的命令——應該是某個卒長擅自下達了這樣的命令，然而一旦追究責任，部隊就會崩潰。

必須設法安撫士兵的情緒，讓指揮系統恢復正常。沒想到土匪趁機攻擊陣尾。雖然兵力並沒有太大的威力，但持續展開的波狀攻擊難以對付。

士兵好不容易恢復了平靜，也說服了那群去追緝烏衡等人的士兵回到陣營時，已經是拂曉時分。在寒風中停留在原地消耗了很大的體力，士氣也明顯下降。

「……先撤退回安福……」友尚嘆著氣說。

「驍宗怎麼辦？」

「即使現在去追也不可能追上。」

「是啊。」麾下也嘆著氣說。

「去支援弦雄，殲滅土匪之後回安福，然後派一卒的人手去搜索烏衡。」

王師終於開始統一行動，開始向安福——陣尾的方向擺開陣勢。朽棧見狀，知道風向變了。

「他們——打算回來這裡嗎？」

雖然朽棧等人明知道無濟於事，但還是持續展開攻擊，人數越來越少，而且天空開始泛白。目前只能隱約看到人影，一旦曙光乍現，王師的弩弓就會展開攻擊，到時候朽棧只能挨打。

「趕快回安福。」

他命令周圍的人，開始慢慢後退，但發現安福的上空出現了空行師。

「原來他們還留了兵力在那裡。」

朽棧忍不住咂嘴，原本以為王師全軍都離開了。自己處理失當，竟然讓安福唱了空城計。如果無法逃回市街，在山野逃竄，只會成為弩弓的目標。

「他媽的，我們真是外行。」

敵人應該在等待時機。雖然現在像牆壁一樣停在原地，但很快就會衝過來。

「又不是第一天了。」

赤比說話辛辣，朽棧聽了只能苦笑。

「到此為止了嗎？」

這麼多年來，始終靠拳頭過日子。雖然知道拳頭早晚會不行，除了年紀越來越大，還會受傷，有很多原因會導致拳頭無法再硬。他知道靠拳頭維生的日子無法長久，只不過朽棧沒有其他選擇。不——也許曾經有，但他努力討生活，根本看不到其他的路，更何況即使看到了其他的路，他也不知道該怎麼走。

「我們生在一個不幸的時代。」

這就是朽棧的感慨。回顧自己的人生，這句話是唯一的感慨。

「朽棧……」赤比露出窩囊的表情，朽棧對赤比笑了笑說：「不管是你還是我——每個人的運氣都很差。」

赤比發出乾笑聲搖著頭時，像影子般出現在淡墨色大地上的王師開始行動了。巨大的影子好像在抖動般搖晃，一口氣倒向朽棧他們的方向。

趕快逃，努力活下去。這是朽棧唯一的命令。賭上自己的性命趕快跑。趕快拉開距離，逃進山裡。不能回安福了。

「來了——快逃！」

土匪集團開始有人逃離，王師就像大浪般湧了過來。朽棧他們也跑了起來，避開衝過來的王師分成了兩部分。朽棧聲嘶力竭地叫著「快逃」，自己也跑了起來。一旦被王師衝散，就只能分別往南和往北逃，但是南側是河，北側是山，他們並沒有地方可以逃，一旦遭到攻擊，就只能繞到敵人的側面，盡可能拉開距離後，從北側往西逃命。王師沿著東西的方向擺開陣勢，像海浪般向南北方向進攻。朽棧和其他人只能拔腿逃命，看到一群騎馬的人逼近。雖然目前只能看到影子，但騎兵絕對可以用弓瞄準，一旦進入射程就沒命了。

朽棧做好了心理準備，停下了腳步，轉身面對騎兵，用力握住手上的斧頭。朽棧的武器是斧頭，根本不是騎兵的對手，只能孤注一擲，試著砍向馬腳。

正當他這麼想的時候，響起一陣地鳴。雖然聽起來像地鳴，但其實是許多人發出的叫聲。幾百個人因為驚訝和慌張發出聲音交織在一起，震撼了拂曉的天空。

怎麼回事？朽棧忍不住看向聲音的方向，發現王師的隊伍從西端開始散開。原本衝向朽棧的騎兵也改變了方向，慌忙向西前進。有的士兵向西前進，也有的仍然向東追趕土匪。杬棧看到王師的隊伍分成了左右兩半。

「——怎麼回事？」

杬棧雖然搞不清楚狀況，但還是移動了雙腳。因為看到了赤比，所以他走向西邊。赤比目瞪口呆地站在那裡，看向西邊。

「怎麼了？」

「不知道——是生力軍？」

仔細觀察後，王師的確遭到攻擊。

「既然是王師的敵人，就不是生力軍。」

「所以……是救兵？……來救我們？」

不知道為什麼，竟然出現了救兵。這個世界上怎麼可能有人幫助土匪？

他們茫然站在那裡，看到前面的同伴揮著手。那個人手舞足蹈地叫著：「是李齋，她來救我們了！」

杬棧目瞪口呆，最後大叫著：「——那個女人瘋了嗎！」

土匪和李齋並不是同道，反而是敵人。雖然杬棧一度提供了協助，但也僅此而已。李齋和她的同道一旦有引人注目的行動，就會增加他們暴露的可能性。

李齋不可能來營救自己。然而，有相當人數的一群人對王師展開了攻擊。他們和土匪不同，不是不會打仗的外行人。最好的證明，就是王師的隊形被打亂了，士兵明顯開始逃跑。

「這個傻瓜，難道忘了自己遭到通緝了嗎？」

雖然他說話不好聽，但鼻子深處熱熱的。

一群士兵衝了過來，但並不是攻擊，而是為了躲避什麼逃了過來。朽棧和其他人擋住他們的去路，所以他們迫不得已展開了攻擊，朽棧和其他人勉強還擊。當士兵用長槍刺過來時，朽棧打落了槍頭，然後把槍柄往上一撥打飛了。士兵失去武器，慌張地逃走了。王師的士兵東奔西逃，一頭黑色的騎獸張開翅膀從天而降。

「朽棧！」

騎獸動作俐落有力，騎在騎獸身上的正是李齋。她穿著盔甲，手上拿著劍，毫不猶豫地接連砍倒了朽棧面前的士兵，像疾風般衝了過來。

「朽棧，你沒事吧？」

朽棧只能愣在那裡點頭。

「……妳真是太瘋狂了。」

「彼此彼此。」

李齋笑著說。

「趕快往西——往函養山撤退。」

「但是……」

李齋點了點頭，似乎在說「沒問題」。

「趕快去前面，你們的家人等在那裡。」

所有土匪聽了李齊的話，就像重新活過來般臉上恢復了生氣。每個人都揮著武器，撲向擋住去路的士兵，一路逃向西邊。

6

土匪離開之後，李齊等人也慢慢開始後退。他們的目的並不是要打贏王師，只是救出土匪，讓他們退到安全的地方。只要擋住敵軍，讓土匪順利逃走。王師一定會重整旗鼓開始掃蕩，必須在此之前逃到潞溝，或是放棄函養山一帶繼續逃命。

「對不起，都怪我輕易離開了安福。」

留到最後的朽棧道歉，李齊搖了搖頭。

「反而該慶幸所有人都離開了安福，如果還有人留在安福，就必須去安福救人。」

安福有投石機，無法輕易靠近。一旦王師掌控了安福的設施，剩下的土匪在市街遭到掃蕩，想要前去營救就變得極其困難。即使安福在土匪控制之下也一樣，想要去救土匪，就必須要求土匪放棄安福逃走，如果無法說服朽棧，就必須在市街會合，到時候就很可能陷入泥沼。

王師的戰鬥能力很強。李齊他們剛趕到時，他們因為遇到意外的伏兵陷入了驚慌，導致了混亂，但已經漸漸恢復了秩序。原本無論在人數和裝備上，李齊等人就毫無勝算。王師的兵力分成了兩部分，陣尾追趕土匪，陣首和李齋等人對峙，李齋等人勉強打散了陣首，卻沒有足夠的兵力能夠追捕掃蕩。留在東側的王師擺出堅固的陣勢開始挺進，李齋率領的部隊只能慢慢後退，但無法掃蕩的士兵躲在各處，很難對付，一旦和王師的陣尾會合，就會更加傷腦筋。必須在王師會合之前往西撤退，或是把王師逼向安福的方向。

——兵力不足。

李齋目前手上有牙門觀的兩千兵力，即使加上白幟和石林觀的人手，也遠遠不及一師。王師似乎並不是一整個師，而是少了兩旅的兵力，但仍然有一千五百人。更何況論裝備和作戰熟練程度，即使人數相同，也無法戰勝王師。

和李齋等人對戰的士兵應該已經發現敵人是驍宗的麾下，不能讓王師就這樣回去——最好能夠把他們抓起來，可惜力不從心。正當李齋帶著慚愧地後退時，聽到西側傳來歡呼聲。她驚訝地抬起頭，當她看向山谷方向時，看到有新的人馬趕到了。

他們是誰？李齋內心感到納悶。

「是癸魯！」

靜之興奮地說。癸魯是霜元的麾下，之前在高卓認出了李齋，主動向她打招呼。

「李齋將軍，妳沒事吧？」

不一會兒，癸魯就來到李齋他們面前。

「州師並沒有動靜，所以霜元將軍也終於同意了。」

除了癸魯，彤矢也出現在癸魯身後。他們兩人掌握了三千名兵力。

「謝謝。」

癸魯點了點頭說：「雖然我們痛恨土匪，但並不是所有的土匪都是壞人，所以等我們奪回鴻基之後，再來思考該怎麼處置他們。目前的頭等大事，就是要盡最大的努力，延遲我們暴露的時間。」

癸魯說完，和彤矢一起準備離去。離去前回頭對李齋說：「我們對付主力部隊，你們去抓散兵。」

李齋點了點頭，讓癸魯帶著人馬經過後，留在原地指示救護受傷人員，抓住逃散的王師。連夜趕來救援的士兵終於喘了一口氣，李齋內心感激不已。

友尚遠遠地看著山谷中冒出大隊人馬，忍不住感到驚嘆。

——土匪的勢力這麼龐大嗎？

原本聽說土匪的總人數不超過一千，但從山谷中冒出來的人潮明顯超過一師。漸有疲態的部隊開始後退，士氣正旺的援軍開始向前衝。對峙的友尚軍已經疲憊不堪，氣勢越來越弱，機動力也明顯下降。

事到如今，只能撤退到安福。當他下達命令準備後退時，看到空行師從安福的方向趕來。這些空行師剛才就一直在安福的上空，似乎是原本在岨康待命的部隊機靈地派了空行師做為先遣部隊，占據了人去樓空的安福。

友尚原本以為是如此，當空行師漸漸接近時，他感覺自己臉色發白。

——不是王師。

二兩左右的空行師騎著騎獸而來，但無論怎麼看，都不是友尚的部下。盔甲各不相同，武器也各不相同，顯然只是集合有騎獸的人形成的勢力。但那些騎獸並不差，手上的武器也明顯是冬器，不是土匪或是俠客。聽說有不少前軍人加入了土匪，這些人應該也是，從他們的舉手投足就知道那些人精通打仗。

——他們為什麼沒有更早進攻？

照理說可以從友尚軍的背後進攻，但他們一直在安福上空待命，完全沒有表現出敵對的態度。雖然友尚誤判形勢，以為是麾下趕來支援，但他們沒有輕舉妄動，一直等到友尚軍敗退，準備逃回安福才進攻。

「——可惡！」

友尚咬牙切齒地罵道。他腦海中回想起阿選下令他前往函養山之後所發生的事。土匪的勢力占據了這裡，自己錯估了土匪的勢力；奉阿選之命帶了烏衡同行，士兵對烏衡和其他赭甲擅自行動和為所欲為感到憤慨。土匪比想像中更不好對付，而且勢力龐大，甚至有相當一部分是前軍人。

友尚對所有的一切都感到不滿。眼前明顯是敗戰的局面，他只覺得悔不當初。友尚是阿選的麾下，受到先王的重用，也受到成為新王的驍宗重用，他之前對主公和自己的部下都感到驕傲，也充滿自信，然而這一切都在此刻消失了。

友尚軍遭到敵人前後夾擊開始潰退。

「那些不是敵人？」

杇棧在李齋身旁驚愕地問。空行師正從王師後方展開攻擊。

「空行師？」

「他們很早就在安福的上空，我們還以為是王師留在安福的人馬。」杇棧又接著說：「那時候就覺得有點不對勁，因為我們已經用投石機擊潰了所有的空行師，原本還以為王師的確很了不起，還有後備的空行師。」

「這樣啊。」李齋雖然這麼回答，但她也不知道那些空行師是何方神聖。問了靜之，靜之也說不知道，更何況李齋的陣營內並沒有那麼多騎獸。擁有如此靈活騎獸的同伴有限，而且並不在安福方面。

「他們到底是誰？」

去思跑過來問，李齋只能回答「不知道」。王師節節敗退，癸魯和彤矢出現之後，王師就處於壓倒性不利，再加上空行師從背後攻擊，戰況幾乎已經確定。王師在轉眼之間瓦解，同伴衝向逃跑的士兵，把他們打倒、壓倒在地後抓了起來。在太陽快下山時，就完全結束了。

——難以相信李齋他們竟然打了勝仗。

創造這個奇蹟的空行師降落在李齋面前，李齋看到了熟悉的身影，忍不住叫了起來。

「這不是──翬駿？」

所以，這頭騎獸的主人是──

「泓宏！」

李齋大叫著。那是李齋的麾下，在承州分開的師帥。

「李齋將軍──終於見到妳了。」

當騎獸落地後，泓宏從騎獸身上跳了下來，李齋也跳下飛燕。

「你之前──」

「多虧檀法寺相救，才能夠活下來。」泓宏笑著說：「李齋將軍，看到妳平安真是太好了。」

「其他人呢？」

泓宏說了五名師帥中的兩個名字，包括泓宏在內，有三名師帥還活著。

「雖然失去了很多士兵，但有將近一半活了下來，大家都潛伏在承州到委州一帶，得知將軍回來了，就在光祐的指揮下，悄悄向文州移動。」

泓宏說著，握住了李齋剩下的那隻手。

「為了向將軍報告這件事，所以就帶著最低限度的手下搶先趕來這裡。」

李齋回握著他的手說：「……真是大受鼓舞。」

李齋原本已經放棄了。因為之前聽說她的麾下在承州沒有接受審判就直接被處死，在今天之前，她一直告訴自己，泓宏和其他師帥都已經不在人世，自己失去了一切。沒想到，竟然有三名麾下還活著，而且還和舉起叛旗的承州師合作。泓宏說，幸好阿選近年對地方很鬆懈，不知道是否因為困窘的關係，對之前嚴格監視的承州也放鬆了警戒。這一陣子的情況更加明顯，所以他們一路趕來文州時也不至於太辛苦，他們沿途雖然小心謹慎，但並沒有吃太多苦就趕到了這裡。

光祐抵達之後，就可以和敦厚合作，裡應外合，攻下文州城。只要能夠進入守城戰，就可以高舉大旗反抗阿選。

7

李齋陣營以優勢兵力打了勝仗，隔天花了一整天的時間掃蕩阿選軍，俘虜了殘餘兵力。沒想到王師的人數比想像中少，可能只是來討伐土匪，至少看起來不像是發現了李齋等人。

雖然盡了全力掃蕩，但一定會有漏網之魚，文州有敵對勢力這件事恐怕會傳入阿選的耳裡。在敵人備齊兵力時，墨幟的陣容會更加強大。這場仗漸漸有了勝算。

李齋等人當天深夜就帶著俘虜回到了函養山附近已經變成廢墟的市街，多年來無人居住的這個市街名叫崔峰，以前是縣城，但在討伐中遭到破壞，外城牆和城牆都蕩然無存，就連房子也幾乎所剩無幾。墨幟在支援土匪時，將陣營設置在此。只要能夠將王師擋在這裡，就可以讓土匪逃往西崔——逃往函養山和周圍的廢礦。即使無法阻擋王師，這裡原本就是無人的廢墟，所以不會連累百姓。他們利用僅剩的城牆殘骸和民宅的牆壁搭起帳篷勉強使用，市街的東北角落還剩下可以遮風避雨的房子，看起來像是以前里府的一部分，目前將指揮所設置在這裡。

「聽說你們打了勝仗。」

霜元在形同廢屋的堂屋迎接了李齋，他從西崔來到這裡。

「總算……」

他們相互拍著肩膀，為勝利感到高興時，代替門板的布掀了起來，一名勤務兵走了進來，手上拿著一把劍。

「有一個奇怪的男人，不知道屬於哪一方的勢力，所以就把他關在外圍。」

「——這是什麼？」

「俘虜身上的武器。」

和王師的士兵敵對，試圖營救土匪家人的人不可能是敵人，但他並不是土匪，當然也不是李齋他們的人。當事人什麼也不說，說要抓他時，他也毫不抵抗地成為俘虜。要求他把劍交出來時，他也二話不說就交了出來。

「只要是阿選的敵人，就是我們的盟友——因為這句話未必正確。」

只是因為他們發現這把劍似乎非同尋常，所以就來報告。

李齋訝異地接過那把劍，無論劍柄和劍鞘都傷痕累累，難以想像原來的樣子，但不難猜想以前應該很不錯。雖然不奢華，但做工很精細。滿是傷痕、褪了色的劍鞘上掛了一個小鈴鐺，也許是什麼巫術，不知道裡面是否塞了東西，鈴鐺沒有聲音。

李齋看到這個格格不入的裝飾品忍不住感到納悶，她把劍鞘夾在腋下，握住劍柄拔了出來，立刻看到了從劍鞘上的傷痕難以想像的漂亮刀身。刀刃完全沒有缺口，也沒有絲毫的黯淡，發出蒼白色清澈的光芒。

「這是……」李齋忍不住叫了一聲，因為太驚訝，腋下一鬆，劍鞘掉落在地上。霜元也猛然大叫一聲站了起來。

「——這是寒玉……！」

李齋想要向驚訝的眾人說明情況，卻說不出話，全身就像得了瘧疾般顫抖不已，甚至無法發出聲音。

寒玉——那是驕王賞賜給驍宗的劍。

「俘虜在哪裡……！」

俘虜靠著燒焦的石牆坐在昏暗的帳篷內，頭上蓋的破布遮住了大半張臉，而且還用很髒的粗布遮住了眼睛，所以看不清楚他的臉，只能看到削瘦的臉頰蒼白如蠟。

李齋從帳篷的縫隙張望後調整呼吸，拿著燈火走進帳篷。俘虜可能聽到了聲音，鎮定自若地轉頭看向李齋的方向。李齋拚命將眼前這張臉和記憶中的那張臉比較。鼻梁、下巴的線條、嘴角——

在她做出判斷之前，那張嘴微微張開。

「太驚訝了——李齋嗎？」

李齋只能喘息。那個聲音沙啞，失去了原本的宏亮。但是——千真萬確。

李齋無法發出聲音，俘虜微微轉動了臉。

「而且霜元也在。」

李齋聽到身後有人發出吼叫般的聲音，她愣了一下，才知道那是霜元。

「驍宗將軍！主上！」

霜元衝了過去，像癱倒般跪在那裡。俘虜見狀，掀起了遮住臉的布。終於看到了那雙難以忘記的深紅色眼睛，當他掀起蓋住頭的布，一頭白髮垂了下來。

李齋好像踩在雲上般走向前，雙腿一軟，當場坐在地上。她情不自禁地用手伏地。她說不出話，甚至無法呼吸。

在下一直在找你，在下知道你還活著，相信你一定會回來。無論花多少時間，即使歷經千辛萬苦，也一定要找到你。

「您的眼睛怎麼了？」

過了一會兒，聽到了霜元的聲音。李齋聽到這句話，才終於喘了一口氣。她抬起頭，發現驍宗好像畏光般瞇著眼睛。

「只是光線太刺眼，現在已經好多了。」

聽到驍宗這麼說，有人慌忙吹熄了帶來的燈火。只有原本就點著的蠟燭微微照亮周圍。

「對不起。」驍宗說完，露出憐惜的眼神看著李齋，「似乎讓妳吃了不少苦，沒事吧？」

李齋聽了，一時不知道驍宗在問什麼，過了一會兒，才想到在問自己的手臂。

「……沒事，現在已經習慣了。」

「這樣啊。」驍宗回答的聲音好像囁嚅般小聲。「你們是不是聽不清楚？現在發不出聲音，一直獨自關在那裡沒有說話的對象，就會變成這樣。」

驍宗笑著說完，將視線移向霜元。

「我第一次看到你這樣的表情。」

霜元猛然用袖子遮住了臉，所以李齋不知道霜元露出怎樣的表情。

「站在那裡的是靜之嗎？旁邊的是李齋的麾下泓宏。」驍宗說完，露出了溫和的笑容，「你們兩個人都像小孩子一樣。」

回頭一看，發現靜之和泓宏兩個人站在那裡泣不成聲。李齋見狀，也慌忙擦了擦臉。

「我很擔心你們，」驍宗環視了所有人，「你們都活著，真是太好了。」

「這是我要說的話！」

霜元大聲說道，然後跪行到驍宗面前，牽著他的手說：「您——您終於回來了。」

遠處傳來歡呼的聲音。

友尚在地窖中抬起頭。外面很吵，已經是深夜了，卻傳來好像節慶般熱鬧的氣氛。

——這也情有可原。

因為他們打敗了王師。

友尚獨自坐在石板上。這裡以前可能是倉庫，所以空間很寬敞。雖然周圍堆著堅固的石頭，但天花板幾乎都已經掉落。室內只點了一根蠟燭，昏暗中無法仔細確認，但堆起的石頭看起來像是河邊撿回來的，用灰泥把磨去稜角的石頭堆砌起來。雖然並不是無法爬上去，但友尚的雙手都被銬住了。

不知道殘雪是否融化了，水從頭頂牆壁縫隙中滴了下來，在石板地上擴散。友尚努力尋找乾的地方坐下，但身上的衣服都溼了。

疲勞和茫然讓他昏昏欲睡，不經意地聽著外面的吵鬧聲，隨著夜晚的空氣傳來的吵鬧聲以外，聽到了其他的聲音。好像害怕被人聽到的竊竊私語聲說著「主上」。因為說話的人就在地窖旁，所以他剛好聽到。但因為說話的聲音很小，友尚並沒有聽得很清楚，但還是聽到了近似吶喊的聲音好像在說「還活著」、「回來了」之類的話。

所以驍宗並不是土匪的同道嗎？後來趕到的援軍中，有不少人看起來像是王師同袍的士兵，他們發現了驍宗嗎？雖然不知道驍宗和土匪，還有援軍之間的關係，但他能夠體會說話的人的心情。原本以為已經駕崩——或是失去蹤影的主公，相隔七年終於重逢，不知道會有多高興。

友尚發現自己也有一絲羨慕。如果身處相反的立場，自己不知道會多高興。從鴻基出發時，對「為什麼重用烏衡？」產生了不滿。隨著遠離鴻基，這種不滿越來越強烈，同時也和阿選之間產生了隔閡。

土匪占領了函養山，為了趕走土匪，所以必須打仗——對友尚來說，這是理所當然的事。因為函養山被土匪占領，就無法完成主命，當然必須消滅土匪，既然身為軍人，就必須靠打仗消滅對方。

然而，他在打仗時很想對那些土匪說「現在別管這種事了」。正因為對方是土匪，所以很想對他們說，現在別和我們敵對，趕快去告訴其他同夥，遠離函養山。即使王師——烏衡——州師找上你們，也千萬不要答應，一旦答應，等待你們的將是死亡。

如果現在阿選失蹤，然後失去消息七年，自己會去找阿選嗎？再度重逢時，自己會像這樣欣喜若狂嗎？

「應該會去找他……」

友尚低頭抱著膝蓋嘀咕。在猶豫之後，友尚應該會去找阿選。因為阿選是友尚的主公，一旦重逢，應該也會感到高興，只是內心深處會感到不知所措，一定會對雖然高興，卻無法發自內心感到高興的自己感到不知所措。

幸好這一仗打輸了。雖然打了敗仗，成為俘虜，身為臣子無法完成使命，但他覺得這樣也很好。他不知道自己會遭到什麼樣的處置，也沒有興趣知道。自己奉了主命，而且忠實地打了一仗，雖然盡了力，最後還是吞了敗仗——這樣也好。

「他是去思，然後這兩位是酆都和喜溢。」

李齋內心充滿幸福地向驍宗介紹了這三個人，他們三個人也擔心李齋等人的安危，從西崔來到崔峰。

形同廢屋的堂屋根本不像是迎接王的地方，沒有門，漏窗也破了，只能用布和草蓆遮住。雖然屋頂還在，但天花板上都是漏水的痕跡，冰雪融化的水此刻也順著泥土牆流了下來。

即使在這樣的環境下，三個人仍然激動不已，最激動的就是酆都。雖然他平時看起來雲淡風輕，但此刻像木頭一樣站在那裡，一次又一次用力深呼吸。

「對了，」李齋微笑著說：「酆都來自南嶺鄉。」

「喔。」驍宗好奇地看著酆都問：「南嶺鄉的哪裡？」酆都回答得語無倫次，但看不清楚他臉上的表情。雖然堂屋內有燈火，但顧慮到驍宗的眼睛，只放了最少的數量。

——在黑暗中生活了七年。

李齋已經從驍宗口中得知了事情的經過，驍宗也很想瞭解李齋他們的情況。彼此用發問填補了失去的時間，李齋對此感到高興，但驍宗身處的狀況也帶給她很大的衝擊。

驍宗獨自在黑暗中生活了七年，沒有足夠的食物，只能靠篝火點亮黑暗，為了節省柴薪，只能維持微弱的火光，然後在黑暗中摸索，那到底是怎樣的生活。她難以想像因為沒有說話的對象，沉默的歲月讓喉嚨萎縮，無法正常發出聲音。

李齋是軍人，能夠忍受孤獨，接受過獨自離開部隊時也可以生存的訓練。即使如此，想像獨自被丟在函養山底的七年歲月，就感到背脊發涼。看到驍宗經歷了那樣的日子，仍然如此鎮定自若，簡直就像昨天之前就在王師一樣，不禁驚訝不已。

驍宗的體能看起來並沒有衰退。因為他在地底深處仍然持續做重活，只不過即使有手鐲的加持，沒有足夠食物的確對他造成了影響。和以前相比，他瘦了不少，臉頰凹了下去，因為身處黑暗的關係，臉色變得憔悴蒼白。聲音也不再宏亮，始終瞇著眼睛。雙手的指甲也異常萎縮，顯然整片指甲多次剝落。在他身上不見往日那種絕對的霸氣，但也因此讓人感到格外平靜放鬆。

驍宗平心靜氣地和酆都聊了一陣子後，轉頭看著去思。

「我很對不起瑞雲觀，同時很欽佩你們堅持留下。戴國受了你們太多恩惠，無論怎麼感謝也感謝不完，百姓應該不瞭解這些事，我代表全國百姓向你們道謝。」

「愧不——敢當。」

去思也深深地鞠躬。

「還有喜溢，多虧了如翰監院的盛情厚意，而且聽說你們也盛情對待李齋，我發自內心向你們說聲感謝。」
「不、不敢當。」喜溢驚慌失措地小聲嘀咕的樣子很滑稽。
「照理說，我應該去拜訪如翰監院，當面向他道謝，但似乎沒有這樣的時間，請代我向他問候。等我有時間之後，必定登門道謝。」
「承當不起。」
喜溢手足無措，李齋面帶微笑地看著喜溢，然後轉向驍宗說：「正如剛才所說，主上今晚在此稍事休息，明天再撤退到潞溝，之後再前往雁國。」
雖然李齋很希望帶驍宗回到西崔，讓眾多同道看到驍宗的身影，但西崔除了同道以外，還有其他人，雖然有點惋惜，但在討論之後，做出了撤退到潞溝比較理想的結論。立刻啟程上路最理想，只不過無論驍宗還是同行的李齋等人也需要稍微休養。因為李齋一路趕到安福之後，就幾乎沒有休息。
李齋說明之後，霜元又接著說：「目前正在選拔擔任護衛同行的人，由李齋帶領，因為只有李齋曾經見過延王。」
「原本也想請去思和酆都同行，」李齋看著他們兩個人說道：「但這一路以來受到你們很多照顧，也在你們的協助之下，終於找到主上，所以在下認為你們應該遠離危險，回到熟悉的生活環境，安心地過日子。」
「謝謝。」兩人齊聲說道。
霜元也點了點頭說：「目前去雁國的話，馬州、江州和藍州這三個州比較安全。

雖然馬州最近，但藍州的敵人最少——江州有墨陽山和東架，所以希望你們兩位在東架之前可以和我們同行。」

「要去東架嗎？」

去思驚訝地問，但隨即露出極其欣喜的表情。

「既然機會難得，就請主上去一趟東架。在東架休息之後，就可以上墨陽山，然後一口氣去雲海之上。」

「謝謝。」去思行禮回答。

酆都微微偏著頭說：「對東架的人來說，這無疑是最大的獎勵，但這樣會不會太危險？瑤山也有凌雲山，從那裡去雲海是否更方便？」

「酆都，你也知道，瑤山的凌雲山什麼都沒有，登上凌雲山去雲海之上必須有路，但瑤山上沒有路。」

「原來是這樣。」酆都說完苦笑起來，「我自以為很瞭解北部的路，原來還有我不知道的路。」

他又接著問：「沒有其他路了嗎？沒有比墨陽山更近的凌雲山嗎？」

「並不是完全沒有頭緒，只是不知道實際能不能走。如果多年沒有人走，路可能會堵住，也可能被棘手的對象占據。尤其是州城附近的凌雲山，因為有州師監視，所以就無法使用，要實際去現場之後，才能知道是否能夠走那條路。既然這樣，我和李齋在討論之後，決定還是走確實能夠通行的墨陽山。」

「原來是這樣。」酆都說話時顯得很高興，「那我負責留守，還有一小段路，李齋和主上就拜託兩位了。」

8

隔天，李齋把驍宗託付給麾下，讓他們出發前往潞溝。李齋和霜元留在崔峰選拔護衛。去思有牙門觀贈送的騎獸，但酆都沒有騎獸，如果騎馬同行，就會落後於人，所以只能和去思或是其他人同騎。從文州筆直西進，經過馬州南部後南下進入江州。最終目的地是恬縣的墨陽山，從那裡進入雲海，然後一口氣前往雁國。只要驍宗抵達雁國，就可以獲得諸國的支援，推翻阿選，奪回戴國。

決定之後，李齋和去思等人先回到西崔，收拾行李之後，李齋隻身回到崔峰。前往指揮所找霜元，霜元默默點了點頭，走出指揮所。他們穿越搖搖欲墜的房子，走向不遠處的倉庫。率領阿選軍的友尚目前被關在那裡。

當他們沿著傾斜的走廊走向倉庫時，看到被綁在破舊穿堂、蹲在那裡的士兵。他們都是遭到逮捕的王師軍官，軍官以下的士兵都關在別處。

他們從門和牆壁幾乎都不見的堂內看著李齋和霜元的視線都很複雜。成為俘虜當然會意志消沉，但他們的臉上還有另外的表情。李齋看著他們，從走廊經過。正當他們即將離開堂屋時，背後響起一個沙啞的聲音。

「主上還好嗎？」

李齋轉過頭，不知道擠滿只剩柱子和屋頂的穿堂內的軍官中，到底是誰問了這句話。許多人都抬頭看著李齋和霜元，似乎在等待回答。李齋看向霜元。目前還沒有公開驍宗出現這件事，但友尚的麾下都已經發現驍宗現身一事，而且正在追捕驍宗。

霜元突然走回去，對著穿堂內說：「目前正在休息。」

「有沒有受傷？」

「並沒有可以稱為傷的傷勢。」

「主上的身體還好嗎？聽說瘦了不少。」

「和你們差不多。雖然目前很疲累，但只要充分休息，應該就可以恢復了——你們會擔心嗎？」

堂內響起一陣窸窸窣窣的討論，似乎不知該如何回答。其中有一個人抬起頭說：

「主上肩負著戴國的命運。」

「是啊。」霜元點了點頭，那個人原本還想說什麼，但隨即改變主意，搖了搖頭，再度抬起了頭。雖然他雙手被繩子綁在身後，但他挺直身體說：「敬祝主上武運昌隆。」

那個人說完，深深鞠了一躬。其他軍官都有點不知所措，但有不少人也跟著鞠了一躬。

「我會轉達。」

霜元說完，催著李齋走出堂屋，走進了另一間堂屋。

「……看來並不是所有人都認同阿選的所作所為。」

「這也不奇怪。」李齋回答：「阿選麾下有很多人都通情達理，而且是非分明，原本就是品行良好的部隊。」

「搞不好他們才是對阿選謀反最驚訝的人。」

「應該是。」

——但是，阿選的麾下幾乎都基於忠義繼續跟隨阿選。只要主公下令，就必須奉命執行——這就是麾下。

李齋想著阿選麾下的心情，來到了倉庫，要求監視的人打開門鎖。從牆壁的裂縫中看到雙手被銬住的友尚垂頭喪氣地坐在那裡。

友尚原本是阿選軍的師帥——在阿選篡位之後，成為禁軍右軍的將軍。

李齋看到友尚之後，停下了腳步。

霜元對等在門旁的李齋點了點頭，獨自走進倉庫。

「……沒想到會以這種方式見面。」

霜元關上門說道，坐在傾斜交床上的友尚抬起了視線。

「——就是啊。」友尚露出自嘲的笑容後低下了頭。

雖然派人搬了最低限度的家具來這裡，但天花板破了一個大洞，因為擔心太冷，所以拉起了帳篷，也送來了氈毯和衾褥，但並沒有為他解開手銬，也沒有為他點火盆取暖。

「好久沒有聽到你的消息，原來你沒事，很高興看到平安無事。」

友尚說話的語氣很輕鬆。霜元和友尚以前都是王師的師帥，他們是舊識。雖然之前刻意保持距離，但霜元非常瞭解友尚的為人，也很肯定他的戰績。驍宗登基之後，霜元成為將軍，和仍然是師帥的友尚之間有了軍階的高低，但彼此平等的關係並沒有改變——至少霜元這麼認為。

霜元和友尚保持距離，在唯一的一張椅子上坐了下來。

「你的手下都被抓了，現在用繩子綁了起來，不過並沒有虧待他們。目前都關在幾乎露天的地方，但會緊急張羅像樣的地方。」

霜元這麼對友尚說。因為他覺得如果自己打了敗仗，遭到敵軍俘虜時，應該最關心這件事。

「可惜我們並沒有足夠的物資可以養活所有俘虜——所以想要問你，你們來文州的目的是什麼？」

霜元看著友尚的眼睛。友尚也是帶兵打仗的人，應該很清楚，如果阿選軍的目的是要討伐霜元這些「叛民」，當然不可能把俘虜的士兵放走。因為一旦重獲自由，他們一定會重整旗鼓後再次討伐霜元，否則就無法完成命令。軍人一旦接獲討伐的命令，只要還有一口氣，就必須戰到最後，在接到撤退的命令之前，絕對不會退縮。既然這樣，霜元等人只有兩種選擇，在無法給予充足食物的情況下，把俘虜繼續關在這裡揚長而去——否則就只能殺光俘虜。只要友尚說，此行的目的不是討伐，即使是說謊也沒關係，就不需要下此毒手。

友尚輕輕笑了笑說：「那我就實話實說了，這次的目的是探索函養山，完全沒想到你們竟然會在這裡。阿選將軍應該也不知道——只不過現在傳令兵應該已經直奔鴻基了。」

友尚說到這裡，突然想起了什麼，偏著頭說：「我不太清楚到底知不知道是你們，因為我們一直以為是在和土匪打仗。有土匪，土匪也有像是軍人的同道，可能是王師的同袍——傳令兵可能會這樣報告。」

友尚說到這裡，輕輕嘆了一口氣。

「函養山被土匪占領，所以無法進入，雖然雙方打了一仗，但土匪似乎有前軍人的同道，我們打了敗仗。因為一師的兵力不是對手，於是就決定撤退——如果這麼說，是否可以放了那些士兵？」

「這樣行得通嗎？」霜元問。

友尚皺著眉頭說：「……可能沒辦法，即使下了封口令，仍然可能會有人不小心說出去——還有釋放了函養山底的俘虜這件事。」

「是啊。」霜元回答後笑了起來，「但是很感謝你說撤退，被阿選知道我們的存在也是情非得已，我們早就做好了心理準備。」

當初去救土匪時，就做好了這樣的心理準備——霜元認為這樣很好。如今，霜元很感謝李齋等人堅持要去救土匪，因為這樣，所以才見到了驍宗。如果當時李齋沒有主張救援，霜元應該不會採取行動，驍宗就可能在這場仗中遭到俘虜，甚至可能發生最糟糕的情況——這次可能真的失去生命。

「你們和土匪聯手嗎？」

「這樣說有語病，應該說，土匪以前曾經幫助我們的人。」

友尚忍不住笑了起來。

「……所以甘冒暴露的風險，仍然堅持情義嗎？」

友尚輕輕笑了笑，然後仰頭看著天花板。

「——我收回。」

霜元偏著頭納悶。

「我剛才說撤退，我決定收回。」

「友尚！」

這樣的話，我們就無法釋放士兵——霜元想要這麼說，但友尚打斷了他。

「我們被土匪打敗了，我才不願意回朝之後，遭到張運之流斥責。我這次帶的三旅要在這裡就地解散。」

友尚說完，看著目瞪口呆的霜元。

——阿選將軍，到此為止了。

友尚對記憶中的主公說。友尚追隨阿選多年，在某個時間點之前，阿選一直是友尚引以為傲的主公。追隨這樣的主公讓他感到高興，也感到自豪，但是他知道，現在的情況已經不同了。

阿選說，要讓土匪協助挖掘函養山，事成之後就殺人滅口。霜元他們為了營救這些土匪，不惜讓自己曝光。

友尚能夠理解前者的想法，也覺得後者很傻，但是，友尚希望能夠像後者那樣的行動。如果可以，他希望自己屬於後者的陣營——正因為這樣，友尚以前才會奉阿選為主公，也追隨阿選多年。到底是友尚看走了眼，還是阿選變節？無論如何，友尚都無法繼續追隨阿選了。

友尚挺直身體說：「請讓我和麾下談一談。」

友尚召集了同樣成為俘虜的師帥和三名旅帥。霜元在遠處看著他們，友尚只說了一句「我將離開部隊」。部隊失去統率者，所以士兵可以自由決定去向。可以回鴻基，也可以回老家。

「將軍，你接下來有什麼打算？」一名旅帥問。

友尚說：「之前因為追隨阿選，為百姓帶來了不必要的痛苦，我必須為此付出代價。」

他在提到阿選時，已經不再用敬稱，此舉充分表達了友尚的意見。

「無論將軍去哪裡，我都會跟隨。」剛才在穿堂時說祝驍宗武運昌隆的那個男人說，原來他是友尚麾下的師帥。「如果將軍同意的話。」

友尚笑了起來。

「如果我說要回老家當漁夫呢？」

「應該不可能。」

「是嗎？」友尚笑了笑，接著又看著另外三名旅帥，「弦雄這麼說了，我已經決定離開部隊放棄軍階，你們沒有義務再跟隨我，可以憑自己的意志決定自己和部下要怎麼做。」

「我要跟隨將軍。」其中一人說，另外兩人也跟著說：「那當然。」

「我並不要求你們馬上決定，可以好好想一下。」

第一個回答的旅帥搖了搖頭說：「我是軍人——除了在戰場上揮劍，其他什麼都不會。」

他說話時的嘴角在顫抖。

「所以之前接到討伐敵人的命令時，就只能奉命行事。有人偷偷藏匿叛民，只要接到命令說，這些人是敵人，必須討伐，就會基於軍人的義務討伐，但我討厭連根本不知情的鄰居也一起殺光這種事。」

他說到這裡，用拳頭按著嘴角。

「我一直——很討厭這件事。」

「是啊……」

這名旅帥忍不住啜泣，同袍抱住他的肩膀。這名安慰的旅帥和另一名低頭抓著膝蓋，一動也不動的旅帥肩膀都在顫抖。

友尚等人在隔天花了一天的時間和士兵見面，最後，成為俘虜的友尚軍決定投靠霜元，他們從原本追隨阿選的一方倒戈成為討伐阿選的一方。

「——霜元，就看你願不願意接受我們這麼多人。」

友尚走進指揮所，對霜元說。

「我欣然接受。」

「太感謝了。」

友尚說完，拉了一張椅子，無力地坐下來。

「士兵對阿選所作所為的厭惡超乎了我的想像，他們一直在等我說『我不幹了』這句話。」

「這樣啊。」霜元只回答了這句話。

「我沒有發現所有部下都因為罪惡感而陷入痛苦……真是太失職了。」

「阿選應該也一樣，他應該知道，自己的麾下並不認同他的行為，既然這樣，難道他不知道麾下為此感到痛苦嗎？」

「老實說，我並不知道。」

「友尚，」李齋插嘴說，泓宏和靜之默默守在李齋旁邊，「在下無論如何都想知道一件事，台輔真的回到白圭宮了嗎？」

友尚點了點頭。

「台輔平安無事嗎？」

「當然。目前已經恢復了瑞州侯的身分。」

「台輔說——阿選是新王？」

「似乎是這樣——對了，我也想問你們這件事。台輔說，阿選是新王，果真如此的話，你們目前就真的變成了謀反，驍宗將軍也變成篡位者，你們能夠接受嗎？」

霜元回答他的問題。

「友尚，就像你一直追隨阿選，我們也只是追隨驍宗將軍。」

「驍宗將軍會變成篡位者嗎？」

李齋聽了友尚的問題，陷入了沉默。沐雨似乎認為這個公告很可疑——她說王宮內部有人這麼通知她，但是實際在王宮內的友尚似乎並沒有對此產生懷疑。

「驍宗將軍呢？」

霜元回答說：「明天——不，已經是今天了，主上將會轉移陣地，前往更安全的地方。在此之前，先讓主上好好休息，因為他看起來很疲累。」

「我想也是——你們竟然能夠成功地把驍宗將軍救出來。」

「並不是我們救的，而是他自己出來的。」

友尚目瞪口呆地問：「不是你們把崩塌的地方挖開救出來的嗎？不是因為這個原因，才找土匪幫忙嗎？」

「不是，」霜元回答：「並不是這樣。土匪占領函養山，是為了在山上撿碎礦石，我們好不容易才推斷出主上應該在函養山，正準備找土匪幫忙搜索，結果在我們開始行動之前，他就自己出來了。」

「簡直太驚訝了。」友尚說完這句話，立刻露出了嚴肅的表情，「不，應該說不愧是驍宗將軍──如果你們不想讓驍宗將軍成為篡位者，就必須加快腳步。」

「什麼意思？」

「我也不太清楚，但台輔說，為了讓阿選順利登基，驍宗必須禪讓，所以才會派我來函養山。也就是說，在禪讓之前，驍宗將軍仍然是王，阿選必須在驍宗禪讓之後才能登基。」

「驍宗將軍已經在我們的陣營，絕對不可能禪讓。」

友尚點了點頭說：「但如果驍宗將軍無論如何不願禪讓，他們或許會找到其他方法，一旦他們這麼做，導致天意改變，主上反而會變成謀反，必須在此之前推翻阿選。」

友尚的聲音很低沉，似乎道出了他複雜的心情。

「不好意思，」泓宏插嘴說：「我無法理解天意改變這件事，既然驍宗將軍還活著，天意就沒有理由改變。」

「我也無法理解。」友尚說完，向其他人說明了大致的來龍去脈。霜元聽了之後，終於理解沐雨為什麼說「最好不要相信」。這件事的確太可疑了。

「王宮的人都相信這件事嗎？」

「雖然不相信，但因為台輔這麼說，所以也只能相信。」

「會不會是——台輔的計謀呢？」

友尚似乎很驚訝。

「計謀——麒麟的計謀？」他瞪大了眼睛之後，突然皺起眉頭，「……有可能，至少張運一直懷疑這件事……」

「有人對這件事表示質疑嗎？」李齋問：「台輔的安全沒有問題嗎？」

「應該沒問題。因為有人懷疑，所以台輔的自由受到了限制，但並沒有人想要對台輔下手。」

「台輔應該有同行者，你知道嗎？那個人名叫項梁。」

「有，是不是英章的麾下？但項梁已經不在王宮了。」

「不在王宮？」

「他逃走了，他原本似乎打算救正賴。」

「正賴平安無事嗎？」

「雖然不能說平安無事，但還活著。項梁原本可能想要救他，所以撂倒了看守，順利和正賴接觸，最後沒有成功帶正賴逃走。因為他在事蹟敗露之前就逃走了，所以也不瞭解詳細的情況。」
「所以台輔目前身邊沒人嗎？」
「如果妳是問他是不是孤立，我必須回答『不是』，台輔周圍有人在保護他。」
李齋放心地吐了一口氣，霜元也鬆了一口氣說：「有很多事想問友尚，也有很多事必須問清楚，但還是改天再談。李齋，妳先去休息，離出發已經沒多少時間了。」
李齋點了點頭，走出正殿。她準備走回自己房間時，發現檀法寺的空正等在門口。
「我聽說你們一大早就要出發，這個給妳。」空正說完，遞給她一個包裹，「因為你們看起來就像軍人，可能會引起注意，但又不能不把劍帶在身上。既然要帶刀劍，就不能穿道服——這是弟子的衣服，有點過意不去。」
「謝謝。」
李齋恭敬地接過袈裟。有斗笠和斗笠下戴的風帽，還有防寒的披風和染成墨色的袈裟，以及穿在袈裟內的白色上衣和長褲，外加手甲和護膝。那是李齋在承州經常看到的裝扮，檀法寺的僧侶攜帶武器也很理所當然。
白色上衣、長褲和李齋等人平時穿在盔甲下的衣服無異，雖然質地單薄，但加了羊毛，也和軍隊在冬天時的裝備相同。軍隊使用的手甲、護膝是柔軟的皮革做的，因為是僧侶穿的袈裟，所以用布製作，裡面可能加了棉花，有一定的厚度。
李齋準備了一套新的小衣和鞋子，等待從潞溝來到這裡的驍宗。她把衣物放在為了啟程而就寢的主公身旁，然後把泰麒留在她那裡的旌券綁在劍鞘的鈴鐺旁。旌券背後有景王的背書，萬一發生意外時，御名御璽或許可以發揮護身符的作用。

——天還未亮，一個小規模的團隊從崔峰的廢墟出發，所有人都有騎獸，總共有十二頭騎獸。

騎獸離開之後，目送的人又靜靜消失在廢墟中。

第二十一章

1

鴻基下了一場久違的雨。雨滴滴穿了陰暗處殘留的雪，融化了冰雪。

極寒時期已經過去，張運已經被趕出朝廷，諸官的興趣已經轉移到權力結構會如何改變這件事上。目前暫無冢宰，由副冢宰案作掌管大小事，但引起了反張運派的反對。他們認為案作是張運的爪牙，必須趁這個機會趕出朝廷。

最後由阿選做出了決定。

「那就——姑且觀察一段時間。」

暫時由案作接手，觀察之後再下定論。

既然阿選這麼說，諸官就很難再表達異見。

「他親眼看到了張運的失策，也許反而適任。」

也有人表達了這樣的意見，於是就接受了由案作代理冢宰一職。這種態度是在侮辱之前沒有任何明顯作為的案作，案作安分地代理冢宰的職務。凡事都抬舉阿選，凡事都抬舉六官長，原本的反對聲浪也漸漸平息。

隨著張運失勢，冢宰這塊鎮石從政治舞臺消失，原本屬於冢宰派的官吏也跟著失勢，反冢宰派勢力也漸漸沒落。原本以為哥錫會取代張運，沒想到並未獲得太多支持。老實說，所有官吏都厭倦了權力鬥爭和明爭暗鬥。

許多官僚都認為新的時代即將來臨，即使不需要察言觀色，投機取巧，只要跟著身為麒麟的宰輔就不會錯。

泰麒越來越有發言權。六官長中雖然有人對這種現象產生了警戒，但看到了自己支持、跟隨的張運狼狽的下場，就不得不接受泰麒的建議。對泰麒的實力不斷增強產生警戒的人所提出的意見，也幾乎都遭到無視。

國家開始充滿活力地動了起來。救濟災民的工作以前所未有的速度展開，各地的義倉補充了不足的物資，復興市街受到獎勵，工作機會增加。有些里在冬季期間將原本用來播種的穀物也吃完了，於是又送去了播種用的穀物。

然後，就收到了消息。

——友尚軍在文州遭到殲滅。

「——友尚？」

阿選問，案作深深地磕頭，向阿選報告從文州飛回來的傳令兵帶回了友尚軍潰敗的消息。

「攻入函養山的三個旅和友尚將軍都失去了聯絡，根據好不容易從現場逃出來的倖存者報告，三旅都遭到殲滅，友尚將軍不是遭到俘虜，就是遭到討伐送了命。」

「到底發生了什麼事？」

阿選看著案作，然後看著案作身後的夏官長。阿選無法看到他們兩個人臉上的表情，因為他們都把額頭貼著地面，似乎準備迎接一場暴風雨。

「叔容，我在問你，到底發生了什麼事？」

友尚只是去函養山瞭解如何讓驍宗離開牢獄，照理說，根本不可能打仗，即使打仗，友尚也不可能輕易落敗。

「是。」夏官長誠惶誠恐地回答，身體縮得更小了，「情況——並不明朗。函養山一帶似乎被土匪占據，在打下土匪陣營的一個市街之後，友尚將軍在那裡和琳宇各留下一旅兵力，繼續進攻函養山。結果發生了戰鬥，友尚將軍潰敗，但大部分士兵都沒有回來，友尚將軍也失去了消息。」

「土匪的人數有多少？」

阿選在發問的同時，思考著函養山附近的土匪是否有能夠和王師對戰的龐大勢力。雖然他認為並沒有，只是並沒有十足的把握。主要的土匪集團都在討伐中殲滅了，但並沒有徹底殲滅，殘留的土匪中，有黨羽建立起這麼龐大的勢力嗎？阿選這幾年都沒有關心文州的土匪，在文州討伐結束之後，對阿選來說，土匪變成了毫無意義的存在。但是，即使重新建立起能夠和之前匹敵的勢力，也不見得能夠對抗王師。土匪是靠暴力為生的集團，但並不是軍人。即使人數相同，甚至有一倍的人數，也不可能打敗無論在裝備還是作戰經驗都更勝一籌的王師。

「並不瞭解實際人數，文州方面也無法掌握……」叔容回答後，又繼續說：「聽說土匪控制了函養山和周圍的好幾個地方，以前的函養山一帶屬於函縣，崔峰是縣城，是位在函養山入口的城市，但在討伐時消滅了。」
「也就是說，那些土匪趁縣城遭到消滅，就徹底占據了函縣嗎？」
叔容聽了案作的問題後點了點頭。
「應該就是這樣。」
「一縣──有兩千五百戶，通常來說，人口超過五千人。」
「怎麼可能？不可能有這麼大的規模。」
叔容否認。
「但是，友尚率領了一師兩千五百人前往，要打敗這些兵力，人數不可能不超過這個數字。」
「只有一千五百人，友尚將軍在琳宇和岨康留下了兩旅的兵力。」
「但友尚帶領的可是王師，土匪想要對付一千五百名王師，必須有五倍或是十倍的人數。」
「這太小看土匪了，而且友尚將軍此行並不是去打仗，完全沒有想到那裡被土匪占據。」
「話雖如此──」
阿選煩躁地打斷了他們。
「文州是怎麼回事？不僅函養山被土匪占領，甚至不知道實際有多少人數。」
阿選用強烈的語氣說完之後，突然冷靜下來──放任土匪占據，甚至不知道實際人數——這也是理所當然的事。文州侯是傀儡，阿選不下達指示，就不會做任何事。阿選在對文州失去興趣之後，沒有下達過任何具體的指示。

無論是磕頭道歉的叔容，還是露出責備眼神看著叔容的案作，都沒有露出責難的眼神看向阿選。沒錯——案作和叔容都不瞭解文州的實際狀況，整個鴻基應該只有阿選知道文州發生了什麼事，目前是怎樣的狀態。

正當他在內心咒罵著之前提不起勁做任何事的自己時，眼神空洞的下官從後方靠近，小聲向他咬耳朵說：「烏衡求見。」

阿選點了點頭說：「夠了！你們去努力調查實際情況。」

他冷冷地說完後，揮了揮手示意他們退下。兩個人戰戰兢兢地退出後，烏衡目中無人地走了進來。

烏衡既沒有磕頭，也沒有跪行，從正面走了過來。阿選見狀，覺得嘴裡發苦——他竟然回來了。

友尚沒有回來，烏衡卻回來了。因為必須瞭解文州到底發生了什麼狀況，所以看到烏衡回來，照理說應該感到高興，但阿選反而對烏衡竟然沒死感到不悅。他並不是因為武功高強而活了下來，也不是想要救友尚，卻力不從心。他根本沒打算救友尚，也不會對自己有能力相救，卻讓三旅潰敗有絲毫的自責。

烏衡身上的醜陋鍺甲上雖然多了不少汙漬，卻沒有什麼傷痕，他也沒有受傷。顯然輕鬆打仗，一看到形勢不利，就立刻逃走了。

「發生什麼事了？」
阿選冷冷地問，烏衡說出了令人震撼的回答。
「——驍宗在那裡。」
阿選差一點站起來，好不容易才忍住了。
「什麼意思？」
「就是字面上的意思，根本不需要挖墳墓，他從鬼界活著回來了。」
烏衡說完，盤腿坐了下來。
「——友尚太天真了。我告訴他驍宗在那裡，他遲遲不願出兵。他太在意體統了。我對他說，對待土匪，只要殺了或是抓起來當奴隸就好，他卻堅持要光明正大打一仗，結果反而遭到暗算。」
烏衡露出無恥的笑容說了起來。友尚和土匪在琳宇北側一個名叫岨康的地方交戰，烏衡提議用殲滅戰，但友尚不接受，和那些土匪纏鬥，結果大部分土匪退到了安福。
「在安福又再度陷入纏鬥，但這次那些土匪有城堡——土匪應該想爭取時間讓女人和小孩撤退，所以我就在市街等候，果然看到老人和帶著小孩的女人逃了出來。」
烏衡說完，陰沉地笑了起來。
阿選並沒有問他對那些人做了什麼，即使問了，也只是髒了自己的耳朵而已。
「土匪的人數有多少？」

「實際人數不知道，但在安福對峙的土匪人數並不多，應該比一旅多，但不到兩旅。」

一旅有五百人，即使兩旅也只有一千人。雖然在目前的文州，這些土匪算是勢力龐大，但和以前的土匪勢力相比，並不算是太大的黨羽。

「無法殲滅這種程度的土匪嗎？」

烏衡嘲笑般說：「因為友尚根本不想打仗，因為你叫他去調查函養山，所以他只想調查。照理說應該一舉殲滅土匪，但他竟然說什麼只要土匪逃走就好。」

「即使這樣，雙方交戰，也沒有理由會輸。」

友尚還有三旅的兵力，不僅人數較多，裝備也和土匪不一樣。王師有騎獸，也有冬器，很多軍官都是仙。土匪沒有冬器，普通的劍和長槍無法對仙造成重傷，既然這樣，根本不是王師的對手。

「土匪有援軍。」

「援軍？」

「在追捕從安福逃出來的那些人時，援軍出現了。」

「驍宗率領的嗎？」

烏衡搖了搖頭說：「並不是。趕來的援軍是土匪，或許是俠客，但至少不是軍人，也沒有組織成軍隊。」

因為沒有想到土匪有援軍，所以烏衡率領的赭甲寡不敵眾。

「事先聽說土匪勢力只有八百人左右，不知道竟然有這麼多人，友尚沒有把握實際狀況。」

「不必管友尚的事。」阿選說道，他不想從烏衡的嘴裡聽到友尚這個名字。「然後呢？」

「就只是這樣而已。援軍追上來後，我就逃走了——我在逃的時候發現驍宗砍死了我的手下。原本想上前打一仗，但後來覺得應該先回報。」

當他向友尚建議要抓人時，友尚也立刻調兵，但只派了二兩的兵力，結果應該沒抓到，等到急忙動用全軍時，已經為時太晚了。

「後來又有援軍趕到，結果就變成這樣的結果了。」

烏衡說，之後趕到的援軍人數超過原本的總人數。

「天亮之前都陷入了混戰，所以不太清楚狀況——我猜想其中有不少是前軍人，看他們打仗的方式，有這樣的感覺。」

「他們是驍宗的麾下嗎？」

「可能吧，也許是驍宗的麾下加叛民。」

「不可能，對他們來說，土匪是敵人。」

烏衡聽了阿選的話後聳了聳肩。

「也許只是叛民，即使這樣，王師也打敗了，真是太沒出息了。你麾下的膽小鬼根本不想打仗，不僅沒有做好打仗的心理準備，當生力軍出現，更不可能打勝仗，所以我就找機會離開了戰場。果然不出我的所料，跟著沒出息主將的士兵全都送了命。」

阿選瞪著烏衡。友尚絕對不是沒出息，而且烏衡也沒資格誹謗友尚。雖然阿選感到生氣，但還是移開視線，不理會烏衡的嘲笑，把怒氣吞了下去。

——小人自有小人的用途，需要有髒手去處理不想讓友尚這些麾下做的事。

「所以……驍宗呢？」

阿選努力用冷靜的聲音問。

「誰知道啊，」烏衡回答：「友尚可能順利抓到了他，也可能沒辦法抓到他。我猜想八成是後者。」

「夠了。」阿選要求烏衡退下，看到他一臉貪婪的表情，又對他說：「等一下會派人送獎賞。」烏衡露出卑賤的笑容轉過身，在他準備邁開步伐的剎那，阿選堅定了想要殺他的決心。

這個小人知道太多了，現在已經不是可以說什麼「骯髒的事就交給小人處理」這種漂亮話的局面了。

——因為驍宗出現了。

必須派兵前往文州，無論如何都必須逮到驍宗。

驍宗到底什麼時候逃離了牢獄？不知道是誰把函養山挖通了——阿選忍不住思考這個問題。難道是土匪嗎？土匪和驍宗是敵對關係，但未必沒有土匪支持驍宗。還是說，那些土匪其實是偽裝成土匪的叛民？阿選想了一下，認為這種可能性比較高。

——驍宗率領這些叛民。

但是，叛民應該想到自己會暴露，當然也會預測將遭到討伐，既然這樣，會繼續留在文州嗎？即使叛民還留在文州，以驍宗為首的主要人物應該會撤離到安全的地方。

問題在於他們離開文州之後會去哪裡。

以常識判斷，應該會去能夠受到當地支援的委州或是承州。

「——加強委州和承州的兵力，然後派兵前往文州。」

阿選找來叔容下達命令的同時，認為驍宗不可能去委州和承州。因為驍宗也會預測到自己心生警戒，加強兵力。

——如果換成自己會怎麼做？

會將計就計，前往西方的馬州，或是南方的江州嗎？但驍宗等人在那裡有落腳的地方嗎？如果沒有落腳的地方，不可能去那裡。

「……文州城。」

雖然必須取決於驍宗等人目前聚集了多少兵力，如果已經掌握了有辦法攻下文州城的兵力，將會一口氣攻下文州城。如果人數不足以攻打文州城，可能會打下附近的某個縣城。這比在馬州和江州沒有任何落腳地方的情況下就貿然前往安全多了。

——也許現在已經著手攻打了。

阿選召集了六官長。
「文州有叛民，應該是王師的同袍。」
阿選刻意不提驍宗的名字。因為驍宗目前仍然是王位的正當主人，絕對不能讓人知道驍宗率領了叛民這件事。因為一旦被人知道，阿選就會成為叛逆者。
「王師的同袍——是驍宗的麾下嗎？他們和土匪勾結嗎？」
叔容偏著頭納悶時，傳令兵跑了進來。
「收到了來自文州的第二次報告，在文州發現了前瑞州師的同黨。」
「瑞州師？」
阿選和六官長都沉著臉問道。
傳令兵磕頭說：「有人證實，似乎是瑞州師中軍。」
「瑞州師中軍——李齋嗎？」
原來她還活著。阿選在心裡嘀咕。因為一直沒有聽到她的消息，原本以為她死了。
李齋背負著弒君的汙名，之後就展開了逃亡和追緝。阿選執拗地追捕她，李齋也拚命掙扎，想要逃離，最後順利逃亡，但她的逃亡絕對不輕鬆。故鄉、過去的人脈、新的朋友，李齋失去了很多，沒想到她竟然還活著。這件事讓阿選感到驚訝，更對她至今仍然沒有喪失對抗的氣概感到意外。她這麼執拗的熱情到底為了什麼？
——憎恨阿選——這當然是原因之一，而且應該也對現狀感到義憤填膺。

就只是這樣而已嗎？阿選忍不住思考。

李齋在阿選眼中是個不可思議的人。

李齋原本並非驍宗的麾下，而且當初和驍宗一起昇山。說起來，驍宗當著她的面搶走了王位，然而，驍宗重用她，她也接受了。以阿選多年的經驗，他認定李齋內心一定與驍宗同仇敵愾。雖然他認為自己不會這麼膚淺，但軍人和官吏都難以擺脫這種膚淺的情感。

阿選突然很希望可以更早遇見李齋——阿選和驍宗之前都是王師的將軍，雙方展開了競爭，如果那時候遇到李齋，自己不知道會和李齋聊什麼。

……事到如今，再想這些也無濟於事。

叔容驚慌失措地問：「李齋將軍的——所以李齋將軍也在文州？」

阿選稍微想了一下後回答：「應該認為她也在那裡……沒錯，李齋應該在文州，一定是李齋帶領了叛民和土匪聯手。」

一定是李齋和驍宗。否則友尚不可能輕易被打敗。

「李齋將軍以前是將軍，所以這次就不只是武裝的百姓舉起叛旗——謀反而已。」

叔容驚慌失措地說。

阿選立刻喝斥道：「有什麼好驚慌的？終究只是戰敗生還的倖存者，失去了自己的麾下，只能和叛民、土匪勾結，勉強形成的勢力只是窮寇而已。」

阿選環視在場的所有人。

「友尚前往文州並不是去打仗，所以不必因為友尚的敗北而過度高估敵人的實力。窮寇根本不值得害怕，但也不能讓那些叛民因為打敗了友尚而受到吹捧，必須趁現在立刻消滅他們。立刻派兵前往文州，殲滅窮寇。」

「遵旨。」叔容當場磕頭回答。

——李齋還活著。

被稱為玄管的人靜靜離開了現場。

原來李齋順利逃了七年，還和土匪聯手，掌握了相當的勢力。

——但是，接下來該怎麼辦？

李齋率領的叛民在文州一事已經暴露。按照過去的慣例，接下來會進行大規模的討伐。

「……不，現在可能未必……」

玄管自言自語。阿選當然不會放過叛民，只是不會用以前那種方式討伐。因為現在有泰麒這塊巨大的重石。

然而，李齋仍然面臨著迫切的危機。既然已經和友尚交鋒，他們應該知道自己的存在已經曝光，他們應該對曝光之後的應對有自信，才會出手和友尚交鋒，雖然不可能輕易被阿選打敗，但目前的狀況絕對不樂觀。

——必須讓李齋活下去。

2

霜元為李齋一行人送行之後，從崔峰撤退，率領部下退到了潞溝。將牙門觀等能夠融入市街的人留在西崔後，大部分士兵都進入函養山的山中。阿選恐怕已經知道霜元等人的存在，打敗友尚軍的土匪勢力中有殘餘王師的消息絕對已經傳到了鴻基，只不過阿選無法掌握人數，如果在討伐之前派人來偵察，也不可能掌握實際的情況，只是要特別小心，盡可能避免友尚軍加入墨幟一事曝光。

「希望阿選低估我們，認為比想像中更少……」

霜元嘀咕著，環視著洞窖內。這個鑿穿山崖打造的洞窖內部經過整理，增加了許多物品，更加適合居住。目前霜元所在的這個洞窖面向戶外的房子已修理完畢，內部增加了隔間和家具，頗有堂屋的樣子。戶外的冰雪開始融化，道路開始整修，水路也開始修補。霜元剛去西崔時，最後一次看到的潞溝形同廢墟，在極寒時期結束時，漸漸有了市街的樣子。

——人很多，保護層很厚。

之前為了躲避王師，暫時逃來這裡的土匪家屬的老人和女人都留在潞溝，開始鏟雪耕地。因為土匪打敗了王師，所以岨康和安福變得很危險，無法再回去。雖然逃離文州最安全，但逃來潞溝的人似乎並沒有這個打算。

「他可沒這麼天真，會低估我們。」友尚把脫下的外套丟在稍高的炕上笑著說：「既然看不到人，應該就會認為我們躲在哪裡，在搞清楚我們的藏身之處之前恐怕很難展開進攻，希望是這種情況。」

「是啊。」霜元苦笑著說。

「不過，」友尚脫下了身上的縕袍丟在一旁，盤腿坐在鋪了毛毯的炕上，「是不是該提前行動？目前還有積雪，即使要行軍，速度也很慢，所以最好在冰雪完全融化之前攻下文州城。」

霜元點了點頭說：「目前正是這麼打算，如果敦厚大人說的情況屬實，我們已經有足夠的兵力可以攻打文州城。」

友尚聽了霜元的話，抱著雙臂陷入了沉思。

「這位老兄判斷情勢的可信度有多少？」

「不知道，敦厚大人的人品值得信賴，但他是文官，很難說他瞭解軍人的脾氣，而且我覺得他似乎不是很瞭解，軍人即使對長官再怎麼不滿，也會服從命令這一點。」

敦厚認為籠絡將軍的危險性比較高的意見雖然有道理，但無論再怎麼拉攏士兵，只要長官不動，士兵也不會有任何行動。相反地，即使所有士兵都和阿選站在同一邊，只要將軍願意為驍宗效力，整個部隊都會服從命令——就好像友尚的麾下之前即使內心再怎麼厭惡阿選做事的方法，也始終沒有抗命。

「是啊。」友尚語氣輕鬆地回答：「服從命令——軍官也一樣，但如果他認為軍官和士兵一樣，或許就看得太簡單了。」

軍中的命令關係到自己的生命，有時候長官下達的命令等同要部下「去死」，但只要長官下令「去死」，就必須去死。這就是軍人。

「進一步而言，認為只要攻下文州城就高枕無憂的想法也很危險。一旦攻下文州城，至少有了退路。只要主上出面，就會有志同道合的人聚集，這的確是事實，但會不會誤判了規模？」

「你的意思是，聚集而來的士兵並沒有期待中那麼多嗎？」

「有這種可能。你們的部下當然沒問題，原本躲藏起來的士兵都會趕來，只要下達命令，部下帶領的士兵也會聚集。但是，已經不受部下支配的士兵呢？之前很多部隊不是因為各自散開躲藏，才沒有遭到阿選討伐嗎？我對這些士兵是否仍然服從長官的命令存疑。」

「也許吧。」霜元說。

「同樣的，即使攻下了文州城，要維持文州城的代價非比尋常。如果能夠得到完整的城當然最理想，但人員和物資都可能流失，如果人手不足，物資也不足的話，巨大的城頓時會成為負擔。」

霜元再度點頭表示同意——友尚說的完全正確。文州本身無法積存糧食，隨著人口銳減、農地減少和討伐導致的荒廢，使農作物的收成減少，在這種貧瘠之中僅有的收成，大部分都被官吏掠奪，所剩不多的物資也可能在文州城被攻陷之前付之一炬。而且——如果要正面挑戰阿選，光靠牙門觀的財力根本無以為繼。

「如果有正賴隱藏的國帑……不知道該有多好。」霜元嘀咕道。

「是啊，國庫幾乎已經空了，應該是正賴藏了起來，阿選也不知道國帑的去向。至少在我所知的範圍，正賴並沒有吐實，而且從幾年前開始，大家都覺得再逼供也無濟於事，無論再怎麼嚴刑拷打，正賴都不可能說出來。」

「這麼……慘不忍睹嗎？」

友尚點了點頭。

「雖然我並不知道實際情況，但聽說是這樣——這種時候，當仙就很痛苦，因為不會輕易死去，所以下場都很悲慘。」

這幾年都沒有聽說正賴的消息，友尚也不知道正賴目前的狀況，但阿選在剛篡位時，的確積極追查國帑的下落，所以不可能輕易放過正賴——正當友尚這麼想時，突然聽到霜元說：「等一下！項梁應該真的打算營救正賴，只不過和正賴接觸之後，並沒有帶著他逃走。」

「——我聽說是這樣，怎麼了嗎？」

「都已經見到正賴了，為什麼沒有帶他離開？」

「我不太瞭解詳細的情況——有可能聽到有人趕來，但來不及解開正賴的枷鎖，可能有什麼不得已的原因，也可能正賴的身體太弱，根本沒辦法逃走，所以就叫項梁一個人離開。」

「兩種情況都有可能，但是，他們兩個人的確接觸了——而且正賴知道國帑的下落。」

友尚目瞪口呆，霜元點了點頭。

「在那種情況下，有可能不把國帑的下落託付給他嗎？」

「不可能——相反地，為了能夠確實託付，所以正賴留了下來。」

帶著成為累贅的正賴同行，兩個人都可能被抓，或是在這個過程中遭到殺害的可能性相當高，項梁獨自行動的話，成功逃走的可能性就很高，所以正賴很可能把國帑的下落告訴了項梁。

「不，等一下，」友尚舉起了手，「雖然國帑只是一堆證書，但分量很可觀。當初臥信回到鴻基時，應該帶著國帑逃走，然後潛入了地下。既然這樣，就代表由臥信實質管理國帑，並不是除了正賴以外，就沒有人知道國帑的下落。」

「的確……」霜元偏著頭，「——反過來想，李齋將阿選謀反的消息通知了鴻基和文州，英章和臥信在文州，正賴在鴻基。在他們命令我去追捕李齋時，應該就已經決定要逃亡。當時向臥信下達了回鴻基的命令，他們事先商量好，共同採取了行動。」

「英章在文州逃亡，臥信奉命回到了鴻基，之後也同樣消失了。正賴應該在臥信回到鴻基之前藏匿了國帑，然後託付給回到鴻基的臥信。」

「應該是這樣。英章離開文州後潛入了地下，臥信也帶著國帑潛入了地下。也許那時候正賴也打算逃走，但在他採取行動之前，阿選就抓了他。」

「但是，即使不需要問正賴，臥信也知道國帑的下落，英章和臥信原本應該計畫共同行動，但是——」

友尚的思考可能迷失了方向，一時說不出話，霜元繼續說了下去。

「但是，阿選為了討伐叛民，經常把附近無辜的民眾也一起捲入，導致臥信和英章無法行動，只能潛入地下銷聲匿跡。他們兩個人也因此斷了聯絡。但是，他們分別在文州和鴻基逃亡，原本預定之後要一起行動的話，一定會決定會合的地點，或是決定了相互聯絡的方法。」

「應該是。」友尚小聲嘟噥，「雖然遭到囚禁的正賴無法使用這種方法，但臥信可以使用這種方法和英章聯絡。」

「但可能這種方法失靈了，也許正賴就是中繼點。因為當時情況緊急，所以無法做充分的準備，在逃亡的時候，只能去有可能藏身的地方，但必須去了之後，才瞭解實際情況。然而，正賴手上確實掌握了什麼，所以分別約定一旦安定之後，就和正賴聯絡。沒想到正賴被阿選抓了起來，英章和臥信也就失去了相互聯絡的方法——」

「有可能。」友尚輕輕拍著大腿，「英章同時失去了臥信和國帑的下落，但正賴知道，所以要把臥信的下落告訴英章——」

「不，」霜元打斷了他，「雖然國帑由臥信管理，但那些證書數量相當驚人，臥信不可能帶在身上，一定會寄放在某個地方。正賴可能知道臥信寄放的地方，或是可以猜到在哪裡，所以想要通知英章。只要去那裡，就可以知道臥信的消息。」

霜元說完之後，好像在自我確認般用力點了點頭。

「應該就是這樣──他們三個人討論之後隱藏了國帑，建立了出逃的計畫。英章和臥信按照計畫逃亡，也帶走了國帑，但是國帑是一堆證書，雖然可以帶走，卻無法隨時帶在身上，而且帶在身上也太危險，因此就寄放在某個地方。正賴知道可以寄放的安全地方，所以才會獨自留在鴻基──為了通知寄放的地方，著手進行準備。」

「所以他才來不及逃走嗎？」

霜元點了點頭。

「臥信逃走了，前往寄放國帑的地方。那時候，因為正賴的奔走，那裡已經做好了接收這些國帑的準備，只不過正賴來不及通知英章。」

「所以才會託付給項梁。正賴應該知道英章潛伏在哪裡，也可能在正賴被阿選抓起來之前，英章通知了他。」

「既然這樣，現在英章和臥信可能已經取得了聯絡──當然，如果項梁順利找到他們的話。」

霜元在說話時難掩興奮。霜元等人的兵力被瓜分，而且在幾乎算是敵人地盤的承州解散，臥信的手下也有半數不得不留在文州，但英章在當時很快就採取了行動，全軍都潛入地下的可能性相當高。事實上，幾乎沒有聽說英章軍的士兵被抓到或是遭到處死的消息。

「英章軍五師有一萬兩千五百兵力——當然，實際人數可能沒這麼多。」

霜元聽了友尚的話，點了點頭。

「我的部下失去了指揮官，缺乏機動力，臥信也在文州失去了相當多的部下，相較之下，英章軍的人數簡直無法相提並論。」

項梁知道李齋等人在文州，只要他有意願，很容易透過道觀和神農找到霜元他們，而且只要驍宗登高一呼，到時候就一定會趕來。

友尚也表示同意。

「而且，臥信帶著兩師的兵力從鴻基逃走，那兩師也可能毫髮無傷地潛入了地下。」

「王師七師——」

「當然會有許多人離開，在之後的討伐中也有減少。」

「但是，墨幟可以補足人數。」

霜元找回的舊部下相當於兩個師，再加上李齋也找回了相當於一個師的部下。據敦厚說，文州師有相當於一軍的士兵願意呼應，承州師也有一軍，所以總共——有四軍。

霜元驚訝地嘟噥說：「……阿選不再遙不可及……」

3

連結文州和位在文州南邊的江州之間主要街道名為文江道。文江道以琳宇為起點，縱貫文州南部後進入江州，沿著江州南下，可以來到州都的漕溝，正是之前李齋一行人北上到達琳宇的路。

去江州時，走文江道最快，但州師已經守在琳宇周圍。再加上友尚留下的一旅，以及從岨康撤退的一旅，總共有兩旅兵力駐守。在友尚失去消息之後，這兩旅的兵力就由阿選指揮。友尚軍敗退後，州師提高了警戒，接近琳宇周圍太危險。即使想要繞過琳宇周圍，也幾乎沒有安全的路，而且文江道往來的行人很多，所以眼目眾多。即使為了避免引起注意而分成幾組行動，帶著騎獸上路難免引起注意。雖然也考慮過遠離街道避人耳目，在山野中飛行，只不過目前雖然寒意漸去，仍然無法在戶外露營，所以一旦被人看到，引起懷疑的可能性更高。而且驍宗的容貌很有特徵，一旦引起注意，反而更危險。即使知道不使用騎獸，混入人群中最安全，但最終要前往雁國，絕對需要騎獸。

「從崔峰往琳宇方面太危險，可以先往相反方向的龍溪，經過嘉橋後再進入文江道……」

在決定路線時，霜元曾經提出這個建議，但李齋對這個提議有點意興闌珊。從龍溪往嘉橋時，必須經過之前驍宗和襲擊者走過的山路，她總覺得帶著驍宗再走這條路，有一種不吉利的感覺。

——在下知道這太迷信了。

李齋在內心嘲笑自己，但她實在太害怕了，她擔心再次失去好不容易重逢的驍宗。這種可能性和會讓她聯想到這種可能性的一切，都令她感到害怕。

但是，琳宇周圍的確戒備森嚴，不僅是琳宇，周圍可以駐軍的地方都已經聚集了兵力。一旦兵力集結，百姓也會繃緊神經。只要冷靜思考，就知道最好避開琳宇周圍。

在和霜元等人討論之後，最後李齋一行人決定避開直接通往江州的文江道，先進入馬州，接著再南下。經過龍溪、轍圍後前往白琅的方向，在抵達白琅之前，進入很少有人來往的捷徑，再從那裡轉入南雪道，進入通往馬州南部的街道。這條路要從文州翻山越嶺進入馬州，經過馬州南部的山中，然後來到沿岸的路，中途有從馬州通往江州的山路。這條路經過墨陽山的背面——和東架相反側——通往江州州都漕溝。雖然繞了一大圈，但因為有險峻的山擋在文州和江州之間，如果要避開文江道，走這條經由馬州的山路最快。

「雖然行程的天數會增加，但這條路明顯安全多了，只要離開南雪道，行人也會減少——」

李齋向驍宗說明之後看向酆都，酆都點了點頭。

「只有南雪道人很多，離開那裡之後，行人就會大為減少，但並不是完全沒有旅人——既不會被人看到，也不會讓人留下記憶，所以是很理想的路。一旦進入馬州，很少有市井，更沒有人了，到時候就可以騎著騎獸趕路。」

驍宗看著酆都出示的圖紙，默默點了點頭。

「不僅不容易被人看到，」李齋接著說：「先繞去馬州的話，萬一遭到追蹤也會比較安心，因為在下不希望被人發現我們要去江州。」

「好。」驍宗靜靜地回答。

李齋一行人沿著事先討論決定的路線下了山。驍宗位在中央，去思等人分別在前後和他稍微保持了距離。只有李齋跟在驍宗身旁，但也一前一後，稍微保持距離。一方面是因為集體行動容易引起注意，最大的問題是驍宗的騎獸。驍宗在地底深處捕獲的騶虞還未徹底調教，對周圍其他騎獸的反應很神經質，其他騎獸也很怕羅睺。飛燕還算比較鎮定，但仍然不想靠近。李齋要求牠靠近時，飛燕不會拒絕，但始終顯得有點不滿，心神不寧。

——對不起。

李齋輕輕拍著飛燕的脖子，飛燕在喉嚨深處發出低吼，似乎在說「我知道」——我知道這件事對妳很重要。

這次又是漫長的旅程，又會增加飛燕的負擔。但是，只要到了雁國，漫長的旅程就會結束。在雁國好好休息之後，就要去營救泰麒。泰麒每次看到飛燕就會很高興。

每次都會叫著飛燕的名字，撫摸牠，抱著牠——飛燕只要察覺到泰麒的動靜，就會很高興。

——這次真的要奪回一切。

李齋想著這些事，沿著街道下了山。這條路上除了墨幟相關的人以外，幾乎都沒有其他人，所以他們幾乎不必在意旁人的眼光。在下山後不久，驍宗看到轍圍的遺跡，停了下來。李齋察覺到驍宗想去看看的心情，於是決定在以前曾經是轍圍的地方休息。

原本是市街的地方變成了一片荒野，城牆的殘骸和以前的房子留下的瓦礫棄置在那裡，長了茂密的草木，在寒冷中枯萎後，埋在殘雪下。有人在像碎冰塊般的殘雪中，踩出一條斷斷續續的路，沿著瓦礫之間一直向北延伸，通往已經枯死的黑色里木，如今幾乎只剩樹幹而已。

轍圍的人並沒有完全死光，建中也還活著，但遭到討伐之後，市街毀於一旦，居民逃走後的市街被燒光，在滅火之後遭到摧毀，當時州地官的閭師斷絕了里木的命脈。

有人在只剩下殘骸的里木下方，用平坦的石頭堆起了祭壇，上面有線香的痕跡，還排放了幾顆鴻慈的果實。那是進香祈禱的人供奉整枝鴻慈或是鴻慈的果實留下的痕跡。驍宗默默注視片刻，然後從口袋裡拿出什麼。隨著叮鈴鈴的清脆聲音，他把一個小鈴鐺放在鴻慈旁。

「這是？」李齋問。

「這是感謝。」驍宗回答。

「感謝？」

「這應該是他們的祈禱為我帶來的。」

李齋偏著頭，但發現那個小鈴鐺和驍宗劍鞘上的鈴鐺相同。驍宗閉上眼睛，對著祭壇鞠躬良久。

離開轍圍後，他們進入了第一個市街，分成兩組投宿。隔天從那裡出發上路之後，又離開了街道，但仍然走在和街道平行的山野，以免在山野中迷了路。來到白琅附近時又回到了街道，因為在山野反而容易引人注目。他們跳下騎獸，牽著騎獸徒步走在路上。第五天離開街道走捷徑，在傍晚時進入了南雪道。

經過修整的路上有很多行人，李齋一行人擔心被人發現在匆忙趕路，所以只能克制著內心的焦躁慢慢前進。驍宗看起來完全沒有激動的樣子，極其冷靜地看著周圍，但垂在斗笠下的風帽後方露出的那雙眼睛充滿熾熱，目不轉睛地看著眼前的一切。因為他什麼話也沒說，所以不知道他在想什麼。

李齋一行人在三天後終於離開了南雪道，進入了深山內通往馬州的街道。第二天，看到山谷飄著縷縷薄煙。

「——火災嗎？」

李齋一行人停下腳步。煙最濃的地方似乎是被山谷底部埋在積雪下的里。

「不好了，趕快去救他們。」

去思說完，看向身後，發現李齋臉上露出了猶豫。

——對喔。去思心想。李齋不想引人注意，不想讓別人對他們這一行人留下任何記憶，不願捲入騷動。這是理所當然的事。因為目前王和他們同行。

「請宗師和家公先離開。」

去思發現李齋放心地吐了一口氣，同時露出了帶著罪惡感的眼神。

「去吧。」驍宗開了口，「穿這身衣服卻見死不救，有損檀法寺的名譽。」

「但是……」李齋說到一半住了嘴，用力點了點頭。「我們飛到附近，然後先把騎獸放在那裡再過去。」

他們在冬天草木枯萎的山區悄悄趕路，在里附近的樹林中跳下騎獸，把騎獸留在樹林後，沿著積雪的斜坡衝了下去。出了樹林，那個里就在眼前，城牆內冒著煙，寒冷的天空中有好幾道煙柱，可見有好幾個地方都著了火，但里閭前的空地只有冰雪融化露出的黑色地面，感覺冷冷清清，也沒有看到逃出來的人影。當他們穿越空地時，聽到了尖叫聲。聲音似乎被什麼擋住了，聽起來很遙遠，但的確有很多人發出尖叫聲求救。

去思衝進里內，路上也沒有人影。路上的積雪已經清除，顯然有人居住。正前方冒出縷縷黑煙。里府和里祠，還有里家總共有四個地方冒著煙。

「還沒有看到火，趕快！」

在驍宗的催促下，所有人立刻衝了進去。來到里祠前時，發現門從外面封住了。原本可以從內側打開的門，左右兩扇門竟然被人用木板釘住，裡面傳來尖叫聲和敲門的聲音。李齋等人立刻衝向木板，合力想要拔下釘在門上的木板。煙從門縫中飄了出來，院子冒出來的煙很快瀰漫四周。

他們用力把木板往外拉，當稍微拉開後，再把木棒插進去轉動。當拉下一半時，彤矢大聲對裡面叫著，用身體撞在門上。

「往後退！要把門撞開囉！」

三個人一起撞門後，門終於撞開了，但只有能夠讓一、兩個人擠出來的縫隙，無法把門開得更大。所有人都擠在門口堵住了，人擠不出來，黑煙不停地湧出。

「快出來！」

彤矢大聲咆哮，把蹲在最前面的人拉了出來，把兩、三個人拉出來後，門終於全開了，人潮立刻湧了出來。

「發生什麼事了？」李齋問其中一個人。

「土匪——可惡！」

男人說完這句話，用力咳嗽起來，吐了一口黑色的口水，然後又說：「里府和里家也有人，請你們幫忙救人！」

在男人說話時，去思已經跑向里家的方向。周圍響起尖叫的聲音，還有火舌吞噬房子的聲音，里府冒出的煙已經出現了火苗。

——火災。

黑煙和熱氣，還有可怕的火光。

必須救人。這次一定要救人，哪怕多救一個人、兩個人也好。去思衝進里家大門，穿越院子，來到正院時，發現有好幾個人聚集在門前。他才剛鬆了一口氣，就立刻發現不對勁。聚在門口的那幾個人並不是想要把門打開，而是堵住門，不讓人打開，頓時火冒三丈。

「你們在幹什麼！」

去思大吼著跑了過去，男人驚訝地轉過頭時，去思的木棒立刻打了下去。在木棒觸到地面之前又馬上向上一揮，然後掃向側面，把旁邊的人打飛了出去。把木棒收回來時又順勢換了手，敲向釘在門上的木板，當木板出現裂縫時，用身體撞向門。黑煙和人同時從門內擠了出來。

里家前有五個人，後面還有三個人，總共有八名土匪從里府搶了東西想逃走。在里人的協助下，抓住了所有的土匪。里府的正殿燒毀了，里祠和里家的火順利撲滅。

「太感謝你們了——真不知道該說什麼。」

「不，」李齋搖了搖頭，「真希望我們早一點經過這裡。」

去思聽到李齋這麼說，在內心點著頭，轉頭看向旁邊。里人正把第五具屍體從里府抬出來。屍體排放在地上，有人吸了濃煙、蹲在地上，還有燒傷的人發出呻吟。雖然阻止了所有里人遭到殺害，但仍然無法挽救而造成很多人犧牲。

「那些人是土匪嗎？」李齋問。

一個年輕男人點了點頭說：「他們原本是附近銅礦的土匪——」

在礦山關閉之後，這些土匪經常襲擊附近的里廬，魚肉鄉民，里人忍無可忍，終於決定挺身反抗，結果——就變成這樣。

「他們趁著黑夜溜進來，把女人和孩子當成人質，把所有人都關了起來。」

李齋不時語帶同情地安慰，聽著男人聲淚俱下的控訴。去思和其他人在豎耳細聽的同時，為受傷者包紮。他看向周圍，發現驍宗不知道什麼時候已經悄悄離開，在混亂中消失不見了。去思覺得驍宗很瞭解狀況。

「各位有沒有受傷？雖然無法好好款待你們，但如果不嫌棄，今晚就住下吧。」

「不。」李齋說完，看著天空說：「我們並沒有做任何值得受款待的事。雖然你們需要人手，但我們正在趕路，不好意思，必須告辭了。」

去思聽到李齋這麼說，站了起來，把受傷的人交給身旁的女人。

「要持續冰敷。」

「謝謝。」女人深深地鞠躬道謝。

現場仍然一片混亂，太陽已經快要下山了。今天晚上恐怕必須在野外露營了。

為了避免引起注意，必須在救人之後趁亂離開。但是，有這麼多人受傷，當然不可能不幫忙滅火就離開。里府還在冒煙，還有很多受傷的人沒有得到治療。雖然很想幫忙，但繼續留在這裡，就會讓對方有打聽的機會。

「但是，那些土匪會殺回來。」

一個稍微有點年紀的男人在人群中說。

「那些人並不是全部，他們一定會回來報仇，請你們救救我們。」

李齋一臉為難的表情看著說話的男人。去思也猶豫起來。如果剛才那些土匪不是全部，的確不可能就這樣善罷甘休，但是——

有人戳了戳陷入猶豫的去思手臂，回頭一看，泓宏用眼神看向後方。去思知道泓宏示意他趕快離開，於是就向受傷的人打了聲招呼，慢慢擠出人群。雖然有點於心不忍，但目前的首要任務是送驍宗前往目的地。

「拜託了，這裡有這麼多人受傷，我們無法靠自己打敗他們。」

雖然有人苦苦懇求，但那個女人一臉歉意地搖了搖頭。她左顧右盼後說：「很抱歉，在下的同伴似乎已經離開了。」

定攝聽了，也跟著環顧四周，發現她的同伴果真不知道什麼時候不見了。

「怎麼這樣——」

「很抱歉，因為有急事，我們在趕路。」

「至少等到明天。」

「這是攸關生死的重大事情，敬請諒解。」
女人周圍的里人想要抓著她，不讓她離開。定攝走上前說：「我猜想你們應該有急事，但妳也看到這裡的狀況了，一旦土匪回來，一定會把我們所有人都殺光，但我們連逃走的力氣也沒有。」
「對不起。」女人一再重申。定攝還想說什麼，但彥衛抓住了他的手臂，一臉嚴肅的表情搖了搖頭。
「不要強人所難，都怪我們當初反抗。」
彥衛說完，拍了拍定攝的後背。
「怎麼可以找旅人幫忙？」
女人恭敬地鞠了一躬。定攝失望地看著她離去的背影。彥衛說得沒錯，旅人和定攝他們目前身處的狀況沒有任何關係，他們願意拔刀相助就已經感激不盡了──雖然他這麼告訴自己，但內心又有另一個聲音響起。到底要我怎麼做？雖然這次撿回一命，但會更加激發土匪的復仇心。不久之前，定攝帶領里人戰勝了土匪，當初得意忘形，造成了目前的結果。土匪當然不可能就這樣善罷甘休，一定會再度上門，到時候該怎麼辦？
而且──定攝忍不住想。府第到底在幹什麼？文州侯在幹什麼？為什麼那些當官的都不阻止這種目無法紀的事？
定攝感到氣憤難平，和他一樣目送女人背影的彥衛喃喃地說：「少了一個人……」

「嗯？」定攝偏著頭看向彥衛。

彥衛看著他說：「中途少了一個人，你沒看到嗎？那個人穿著袈裟，風帽壓得很低，戴著斗笠。」

「我沒注意。」

定攝意興闌珊地回答。目前還有更多重要的事要思考。

「還是先離開這裡，今晚暫時離開——」

「我真的看到了。」定攝轉身離開時，彥衛對著他的背影說。

定攝覺得彥衛說話的語氣中有一種不尋常的感覺，忍不住回頭看著他。彥衛繃緊被煤灰弄黑的臉，被煙燻紅的雙眼發出異樣的光芒。

4

——州師開始行動了。

在驍宗啟程的五天後，撤退到潞溝的霜元接到了敦厚的通知。和上次一樣，夕麗從白琅趕來通風報信。

「什麼行動？」

「州侯下達了命令，正準備做戰鬥的準備。」

「原來是這樣。」霜元點了點頭。阿選果然發現了自己的存在。因為之前就預料到了，所以並沒有慌張。

「但是和之前的討伐不一樣。」

霜元驚訝地看著夕麗的臉。

「不是討伐？」

「敦厚大人說，討伐時的行動很迅速，而且無視各種步驟——但這次根據法律和慣例，按正式的步驟行動。敦厚大人還說，應該是州師的正式行動。」

霜元忍不住思考這是怎麼一回事，友尚說：「那當然啊，因為如今王位就在眼前，阿選無法再像以前一樣胡作非為。」

原來是這樣——是這麼一回事。霜元恍然大悟，隔天又收到了來自鴻基的聯絡。

「王師似乎也和文州有相同的動向，目前正向北移動。」

「終於要來粉碎我們了嗎？」

靜之問霜元。李齋離開之後，靜之負責帶領來自琳宇的人手。霜元聽了之後，喃喃地說：「應該吧。據說目前認為我們是叛民和土匪，還說要奪回函養山。」

靜之聽了，立刻看著霜元，霜元也點了點頭。

「所以——他們打算正式攻打函養山，把主上搶回去，但是，主上已經不在那座山上了。」

「阿選還沒有發現？」

靜之喃喃地說，友尚偏著頭說：「他會不知道嗎？至少烏衡發現了驍宗，而且來向我報告。」

當時在友尚周圍的部下也聽到了烏衡說的話。

「當時在我身邊的人——」友尚看著半空回想著，「目前全都在潞溝，並沒有人會去鴻基通風報信，問題在於烏衡。」

「烏衡之後去了哪裡？」

「我不知道，你們有沒有殺他？」

霜元露出困惑的表情說：「我們殺了不少被稱為赭甲的人，但並不知道有沒有全數殲滅，也無法確認烏衡有沒有在其中。」

「我想也是……」友尚嘀咕說。

「他們前往函養山，是不是意味著烏衡並沒有回到鴻基？可能在安福西側戰死，或是逃走之後不知去向。」

「也可能逃跑了，因為他嚴重違反了軍紀。只要參加攻打安福的士兵回到鴻基，絕對會嚴格追究他的責任。」

霜元點了點頭。

「看來似乎可以認為鴻基還沒有掌握，這反而是好消息。」

「那該怎麼辦？」

靜之問霜元。

「應該派人通知朽棧，叫他們最好趕快撤離。上次只有一個師，這次動用了一軍的兵力，無論如何都不可能有勝算。既然這樣按照正規的步驟，可能把掃蕩戰列入了考慮。如果要撤離，那就越快越好。雖然朽棧可能會說，這樣會被人看不起，以後無法當土匪，但既然主上已經回來了，國家的體制就會改變，繼續拘泥於土匪過去的行事作風也沒有意義。」

「那我去。」靜之爽快地回答：「我去找朽棧說服他——讓他們來潞溝也沒問題吧？」

霜元點了點頭。

靜之立刻出發去找朽棧。

朽棧忙了半天，終於準備吃飯時，手下來報告靜之來訪。朽棧無力地丟下筷子。他從早上到現在就沒吃什麼東西，雖然多虧李齋相救，總算沒有遭到殲滅，但損失非常慘重。為傷者治療，整理市街，重新建立體制，要做的事堆積如山，但人手減少了。他忙得根本沒有時間坐下來吃飯，好不容易有時間坐下來吃飯，卻因為女人大量減少，端上來的都是分量很大，看了就倒胃口的食物。

「如果打擾到你，真不好意思——你現在才吃飯嗎？」

朽棧聽了靜之的問題，伸手拿起酒。

「沒關係，雖然肚子很餓，但完全不想吃。」

「越是這種時候，就越要好好吃飯。」

靜之說完，把一大堆食物放在方桌子上。

「這裡人手減少，你們一定很辛苦吧。這是我在附近的攤位買的——雖然這點食物無法滿足所有人。」

「太謝謝了。」杇棧眉開眼笑地打開了食物，也分給了在周圍垂涎欲滴的手下。

「因為沒有人會下廚，所以只能做出這種東西。」

靜之坐在杇棧對面，看著盤子裡完全沒有吃的食物。

「只要能吃就好，可以給我吃嗎？」

「我很樂意給你吃。」

靜之笑了笑，然後真的拿起筷子吃了起來。盤子裡裝滿了不知道什麼肉和蔬菜放在油鍋裡炸出來的食物，即使拿到面前，也只聞到油味。雖然裝了雜穀占了七成的飯，但感覺就像是飯浮在油裡。杇棧看到靜之若無其事地吃了起來，忍不住苦笑著說：「軍人太了不起了，真的完全不挑食。」

「不會不好吃啊，你要不要來一口？」

「不要。」杇棧搖了搖頭，拿起了靜之帶來的粽子。一剝開粽葉，立刻飄出香噴噴的熱氣。

「所以——有什麼事嗎？」

「會有討伐。」

靜之泰然自若地說著可怕的事。

「討伐……」

「文州師和王師出動了，文州師出動一軍或是兩軍的兵力，王師出動了一軍。文州師目前在白琅按兵不動，王師已經從鴻基出發了。」

「來討伐我們嗎？」

朽棧立刻失去了食慾。之前只有一師的兵力，就讓朽棧蒙受了巨大的損失，如果有一軍的兵力出動，結果顯而易見。

「因為你們最後打敗了王師，所以變成了打敗一師的強大土匪，通常對方就會動真格。」

「又不是我們打贏的。」

「不必擔心，我們也同樣會遭到討伐，因為對方認為我們是同夥。」

「原來我們是同夥。」

「現在變成這樣了。」靜之苦笑著，朽棧心情複雜地看著他。

朽棧從來沒有和王的麾下成為什麼同夥，雖然沒有敵對，也曾經因為某些因素幫了忙，但只是像幫其他土匪的忙一樣。說到底，朽棧把李齋等人也視為土匪的一個派系，沒有敵對的特別理由就不會發生摩擦，如果雙方利益一致，也會相互幫忙。

「對喔……你們是叛民。」

對王宮的人來說，他們就是叛民。朽棧和其他土匪雖然是非法的存在，但並沒有反對王的意志，自認並非叛民，但既然協助了叛民，就無可避免地被認為也是叛民。

「對不起，把你們也捲了進去。」

「你們救了我們，沒理由向我們道歉，反而是我該向你們道歉，因為我們太逞強，結果把你們也捲了進來。」

「是我們自願要營救你們。雖然知道一旦我們出手營救你們，你們也會被視為叛民，但還是無法袖手旁觀。」

靜之說完，看著周圍。在方桌周圍的人一動也不動地看著朽棧和靜之。

「好像少了很多人，杵臼呢？」

「……他死了。」

靜之聽了朽棧的回答，吐了一口氣。

「……是嗎？太可惜了。」

朽棧拍著桌子說：「才不是可惜而已。杵臼死了，杵臼的老婆和孩子也在安福外被殺了。小孩子才十歲，就被淩遲至死，他老婆更是——」

朽棧說到這裡住了嘴。

「——我無法原諒那些傢伙，所以說我是叛民的同夥也沒關係，他們這麼認為也沒關係。」

杵臼為了讓老婆和孩子能夠逃去安全的地方，一直奮戰到最後一刻，沒想到一家人全都死了。

「不管原不原諒，你們都不是王師一軍的對手，還是趁早撤離。」
「你們有什麼打算？」
「我們不會撤離，即使要逃，不和他們打一仗，讓他們立點功，根本無處可逃。對我們來說，這不是問題，因為我們有目的，只要能夠達到目的，即使所有的士兵都死在戰場上也是打勝仗。」
「這是什麼歪理？」
「這是軍人的道理，即使撤退，即使死在戰場上，只要能夠達到目的就是打勝仗，士兵就不是白白送死。」
雖然最終還是送命。靜之在內心小聲說道。
——**野死不葬烏可食**。
「但你們不一樣，所以趕快撤離。」
「我們……」
「遇到軍隊，就不要管什麼面子了。如果有人揶揄你們落荒而逃，就反駁他們，要他們去和軍隊打仗。你之前不是說，早晚要放棄函養山嗎？現在就是那個時候。」
靜之話音剛落，旁邊就有人問：「逃去哪裡？」
赤比站在旁邊，背後是仲活那張蒼老的臉。
「去山上，然後前往承州比較好。」
「要我們放棄函養山和甘拓嗎？丟下生計，逃去陌生的地方去當乞丐嗎？還是有什麼養家餬口的方法？」

「……好死不如賴活。」

「這和死沒什麼兩樣。不管是餓死還是凍死，或是打架被殺，都差不多。」

「接下來的天氣會越來越好，所有的地方都不會再像以前那樣拒絕外人。」

「但秋天還是會來臨，還是會有冬天。」

「你們從承州去瑞州，聽說台輔已經開始在瑞州救濟百姓。」

「我說的不是這種事。」赤比不滿地說：「你難道不知道嗎？只要時代不改變，無論逃去哪裡都一樣。只要那個豺虎還在王位上，就根本無處可逃。」

赤比說完，看著朽棧。

「首領說得沒錯，我也覺得當墨幟也無妨。」

朽棧點了點頭說：「——就是這樣。」

靜之苦笑著吐了一口氣。

「我個人的意見是希望你們撤退，至少要讓老人、受傷的人，還有女人和孩子撤退。無法逃的人可以去潞溝，那裡有可以藏身的地方，也有最低限度的物資。自從王師攻打安福之後，有些人就在那裡住了下來，但如果腰腿沒有問題，還是希望你們能夠撤退。」

「不怕我們吃掉你們的糧食嗎？」

「沒問題，雖然並不是很充足。」

「受傷的人沒辦法逃，」杇棧說：「那我們就不客氣了。」

5

出發前往文州的最後一批王師離開鴻基之後，阿選接到了來自文州邊境縣城的報告，說有人看到了像是驍宗的人。

阿選之前就猜想文州的某個地方將發生暴動，暴民將占領某個縣城或是州城。如果是這樣，會是在哪裡？他想到了包括文州城在內的六個地方，然而，目擊者的證詞顯示，驍宗經過文州西南部一個名叫南牆的里，前往馬州的方向。

「他們打算把據點設在馬州嗎？」

但是聽說驍宗一行人只有幾個人，既然這樣，就不可能想要占領馬州的某個城，只是打算逃去某個安全的地方。

「如果有足夠的勢力可以馬上攻城，就不會讓驍宗逃走……」

無論他們打算攻下哪一個城，目前還沒有足夠的人數能夠攻城，然後把攻下的城做為據點。雖然最終會想要得到一座城，只是現在還沒有達到這種程度，所以決定在引發暴動之前，讓驍宗躲藏在安全的地方。

「不能讓他們去馬州。」

對阿選來說，馬州戒備的兵力不足，而且阿選對馬州不熟——驍宗和李齋應該對馬州也不熟，之前從來不曾聽說，他們曾經和馬州有什麼淵源。

「如果要前往馬州的中央地區，一定會走南雪道……」

既然經過了南牆，想必要去馬州南部或西南部——或是江州。一旦經過聳立在州境的山區，就有很多岔路，很難追蹤他們的下落。無論如何都必須在他們走出山區之前就逮住驍宗，即使打算出動空行師，也幾乎沒有時間了。

「只能出此下策……」

阿選黯然的雙眼看向黑暗。

夜半時分，內宮派人來找歸泉，說阿選緊急召見。

「主上——召見我？」

「主上說有任務要指示歸泉大人，請立刻前往。」

阿選並沒有忘記我們——歸泉的腦海中最先閃過這個念頭。原來阿選並沒有忘記自己和其他麾下，也沒有遺棄自己。

「我馬上就去。」

歸泉回答後，請使者稍微等候，自己在更衣期間，回想起最後一次見到阿選時，阿選的聲音和笑容，同時想起了原本約好要去見杉登。因為要一起去找品堅開會，所以約定先去找杉登討論，然後一起去找品堅。歸泉猜想阿選也會同時召見品堅，既然這樣，原本預定的會議也就形同取消了。也許杉登已經接到了流會的通知，但歸泉認為自己也該去向杉登打聲招呼道歉，於是立刻派人去向杉登說明情況。

「讓你久等了。」

歸泉做好各種準備回到穿堂，發現使者像人偶般一動也不動地站在那裡，空洞的雙眼看向歸泉，用機械式的動作行了一禮。

杉登聽了歸泉派人來說明的情況，忍不住鬆了一口氣——品堅他們受了多年的冷遇。他們雖然是阿選的麾下，但一直被忽略，隨著阿選這一陣子的變化，終於得到重用。

太好了。杉登對自己有這種想法感到不可思議，同時也感到愧疚。對杉登來說，阿選是仇人，照理說，阿選的麾下也是仇人，但他覺得品堅很值得信賴，也對歸泉產生了同情。也許是因為自己的身世和他們差不多，隨著周遭形勢的變化，就像路旁的石頭般遭到丟棄，更何況他覺得品堅和歸泉並沒有企圖弒君。阿選計畫、執行了這一切，麾下只能遵從主公的決定，沒有個人的是非判斷，這就是軍人的世界。阿選決定犯罪，並實際執行，品堅和歸泉即使曾經協助，也只是因為他們是部下而已，杉登的確認為憎恨部下也無濟於事。

歸泉應該很高興——他這麼想著，獨自去找品堅，發現品堅和部下正在等他們。

「歸泉呢？」

品堅問，杉登向他說明了情況——阿選親自召見歸泉。

「——主上親自召見？」

「將軍，你也不知道這件事嗎？那應該是特別的指令。」

杉登在說話時感到不太對勁。因為歸泉雖然是阿選的麾下，但也同時是品堅的部下，也可以說是品堅的麾下，沒有向品堅打招呼就直接召見歸泉總覺得有點奇怪。

「可能阿選將軍晚一點會向你說明。」

品堅聽了杉登的話點了點頭，但露出了難以釋懷的表情。

經過半個小時的討論，重新決定了軍隊的整編。缺了友尚之後該怎麼辦？是否該推舉誰帶領這些部隊？到底該推舉誰？又該如何分配友尚留下的部隊？雖然可以完全納入新的將軍旗下，但那些留下的士兵也是友尚的麾下，將軍的人選安排不當，可能會降低士兵的忠誠心。如此一來，就會嚴重影響士氣，但如果以師旅為單位分配到各軍，就會缺乏團結，士兵無法發揮正常的實力。分割的單位越大，就可以將實力受到的影響控制在最低限度，但也同時會影響接收那些師旅的軍隊整體統率力。

「我們擔心這些事也是杞人憂天……」

品堅帶著苦笑說這句話，令人感到難過。

「將軍，歸泉被阿選將軍召見，很快就會召見你了。阿選將軍不可能對你置之不理。」

品堅聽了杉登的話，不置可否地笑了笑，既沒有表示肯定，也沒有表示否定，只是露出了一絲不安的表情。

「那我就先告辭了。」杉登說完，離開了府第。在離開的路上紛紛向同袍道別，最後只剩下自己一個人走回住處。他只要稍微繞一點遠路，就可以經過歸泉家。他打算去歸泉家看看，如果歸泉已經回到家，就可以看到他興高采烈的樣子。他想藉此機會向這個耿實善良的部下說一聲：「太好了。」

正當他準備轉去歸泉家時，看到一個人影從黑暗中走來。那個人影看起來像歸泉。

「來得早不如來得巧——」

當他出聲叫歸泉時發現了異樣。他閉嘴凝視那個影子，獨自走在黑暗中的人影走起路來搖搖晃晃，而且有點蛇行，有時候重心不穩，踉蹌幾步。

杉登訝異地看著人影，發現走過來的正是歸泉。起初以為歸泉喝醉了，當歸泉來到眼前時，才發現並非如此。歸泉無精打采，一雙混濁的雙眼看著半空，即使杉登近在眼前，他也完全沒有發現杉登，空洞的雙眼看著半空。

「歸泉？」

杉登叫了一聲，歸泉卻完全沒有聽到，甚至沒有看杉登一眼，失魂落魄地搖晃著身體，在杉登面前的轉角離去。

「歸泉，怎麼了？」

杉登跑過去把手放在歸泉肩上，但歸泉仍然沒有回頭。杉登用力拉住他，歸泉那張空洞的臉才終於轉過來，但他的眼睛仍然沒有看杉登，眼眸宛如空洞。

杉登探頭看著他的眼睛，感到一陣惡寒——他曾經見過這種狀況。就是那種疾病。歸泉已經不在歸泉的身體內。

杉登說不出話，放在歸泉肩上的手也垂了下來。歸泉可能發現了，把臉轉向前方，再度搖搖晃晃走了起來。

「歸泉，到底發生了什麼事？」

杉登對著歸泉的背影問，雖然沒有期待歸泉會回答，但步履蹣跚的歸泉頭也不回地回答說：「庫房的……」

「歸泉？」

「……鴿子……」歸泉的背影說：「……很可怕……」

烏衡一大早就被阿選召見。他喝得酩酊大醉到天亮，才剛睡著就被叫了起來，所以心情很惡劣。

但是，阿選只有在做壞事時才會找烏衡，這件事讓烏衡心情很愉快。因為自己又可以大顯身手。

他故意慢吞吞穿衣服，讓使者等在那裡，為自己一大早被叫醒洩憤。穿上每完成一次任務，顏色就變得更紅的皮甲，然後帶著阿選賜予的朴刀前往內殿。烏衡向來刀劍不離身，而且還有在阿選面前也不必卸下刀劍的特權。既然可以帶刀出現在阿選面前，就代表可以出入王宮所有的場域。他認為必須隨時讓周圍人瞭解這一點。

烏衡走進內殿時，發現阿選已經坐在龍椅上。其他人都退下，偌大的殿堂內只有阿選和烏衡兩人。阿選確認所有的門都關上之後開了口。

「驍宗的下落已經知道了。」

原來是這樣。烏衡竊笑起來。

「所以又要追捕驍宗嗎？」

烏衡笑著說這句話時，回想起七年前襲擊的情景。驍宗似乎對烏衡的劍術感到愕然，看起來驚慌失措。他無法忘記驍宗挨自己一刀時臉上的表情，無論多少次回想，都覺得心情愉快。上次遇到時來不及殺他，下次遇到，絕對要把他劈成兩半——烏衡想到這裡，忍不住微微皺起眉頭。不，阿選這次又要叫自己刀下留人嗎？

但是，烏衡暗想著，即使對阿選說，原本想要手下留情，結果失手殺了他，阿選也難辨真偽。自己並不打算置對方於死地，但對方自暴自棄——也可以這麼說。

正當他在內心竊笑時，聽到阿選說：「要追捕他，但是——殺手並不是你。」

烏衡聽了，忍不住微微偏著頭。阿選向背後叫了一聲，幾個人影從屏風後方現身。那幾個人身穿鐵甲，手上拿著劍。

烏衡看了看那幾個人，又看著阿選，正想問「這是怎麼回事？」時，立刻意識到阿選打算收拾自己。他帶著滿腔憤怒看向襲擊者。當他仔細打量時，差一點笑出來。最前面的那個人是歸泉。他是品堅的部下，愚笨而魯鈍，劍術也很平庸，自己曾經砍殺過驍宗，他根本不是自己的對手。

烏衡差一點發出笑聲，但看到歸泉的眼神後，臉上的表情僵住了。歸泉的眼神中沒有靈魂。他的魂魄已經被抽走了。烏衡立刻看向阿選，看到了阿選冷漠的眼神，整個人愣在那裡。阿選手上拿了一張咒符，然後雙手拿著咒符，一前一後緩緩撕破了。

變成傀儡的歸泉才不是自己的敵人，想要收拾自己的阿選才是敵人。殺了阿選奪取王位也不錯。正當他想要這樣大叫時，感覺到有什麼東西從自己的背脊抽走。有什麼冰冷的東西沿著脊椎蠕動，然後爬上脖子離開了自己的身體。他同時感到身體沉重，差一點發出慘叫聲。

他記得這種沉重的感覺。喝醉酒的時候，腦袋和手腳都好像塞了棉花。阿選讓賓滿附在自己身上之後，從來不曾感受過這種倦怠。

——被抽走了。

——竟然把我的賓滿抽走了！

兩眼空洞的歸泉抽出朴刀，那個根本不會打仗的魯鈍雜兵無論姿勢和動作都無懈可擊，宛如流水般自然——俐落。

烏衡在恐慌之下去抓刀柄，但顫抖的手沒有抓到，好不容易拔了出來，卻發現刀很沉重。在他慢吞吞拔刀時，歸泉已經來到烏衡面前。他用力撥開了歸泉的劍，但發現刀尖的軌跡無法像以前那麼銳利。在他的鈍刀揮過去時，歸泉早已閃開了。他慌忙抽身時，近在眼前的歸泉向他揮下了朴刀。

歸泉的刀尖就像烏衡以前一樣，在半空中勾勒出漂亮而鋒利的光的線條。

烏衡在轉眼之間就被劈成了兩半。

歸泉低頭看著從頭頂到側腹被劈成兩半的屍體，完全沒有任何感想。他不由自主地甩掉朴刀上的血滴，收回刀鞘時，旁邊響起一個聲音。

「幹得好！」

歸泉對這個聲音很熟悉，那是他期盼多年的聲音，也是期盼多年的話。即使滿腦子被烏雲籠罩，他仍然知道這一點。

他覺得有點高興，於是點了點頭。

「馬上去南牆抓驍宗——絕對不可殺他。」

一片黑暗中，只有聲音好像光一樣灑落。

歸泉點了點頭，不知道為什麼，他覺得有點難過。

6

空行師從鴻基出發前往馬州的隔天，阿選正在向叔容下達指示，泰麒臉色大變地衝了進來。

「我聽說已經知道了驍宗將軍的下落。」

泰麒一臉可怕的表情，阿選揮了揮手，示意叔容退下。

「似乎是這樣，目前正派人去抓他。」

「聽說你從瑞州師的中軍派了空行師出擊，請問為什麼沒有向我打一聲招呼就動用州師？請你說明。」

麒麟因為天性厭戰，無法統帥軍隊，所以瑞州師都掌握在王的手上。

「因為情況緊急。」

「我知道情況緊急，但我連已經發現驍宗將軍這件事也不知道，而且雖然只是形式，但要動用瑞州師時，必須經過我這個州侯的同意，請你不要再事先沒有和我商量就隨便動用瑞州師。」

阿選雙手指尖相碰，搭成籠子的形狀。

「目前是非常時期。」

「我也知道必須去迎接驍宗將軍，照理說，是我要拜託你去接驍宗將軍，但你為什麼無視我的存在動用州師？難道有什麼無法說服我的理由嗎？如果是這樣，我無法原諒。」

阿選看著自己手指搭成的籠子笑了起來。

「你無法原諒的話又怎麼樣呢？難道懇求上天取消天意嗎？還是下令使令取我的首級？」

泰麒嘆著氣說：「我在認真和你談事情，請你日後不要擅自行動，而且也請你為動用我的州師做出合理的說明。」

「逮捕驍宗，殲滅窮寇。」

「……殲滅？」

「他們是叛民，不能置之不理。」

「叛民對你不滿，才會採取行動，你要不要先傾聽一下他們的不滿？朝廷不是也必須改變嗎？」

「即使殲滅，仍然會有倖存者，到時候再聽就好。」

泰麒目不轉睛看著阿選，然後嘆了一口氣。

「算了。」

泰麒轉身準備離去。

「你要去哪裡？」

「既然你堅持擅自妄為，那我也要做自己該做的事。」

「你要指示惠棟幫助窮寇嗎？」

泰麒停下了腳步，露出極其平靜的表情轉頭看著阿選。

「──當初派惠棟去文州，不就是要在這種時候發揮作用嗎？雖然惠棟還沒有到文州，但很快就到了。一旦惠棟到了文州，文州侯就會換人。我會指示惠棟，在討伐窮寇時手下留情，甚至可以提供支援。」

阿選再度看著手指搭成的籠子。

「對你來說，惠棟是你身邊最值得信賴的人，但你仍然決定放手，把他送去鞭長莫及的文州，我必須肯定你的用心，問題在惠棟能夠順利抵達嗎？」

泰麒臉色大變。他臉色蒼白地愣在那裡，阿選輕輕笑了笑，把手伸進懷裡，出示了一張紙——不，是已經撕成兩半的紙。

「這是咒符，和木牌成為一對。」

泰麒驚訝地偏著頭，隨即張嘴倒吸了一口氣。

「這是……什麼意思？」

雖然原本想大聲質問，但他的聲音忍不住顫抖。

「就是字面上的意思，在惠棟離開鴻基時，我撕掉了，惠棟身上的木牌沒有任何意義。」

「……惠棟是你的麾下。」

「曾經是，必須用過去式，他現在已經不是我的麾下。」

「請你慎行！萬一天意改變怎麼辦？」

——難得動了怒。阿選笑了起來。

「……全都是胡說八道。」

阿選低聲說道，泰麒閉了嘴。

「我才不是新王，全都是你的計謀。」

阿選看到對方露出訝異的表情，忍不住露出淡淡的苦笑。

「你以為我曾經相信過一次嗎？」

阿選從來沒有相信泰麒的「阿選新王說」。因為他比任何人更清楚，自己早就失了道。自己從奉天命坐上王位的王手上竊取了王位，為了保護竊取的王位，虐殺百姓。天命根本不可能降臨在這樣的自己身上。

而且，他還有更直接的根據。阿選可以使役妖魔，以前泰麒周圍也有妖魔，但泰麒——泰麒的使令並沒有發現，而且泰麒也沒有降伏周圍的妖魔。

阿選故意砍斷了泰麒的角。因為琅燦告訴他，這樣可以封住泰麒身為麒麟的能力。既然這樣，泰麒能夠聽到天命嗎？

徹頭徹尾都是泰麒的欺騙——阿選一開始就瞭解到這件事。

當阿選說完後，驍宗的僕人臉色蒼白，簡短地說了一句：「穿鑿附會。」

阿選輕聲笑了起來——對麒麟來說，他的確很有膽量，簡直就像是身經百戰的士兵。

阿選當初砍他時，他還沒有這種膽識，看起來只是一個脆弱的小孩，忠於在周圍的呵護和關愛中培養起來的那顆柔軟的心。據說麒麟是慈悲的具體化。當年的他完全就是一隻幼小的麒麟，有一雙純粹而透明的眼眸。當阿選揮起劍時，他看阿選的眼神也是那麼清澈。

阿選無法原諒那雙眼睛。這隻幼小的麒麟就是用這雙眼睛挑選了驍宗，只是純粹地，沒有一絲雜念地挑選了驍宗。

如果可以認為麒麟也有麒麟的私慾和雜念，不知道該有多好，然而，那個年幼的身影讓人無法產生這樣的懷疑。

——無可救藥。

當阿選揮下劍時，他的確帶著殺意，但僅剩的一絲理智改變了劍的軌道，最後只砍下了他的角。即使聽到泰麒的慘叫聲，也完全沒有產生絲毫的同情，只有完成復仇的喜悅，和沒有殺了泰麒的懊惱——然後，麒麟從這個世界消失，再也不必看到那雙眼睛了。

原本以為如此，沒想到經過六年，泰麒又回來了，而且變成了可怕的勁敵。

阿選聽到「阿選新王說」時很驚訝。雖然出乎意料，但他並沒有相信。因為驍宗還活著，不可能同時立兩王，而且如果相信琅燦說的話，不可能連續兩任王都同姓。角被砍掉的泰麒無法聽到天命，而且自己為了篡位而虐殺百姓，無論怎麼想，天意都不可能降臨在自己身上，所以他立刻認為那是泰麒的計謀，是基於某種目的這麼說。

到底是基於什麼目的？是為了救驍宗嗎？但驍宗並不在白圭宮內，就連阿選都束手無策，如果他能夠救驍宗，那就去試一試。還是他想要拯救百姓？

阿選為了瞭解泰麒真正的目的，和他見了面。泰麒的眼眸仍然清澈，但阿選發現自己內心沒有以往的憤怒，反而難得有了某些變化——因為得到了泰麒這個敵人。

泰麒真正的目的無關緊要。雖然不知道他為了什麼目的演這齣爛戲，但如果有本事成功，那就試試看，把驍宗救出來。如果可以排除張運等人的妨礙，那就試試看。

那就超越我看看——當初也許是基於這種想法。

阿選沒有向泰麒提供任何支援，反而放出次蟾，逐一瓦解泰麒的盟友。他想見識泰麒的掙扎，看他靠自己的能力排除張運等人、營救驍宗，拯救戴國。如果他能夠靠一己之力完成，那就試試。

阿選當然知道張運和泰麒之間對立。別人以為阿選深居王宮深處，完全棄政務不顧，身邊只有傀儡，但他並沒有愚蠢到會把所有的一切都交給張運這種人。他在張運和六官長周圍安插了間諜，也知道他們在想什麼、做什麼，當然對泰麒也不例外，要求手下監視泰麒的行動——沒想到泰麒比阿選想像中更加小心謹慎，讓他無法看透。

「你指名我為新王，回到白圭宮這一招很聰明。」

雖然阿選不相信，張運等人也感到懷疑，但並沒有否定泰麒這種說法的決定性證據。因為只有麒麟知道天啟，其他人只能相信麒麟的善良，接受他所說的話。

然而，事態並沒有朝向泰麒希望的方向發展，泰麒在情急之下潛入了六寢。阿選大喜過望，覺得這個麒麟太大膽了。泰麒要求他出面主持政局，阿選並無此意，他不想成為泰麒行動的後盾。

泰麒無計可施，試圖和正賴接觸。大僕想要營救正賴，卻因為失敗而逃走。泰麒少了最大的盟友。這件事也讓阿選感到愉快。泰麒只剩下孤單一人，那就一個人去完成所有的一切。

沒想到泰麒真的開始建立自己的陣營。他把張運的敵愾心排除在一旁，靜靜地——但確實地將朝廷的氣氛扭轉向自己，開始救濟百姓，漸漸出現了結果。雖然仍然和張運敵對，但逐漸變得對自己有利。阿選視泰麒為敵，仍然忍不住感到佩服，也同時再度產生了殺機。殺了驍宗，宰了泰麒，摧毀一切。既然說我是王，那就立誓約。如果有本事做到，就做看看。

沒想到，泰麒真的做到了。

阿選產生了猶豫。難道泰麒的「新王阿選說」是真的？不可能有這種事。如果是真的，阿選不可能有這種挫敗感。一切都是泰麒的計謀，所以泰麒無法讓阿選成為王。如果阿選中了泰麒的計謀，最傷腦筋的正是泰麒。所以，阿選假裝中計。他原本就不打算放驍宗生路，也不會讓泰麒有活路——不，可以讓他活著，讓他體會什麼是絕望。

阿選故作平靜地注視著泰麒。

真想看到他被絕望壓垮，落敗的樣子。這是阿選唯一的渴望。

「錯就錯在你選擇了驍宗，你以後都會為這件事感到後悔。」

泰麒的臉上終於失去了平靜，臉色蒼白，清澈的雙眼露出了困惑的表情。

阿選冷笑道：「如果要怨，可以怨選擇驍宗的上天。」

——阿選發誓要向上天復仇。偽王竊取王位之後，想要維持國家，才會失敗。因為偽王無法得到上天的加持，但是，如果想要扼殺國家，就不會失敗，所有的天理都為阿選加持。

這一天，泰麒回到黃袍館後，王師立刻闖了進來。站在最前面的秋官宣稱，根據張運的自白，嘉磬有謀反的嫌疑。

「不可能有這種事。」

泰麒極力澄清，但秋官不予理會。除了州宰嘉磬，就連州六官長都被帶去鞫訊。

「台輔……」

潤達不安地注視著緊閉的門殿，整棟建築被從外面封住了。

「不必擔心，他們目前似乎還不打算對我的周圍出手。」

泰麒冷靜地說，但這顯然只是虛張聲勢。州六官做為府第使用的建築物遭到封鎖，黃袍館內不見任何官吏的身影，只有巖趙、耶利和潤達三個人准許留在泰麒身邊，而且要求任何人都不得離開黃袍館，甚至不能離開正院。雖然秋官向他們說明是為了防止繼續謀反，但泰麒很清楚，這完全是彌天大謊。

第二十二章

十二國記

1

從鴻基北上而來的一軍王師已經過了州境，正往琳宇的方向而來。文州這一陣子的氣候良好，但從前天開始，寒流突然來了一記回馬槍，氣溫驟然下降，好不容易鬆動的泥土再次凍結，天空飄起了雪。

在王師北上之際，朽棧等人正式納入靜之的指揮之下，同時離開了岨康，撤退到安福。離開之前，先讓坑夫和出入的商人這些有能力逃走的人經由街道往承州撤退，只有一部分土匪和富有機動性的部隊留在安福，函養山的工人也都撤離，幾乎所有的人員都集中在西崔。州師仍然沒有動靜，雖然有一軍在白琅周圍安營，但一直停在那裡。

「不知道多久才會有動靜。」

墨幟的主要人員都集中在正堂，墨幟內的整體局面很自然地安定下來。霜元指揮的高卓派擁有最多兵力，連同李齋率領的琳宇派成為墨幟的核心。高卓派中包括了由霜元麾下的霜元系，和在文州解散的英章軍、臥信軍的倖存者組成的王師系，還有脫離了承州師的承州系，在高卓聚集的俠客、叛民，以及由高卓戒壇的人組成的戒壇系這四系人馬。戒壇系內雖然有許多不擅長打仗的人，但人數眾多，而且一部分俠客和檀法寺的人武藝高強，所以這股勢力不容小覷。琳宇派則可以細分為李齋麾下的李齋系，朽棧率領的土匪系，除了這些擅長打仗的勢力，也有以建中為中心的白幟和俠客集團；牙門觀的人手雖然戰力不佳，但對文州的情況很瞭解，具備了地理之便。倒戈的友尚派三旅戰力最強，悄悄沿著街道移動的人數即將超過一萬人。

「不知道他們知道土匪放棄了岨康之後，會進軍到岨康，還是得知朽棧他們聚集在西崔，所以前往嘉橋。」友尚看著地圖說道。

霜元搖了搖頭說：「應該不會去嘉橋，嘉橋雖然可以通往龍溪，但路面寬度無法讓王師進軍，而且山路上也還有積雪。」

「還是往亢汲？」

亢汲可以經由豐澤、轍圍往龍溪的方向。

「這更不可能。如果要攻打西崔，如果不從兩個方向進攻就失去了意義，最好是從三個方向攻打。從轍圍方向東進，同時從琳宇北上，並占領嘉橋。既然已經準備動用州師，應該會派州師守西側，從白琅經由轍圍往龍溪，所以王師會從琳宇走山路往岨康的方向。」

目前已經有一軍的州師守在琳宇，一旦和王師會合，總共有兩軍的兵力。如果有兩軍從東進攻，同時有一軍或兩軍從白琅方向進攻而來，就可以輕而易舉擊垮墨幟。

「但是，」友尚開了口，「琳宇的州師當初是為了支援我們，州師必須出動才能動用兵站，因為州的兵站無法直接支援王師。」

州的兵站是為州師服務，王師沒有權限向州的兵站下達任何指示。在形式上，必須經由州師才能向王師補給物資——因為州師和王師有可能對立，所以有這種規定也理所當然。王師沒有可以直接支配的兵站，出兵到地方時，必須以獲得當地州師的協助做為大前提，當州對抗國家時，王師就必須在前進的同時自行設置兵站。

而且，友尚原本要前往函養山展開搜索，於是派遣州師前來協助，原本並沒有想到要攻打土匪，所以州師的人員大部分都是工兵，也沒有空行師，同時只有最低限度的騎兵，根本沒有攻城的武器。

「因為之前並沒有收到土匪占據了函養山的報告，來到琳宇之後才知道，所以並沒有做好消滅土匪的準備。」

鴻基的夏官長——也就是叔容要求州師支援。夏官並不知道函養山被朽棧占領一事。這個國家經常發生這種情況，很不自然地倒向阿選的文州侯變成了廢物，根本不可能背叛，所以叔容在無法掌握充分資訊的情況下要求州師出動。

「根據敦厚提供的消息，琳宇的州師仍然維持叔容調動時的狀況，雖然人數很多，但以敵人來說，在素質方面比較差。」

「但終究是州師，不能輕視。」

「那當然——重要的是州師並沒有攻打我們的意志，即使阿選想要打我們，但州師並不瞭解，否則在琳宇的州師應該會重組。由此可見，在白琅待命的軍隊也很可能只是擺擺樣子。」

「只是用來威脅，但並不會有實際行動？」

友尚點了點頭說：「雖然看起來像是從白琅和琳宇兩個方向進攻，但應該只有王師會有實際行動——也就是說，他們並沒有發現墨幟的存在，認為只是土匪和以前的士兵組成的叛民集團。因為認定只是烏合之眾，所以認為一軍的兵力就可以搞定。」

「如果是威脅，讓州師去龍溪不是更理想嗎？」

「這樣會導致堵住退路。王師的目的是函養山，如果占據函養山的只是烏合之眾，他們應該不想正面迎戰。雖然明知道即使一戰，也必定能贏，只不過未必毫髮無損。與其如此，還不如從一方進攻，在另一方留下退路，讓土匪可以逃走，豈不更有效率？」

王師從琳宇方面進攻，土匪一旦有傷亡，就會想要逃走，但是州師守在白琅，即使土匪想要逃走，除非白琅的州師開始攻擊，否則就沒有退路。

「王師從琳宇進攻，白琅的州師也同時行動，即使想要對抗，也完全沒有贏面。一旦沒有趕在州師抵達轍圍之前下山，土匪就沒有退路。如果急忙逃走，就可以在州師抵達轍圍之前逃去亢汲——如此一來，土匪很可能急著逃走而放棄抵抗，順利的話，可以不流一滴血就奪回函養山。」

「……原來是這樣。」

「之後的掃蕩交給白琅的州師就好，王師可以把兵力集中在函養山。」

「既然這樣，那我們將計就計逃走。雖然會遭到掃蕩，但不會像以前清除同袍時那麼慘烈。阿選的王位已經伸手可及，現在不能再用那種慘無人道的方式討伐。一旦踐祚之後，就可以依法討伐土匪，所以沒有理由現在急於動手。」
霜元說完，看著友尚又道。
「我們的使命並非打勝仗，而是極力避免打仗保存兵力，只要集結各地的兵力，就可以打下文州城。」
友尚點了點頭。

幾天之後，王師抵達了琳宇。雖然擺開了陣勢，但奇怪的是，王師在那裡停下了腳步，州師也仍然沒有動靜。
「他們在打什麼主意？」
「他們還不知道朽棧他們已經放棄了岨康嗎？」
「不可能，只要派人偵察，馬上就知道了。」
王師應該知道，岨康已經人去樓空了。
「即使知道，仍然按兵不動……代表沒必要動嗎？他們原本真的只是打算和土匪打仗，既然土匪放棄了岨康，所以就沒必要進攻了嗎？」
「但是他們並沒有放棄函養山，敵人的目的應該是函養山。」
「敵營發生了什麼狀況嗎？」
正當他們說到這裡，長天衝進了正院的堂室。
「霜元將軍，有青鳥。」

「來自鴻基嗎？」
「不知道。」長天說話時，遞上一個黑色竹筒，「寄給李齋將軍的。」
「寄給李齋？誰寄的？為何而寄？」
長天偏著頭回答：「不知道，青鳥是鴘摺，應該非同尋常。」
「鴘摺？」
鴘摺基本上是貴人使用的鳥，數量有限，無法輕易獲得。
「鴘摺送來了黑色竹筒——這該不會是？」
「玄管？」
霜元以前從來沒有看過實物。
「因為李齋將軍不在，所以拿來給你。」
霜元點了點頭，接過竹筒。
從鴘摺的腳上拆開的黑色細竹筒——這就是傳說中的玄管嗎？
「或許要請沐雨大人確認一下——但為什麼寄給李齋？」
霜元從竹筒內抽出一張捲得很細的紙。那是軍中使用的薄質透明紙，上面有許多有稜有角的小字。收件人的確是李齋，而且上面寫著阿選軍中有一兩富有機動力的空行師已帶密令從鴻基出發，目的地似乎是馬州。
「馬州？為什麼？」
難道他們發現了驍宗的存在？但是，阿選應該還不知道驍宗離開了函養山。

「只能認為是去追主上……」

「雖然不太可能，但也無法忽視。一兩空行師的裝備遠遠超過主上他們，一旦遇到，主上完全沒有勝算。」

驍宗會被劫走，甚至可能遭到殺害。

「趕快派人救援。」

靜之說，但霜元無法點頭。因為阿選軍已經逼近眼前。

「如果我們現在行動，就會遭到追擊。」

而且霜元他們缺乏機動力，根本無法追上驍宗。

「但不能這樣袖手旁觀，至少必須通知他們有追兵。」

「能夠準備多少騎獸？」

「即使向葆葉大人求助——目前最多只有十頭。」

「十頭不夠，對方有一兩二十五名騎兵，至少要一倍的人數才能夠保護主上。」

「那就只能盡可能張羅騎獸，其他人騎馬。」

「騎馬趕不上——現在也沒辦法了，召集武藝高強的好手，以最快的速度去追主上。」

「這麼多人同時出動會引起注意，尤其是現在這個時間點。」

「即使會引起注意也沒辦法，主上的平安最重要。」

最後決定由浩歌帶隊。浩歌是霜元麾下的師帥，他帶了騎獸來這裡，並以其他有騎獸的士兵為中心，再加上葆葉的協助，總共張羅到十五頭騎獸。只要能夠追上驍宗，再加上驍宗和李齋一行人的十頭騎獸，至少維持和敵方勢均力敵。

「十五頭騎獸同時出發必定會引人注目。」

浩歌對手下說。

「我們五人一組，分別向馬州前進。主上沿著街道一路往馬州，只要他們沒有偏離街道，我們一定能夠追上他們。」

「問題在於琳宇的王師。」

在琳宇安營的王師至今仍然沒有任何動靜——不僅如此，連做好出擊準備，在白琅近郊布置完兵力的州師也沒有動靜。

「這到底是怎麼回事？他們在等什麼嗎？」

霜元沒有回答靜之的問題，只是偏著頭喃喃地說：「該不會——是援軍？來自鴻基的援軍？」

潛伏在鴻基近郊的同道並沒有傳來軍隊出動的消息。

「也可能是承州，果真如此的話……」

霜元說到這裡，輕輕咬著嘴唇。阿選改變了對這一方兵力的判斷，認為比原本估計的更多。

「也許知道我倒戈了。」友尚說：「前往馬州的空行師應該就是去追主上。阿選已經知道，主上離開了函養山往西逃走——如果是這樣，必定是烏衡告密，他回到了鴻基。」

「怎麼會這樣？」靜之愁容滿面，霜元低吟了一聲。

「如果是這樣——王師來這裡並不是為了攻打函養山。」

友尚聽了霜元的話，用力點了點頭說：「我知道了，他們是來支援前往馬州的空行師。」

霜元點頭表示同意。

如果空行師追上驍宗，並順利抓到人，會直接帶回鴻基嗎？萬一驍宗逃走，後果不堪設想。

「阿選派出腳程飛快的空行師是為了追上主上，為了搜索主上，然後抓人，但是，抓到主上之後，光靠空行師帶主上回鴻基太不安全。事實上，李齋之前就曾經從比一兩更多的人手中逃走。阿選不可能忘記這件事。只要藉助馬州師的兵力，就可以讓在馬州抓到的主上成為俘虜，但還是必須將主上從馬州送回鴻基。」

「王師是為了這個目的而來嗎？」

「州師在白琅待命，琳宇有王師。馬州師護送主上到州境，再由文州師從州境送到琳宇，王師在琳宇交接之後，退往瑞州。當州師開始行動，就代表主上已經被抓了。」

霜元說完，抬頭倒吸了一口氣。

「派人去追浩歌，十萬火急！」

「怎麼了？」

「馬州！不是只有空行師，馬州師也採取了行動。」

離開南牆第五天，李齋等人看到了前方和馬州交界處的陡峭高山。他們沿著街道持續攀登，前方通往山頂的路是最後一座山。這一天，他們早早就在山麓下的客棧投宿，隔天一大清早，城門一開，他們就立刻離開了。他們越過山頂，進入了馬州，沿著高山而下，來到下一個市街。接下來要花好幾天的時間穿越比文州那裡更險峻的山區，一旦越過那片山區，就進入前往江州的街道。

「如果沒有行人，不需要三天……」

酆都聽了李齋的嘀咕，點了點頭。

「從這一帶安靜的狀況研判，行人應該並不多。這裡的樹林很深，可以在樹林中飛行。」

因為必須在樹木之間飛行，所以騎獸甚至無法發揮出一半的能力，即使如此，仍然比步行快了好幾倍，而且也可以減少被人發現的危險。李齋點了點頭，走出城門之後沿著街道前進片刻，確認四下無人之後，進入了樹林。最前頭的泓宏不時在樹冠上方飛翔確認方位，在重複第三次、即將來到山頂時，泓宏飛進了樹林。李齋察覺他的神色不對勁，立刻上前問：「有什麼狀況嗎？」

「我看到了騎影，從山麓一路上來。」

「是馬嗎？」

「是騎獸，雖然沒有飛行，但看起來像空行師，差不多有一兩左右。」

怎麼可能？李齋嘟噥著。

「該不會……在追我們？」

「應該不可能吧？」去思驚慌失措地說：「應該沒有人知道宗師在這裡。」

「但是……」李齋看向驍宗。

驍宗點了點頭說：「如果是空行師，應該就是來追我們的。」

為什麼？李齋原本想這麼問，但如果是空行師追來，就只有一個答案。不知道哪裡有人發現了驍宗──或是李齋等人的身分。既然追兵已經追到這裡，顯然早就被人發現了。

「我們趕快越過這座山，」酆都說：「只要過了山頂，那一側的山就很深，稜線複雜，山谷也很深，樹影也很濃密，對我們有利。」

「走吧。」李齋催促著所有人，「快走，相互照應，不要走失了。」

泓宏聽到李齋的命令後，再度鞭策著翬駿飛了起來。翬駿沿著巨木上升，在天邊飛翔的同時看向後方。有一群影子從樹林中飛奔而來，差不多一兩左右的規模。雖然距離並沒有縮短，但顯然是追趕而來。

──他們知道我們的行蹤了嗎？

泓宏確認了那群人的動向後，微微皺起眉頭。有黑影不時在那群上山者的周圍時隱時現，簡直就像從左右追趕那群人。那些黑影應該是獸類，不時會有一隻靠近那群人，然後又離開。

——那些人被追趕嗎？

正當他閃過這個念頭時，看到那群騎獸中有一頭飛上了天空。泓宏慌忙下降，來到飛快趕路的李齋身旁。

「好像有點奇怪。」

「——奇怪？」

李齋反問時，有聲音從旁邊的草叢中傳來。泓宏立刻對著聲音的方向舉起了長槍，發現一隻兔子從草叢中跳了出來。身上有白色斑點的棕兔從泓宏面前跑了過去，中途突然發出尖叫聲，好像被什麼東西打中似地滾落在地上。是箭嗎？泓宏立刻想到，然後跳了起來。當他飛到樹冠時，看到樹林下方有黑色的影子加快速度衝了過來。

——是狗嗎？

黑影看起來像黑色的狗，又大又猙獰的狗。狗跑到兔子旁，然後——無視倒地的兔子縱身一躍。跳向李齋的狗張開血盆大口，那張嘴大得像下巴撕開，簡直就像整個腦袋都變成了嘴。

——妖魔。

泓宏立刻舉著長槍迅速降落，飛燕也同時向後一跳，壓低身體，吠叫著威嚇，看起來像黑狗的妖魔衝了過去。泓宏的長槍刺進了牠張著大嘴的腦袋，貫穿了上顎，同時穿破下顎的長槍把妖魔釘在地上。泓宏立刻拔出長槍，從翬駿身上跳了下來。

「原來是饑饑。」

李齋的話音剛落，另一個黑影衝出來想要攻擊飛燕。飛燕迅速閃避，黑影撲了空，立刻翻身跑了起來。奔跑的饑饑把兔子的屍體踢了起來——不，看起來像兔子的獸體型雖小，有一張像鳥一樣的嘴巴。有著壓扁的嘴、像蛇一樣覆蓋著鱗片的長尾巴，那並不是兔子，而是犰狳。那是一種小妖魔，但會呼喚其他妖魔。犰狳很膽小——會發出尖叫聲逃走，一旦遭到追捕，就會裝死，但尖叫聲會引來其他妖魔，然後牠就啃食妖魔攻擊的屍體，是很惡劣的小妖魔。

如果不打死犰狳，牠就會不斷召喚妖魔。

泓宏追趕著看起來像兔子的小妖魔，但犰狳體型很小，長槍根本逮不到牠。泓宏懊惱著自己沒有帶弓出門時，聽到身後傳來一聲人的慘叫。回頭一看，饑饑咬住了癸魯的腳。

「快來打死犰狳。」

泓宏叫了一聲，騎著翬駿衝了過去。在泓宏用長槍瞄準之前，原本咬住癸魯的饑饑就離開了，但癸魯左腳的膝蓋以下也不見了。癸魯無聲地從騎獸身上滑落，鮮紅的血灑在半空中。

翬駿跑了起來。饑饑張開大嘴，癸魯被牠咬下的腿掉在地上。噢啊啊。饑饑發出像嬰兒般的叫聲擺出了架勢，泓宏的長槍刺穿牠的嘴，然後甩了一下長槍，甩掉餓餓的屍體，衝向癸魯的方向，但在泓宏趕到之前，另一隻餓餓撲向癸魯。癸魯坐了起來，餓餓咬住他的肩膀，然後闔起大嘴，癸魯的肩膀就消失了——脖子和一半的胸部都不見了。癸魯驚恐地瞪大眼睛，翻著白眼，整個身體倒向後方。剩下的手臂飛了出去，血滴四濺。

泓宏的長槍還來不及刺穿攻擊癸魯的餓餓，牠就被砍成了兩段。李齋臉色蒼白，臉上的表情因為憤怒而扭曲。癸魯！泓宏確認李齋看向屍體後，拉著翬駿改變方向——犰狳。如果不殺了牠，就會沒完沒了。

這時，聽到吱吱的尖銳叫聲。轉頭看向聲音的方向，發現黑色騶虞用嘴咬碎了發出像可愛小動物般叫聲的妖魔，正準備吞下去。騎在騶虞身上的主人迎著泓宏的雙眼，向他點了點頭，立刻衝向其他黑影。

總共有八隻餓餓。其中三隻倒在地上，正當泓宏和第四隻對峙時，翬駿突然改變了方向，有一支標槍落在身後。他驚訝地轉頭一看，發現士兵騎著騎獸正從遠處衝過來。

——這麼遠的距離？

照理說，標槍不可能在這麼遠的距離射中，而且標槍也不可能帶著威力刺中地面。難道是從上空落下？但頭上不見騎影，絕對是從背後丟過來。

臂力也太強了。在泓宏這麼想的同時，意識到士兵追了上來——在被餓餓困住的時候，敵人追了上來。泓宏立刻鞭策翬駿跑了起來，來到一頭很大的騎獸旁時，對驍宗說：「快走，這裡交給我們。」然後又對一旁的李齋說：「李齋將軍也一起走，請妳護駕，拜託了。」

李齋露出遲疑的眼神看向周圍，立刻點了點頭。

「去思，彤矢，你們先走。」

李齋下達了指令，然後將飛燕靠近驍宗身旁，同時催促著臉色鐵青的去思，以及載著酆都坐在同一頭騎獸上的彤矢。驍宗停了下來，應該打算和李齋一起保護後方的人。他砍死了撲上來的饑餓，閃避了飛過來的箭。敵人還沒有逼近，還有辦法閃避，如果不趁敵人靠近之前離開，弓箭就會很危險。

泓宏這麼想著，看向驍宗。驍宗心領神會地點了點頭，然後改變了羅睺的方向，催著去思和彤矢一起離開。

「剛才是癸魯……」

李齋追上去時，驍宗低聲地說。

「……是，太遺憾了。」

在目前這種情況下，甚至無法為他埋葬。

——**野死不葬烏可食**。

但是，無論如何都必須保護驍宗，必須保護他逃出戴國。

正當李齋這麼想的時候，人影從旁邊的樹後竄了出來。因為速度太快，李齋來不及反應。飛燕及時反應，縱身一跳，躲過了襲擊。驍宗的劍戟精準地指向撲了空的對方，令人驚訝的是，對方在千鈞一髮之際閃開了。對方扭著身體閃開之後，立刻砍向驍宗的手臂。羅睺用力一跳，閃躲了對方的攻擊。李齋的劍砍向對方，原以為砍到了對方的肩膀，結果竟然被對方的劍擋住了。金屬和金屬碰撞發出了尖銳的聲音，李齋的手臂發麻。對方立刻撥開了劍，李齋單手沒有足夠的力氣壓回去。

——可惡！

李齋在咒罵時，對方以驚人的速度衝了過來。這次躲不掉了。李齋閃過這個念頭時。旁邊有人打落了逼近眼前的劍——是驍宗。砍向李齋的劍速度驚人，驍宗打落那把劍的速度也很驚人。李齋在驚嘆不已的同時，砍向重心不穩的敵人。敵人向後一仰，避開了她的劍，但驍宗的一擊等在他閃避的方向。

敵人發出了短促的叫聲後從騎獸身上滾落。李齋用眼角掃到這一幕，駕著飛燕跑了起來。

——剛才是怎麼回事？

李齋餘悸猶存，忍不住顫抖。如果沒有驍宗——如果不是和驍宗合力，可能敵不過對手。

「妳沒事吧？」

騎在旁邊的驍宗問，李齋露出了僵硬的笑容。

「託您的福。」

幸好周圍已經沒有其他敵人，也沒有饑饑了。他們駕著騎獸在樹幹之間穿梭，一口氣衝上了斜坡。越過山巔，周圍是一片下坡路。已經跨越了州境。李齋環視樹影很深的斜坡，看到前方的去思和彤矢的身影。

「如果沒有饑饑……」

也許就不會被敵人追上，癸魯更不會死。李齋回想起在高卓遇到癸魯時的情景。癸魯在熙攘中發現了飛燕，然後帶李齋去見霜元。之後還趕到安福。沒想到——

「簡直就像是那些妖魔故意困住我們。」

李齋咬牙切齒地說。怎麼會這麼倒楣？剛好遇到犰狳，又被犰狳召喚來的饑饑攻擊，在和饑饑纏鬥之際，敵人就追了上來。而且敵人個個武功不凡。

「那個人到底是誰？」

「應該是阿選的麾下。」

「阿選的麾下？」李齋騎著飛燕趕路問道：「有武功這麼高強的人嗎？」

李齋不記得阿選麾下有這種人。雖然阿選軍內也有高手，但沒有這麼厲害的人。

「……烏衡。」

李齋小聲嘀咕道。她之前聽說烏衡和他手下的武藝非比尋常，連驍宗也差一點死在他手上。

「不是烏衡，也不是他的手下，身上的盔甲不一樣。」

李齋想起烏衡那一票人稱為赭甲，都身穿紅色的盔甲。

「無論是赭甲還是剛才的人，沒想到阿選的麾下有那麼厲害的人。」

「我不記得有這種人——應該是賓滿附身。」

怎麼可能？李齋目瞪口呆。

賓滿是出現在古代戰場上的妖魔，據說可以附身在人的身上攻擊敵人。這麼一想，就覺得剛才那個人武功高強得令人不寒而慄，以及為什麼自己不知道阿選麾下有這號人物都有了合理的解釋。但是——

「我之前聽說會變得像餓狼一樣殘暴，見人就砍，見人就殺。那些人的確很殘暴——」

既然身處軍隊，就必須遵循軍隊的規矩行動。妖魔附身的人，有辦法維持這種狀態嗎？

「應該已經馴服了。」

「但是，這就代表——這就代表泰麒提供了協助！」

說到被馴服的妖魔，李齋只想到麒麟降服的使令。

「不可能。」驍宗當即否定，「之前襲擊我的那些人也一樣，我不記得烏衡以前有這麼厲害，相反地，他的武功根本連平庸都稱不上，沒想到突然具備了驚人的武功——雖然我不知道具體的方法，但阿選應該有辦法驅使妖魔。」

「怎麼可能有這種事？」

「這樣就可以解釋很多事。阿選能夠驅使妖魔，這也成為他謀反的前提。」

驍宗說了匪夷所思的話。

「果真如此的話，琅燦是阿選的同夥。」

「這是……」

什麼意思？李齋正打算這麼問時，又有新的敵人出現了。

2

泓宏肩膀起伏，喘著粗氣，冷汗讓手上的長槍打滑。他已經精疲力竭。

——敵人為什麼這麼厲害？

泓宏和追上來的王師對峙時，陷入極度混亂。他不認識那些士兵，卻有一種似曾相識的感覺。這些人看起來都是蝦兵蟹將，但個個武藝高強，令人不寒而慄。這麼厲害的高手必定聲名大噪，但是泓宏完全想不起有誰能夠像攻擊自己的敵人這麼厲害。

——鎮定。集中注意力。

這些都是一旦分心，就無法應付的狠角色。他從剛才就有預感，覺得自己無法打敗對方。自己一定會死在對方手上的想法盤踞在腦海中，汗水像瀑布般直流，全身起了雞皮疙瘩，不停地顫抖。幸虧翬駿很鎮定，所以才能躲過敵人的追擊。翬駿完全不在意敵人的武功，所以也不會不必要地著急。

——騎獸。

泓宏突然想到，雖然騎手武功非凡，但騎獸並不厲害。他奇蹟似地躲過了敵人銳利的一擊，然後假裝用長槍刺向對方，卻直直刺向騎獸。當騎獸重心不穩時，再度給予一擊，騎手立刻被甩在地上。騎獸扭動身體，踩在敵人身上。原來是借來的騎獸，所以對騎手沒有忠誠心。

當敵人站起來時，泓宏用長槍刺穿了他的身體。暴跳的騎獸推倒了敵人，泓宏在拔出長槍的同時，騎著翚駿衝了出去。因為他的眼角掃到同伴陷入困境。他在敵人打中同伴之前，就刺中了敵人的騎獸。騎獸咆哮著後退時，也帶走了泓宏手上的長槍。他立刻拔出劍衝向同伴。

「你沒事吧？」

「勉強算沒事。」

「對騎獸下手。」

他和同伴簡短交談後，再度騎著翚駿飛奔。他正打算去追受傷的騎獸時，饑饑從旁邊竄了出來。他立刻趴在翚駿的背上躲過了饑饑，在泓宏頭上撲了空的饑饑落在身旁，泓宏嚴陣以待，以為牠會改變方向再度撲過來，沒想到饑饑跑了起來，跑向正用力拔起插在地上長槍的敵人。在饑饑跑過去之後，只剩下沒有腦袋的身體。

——原來敵人也遭到了攻擊。

泓宏有點驚訝，然後發現自己一直以為敵人利用饑饑在攻擊自己。但是，根本沒有方法可以驅使妖魔——即使真的有方法，最多也只能用野狗當誘餌，吸引妖魔出現而已。他回想起剛才遠遠看到的景象。沿著斜坡追捕泓宏他們的那群人周圍有許多黑影，其中一個黑影一下子靠近，一下子又被趕走。原來如此，因為那些饑饑是犰狳召喚而來的。

——所以，犰狳是偶然出現在這裡嗎？

這麼短的時間內，有辦法召喚到這麼多饑饑嗎？即使附近剛好有一群饑饑，也未免太巧合了。也許那個犰狳才是敵人的武器。阿選曾經用貍力讓函養山的廢礦崩塌，所以這並非不可能的事。

幸好殺了犰狳。他在這麼想的同時，忍不住渾身發冷。

——為什麼認定沒有其他犰狳？

當他環視周圍時，發現好幾名同伴不見了。雖然敵人的人數減少，但失去的同伴人數更多。必須盡可能拖住敵人，讓驍宗逃走。但是，如果還有新的妖魔出現，就無法繼續維持下去。

正當他這麼想的時候，聽到天空中傳來翅膀拍動的聲音。他驚訝地抬起頭的瞬間，看到饑饑從樹叢中跳了出來，他正想要擊退饑饑，發現動作太慢了——不，正確地說，是動作太快了。因為他以長槍的距離出手，但他手上只有劍。在他把手收回來的瞬間，他在心裡默念。

——覃駿，拜託了。

騎獸能不能帶自己躲過這一劫？在他祈禱的瞬間，從天而降的長槍刺中了餞餞。他抬起頭時，看到好幾個影子像碎石般降落，然後有人問他：「你沒事吧？」

那是浩歌的聲音。

浩歌降落在地面後拔出長槍。他不顧一切飛來這裡，完全不在意可能被人看到，也不在意同伴是否跟上自己腳步，一路快馬加鞭飛到這裡。從西崔出發時總共有十五人，在聽到像嬰兒般異樣的聲音後趕到這裡時，浩歌周圍的人數只剩下一半。

即使如此，仍然及時趕到了。至少救了泓宏一命。

「主上呢？」

「已經先走一步。」

浩歌點了點頭。原來泓宏留在這裡對付敵人，讓驍宗先逃走。必須同時對付敵人和妖魔的戰場上到處都是屍體，到處都在噴血。

「敵人身手不凡，但騎獸並非如此。」

浩歌很快確認了戰場的狀況，察覺了泓宏的言外之意，點了點頭。

樹林中的樹影很深，暮色漸漸籠罩。

李齋騎著飛燕趕路的同時看向四周，聽到了不知道哪裡傳來大批人馬的動靜。馬的嘶叫聲和壓低聲音說話的聲音，而且數量很多。幸虧這裡是一片樹枝茂密的樹林，在這片樹林中，幾乎無法使用弓箭——但我方的行動也受到了限制。只要一跑，灌木就會發出聲音。雖然很想飛上天，但如果對方人數眾多，就會從樹冠的縫隙中用弓箭瞄準。

彤矢和酆都騎在同一頭騎獸上，所以速度很慢，其他人很自然地圍在彤矢的騎獸周圍。雖然目前還看不到人影，但可以知道有大批人馬追了上來。無論是騎馬還是徒步，都很難追上李齋他們，所以應該是眾多士兵包圍了周圍。

即使加快速度，也無法拉開距離——該讓驍宗先走？還是李齋至少該陪在驍宗身旁？然而，一旦這麼做，就等於把去思和酆都丟在敵人面前。自己無法這麼做——也不想這麼做。

但如果有必要，就必須這麼做。另一個冷靜的李齋在腦海中說，因為必須保護驍宗。

——但是……

「不要想不必要的問題。」

前方突然傳來聲音。李齋驚訝地抬起頭，發現驍宗回頭看著她。

「泓宏很快就會追上來。」

李齋不知道驍宗是不是真的這麼相信。但驍宗這句聽起來很樂觀的話等於否決了棄去思和酆都等人不顧的選項。大家一起繼續前進，相信泓宏和其他人會追上來，沒有其他方法，也不會採用其他方法。

「……請兩位先走。」

酆都突然開了口，他雙手緊握著不知道什麼時候拔出來的朴刀。

「我們沒事，正如宗師所說，泓宏大人很快就會追上來。」

酆都努力用開朗的語氣說話，但他的聲音在發抖。

「我們和去思會繼續前進，請兩位盡可能悄悄離開這裡。」

李齋看向他們，彤矢和去思都轉頭向她點了點頭。

「請兩位——」

驍宗揮手打斷了酆都，然後看向身後的天空。仍然明亮的天空中，有黑色的騎影像箭一樣降落而來。

——是泓宏嗎？還是……

李齋這麼想著，繃緊神經備戰，黑影朝她衝了過來。李齋閃避不及。這次又是飛燕閃過。飛燕應該比驍宗更快察覺有人靠近，比因為內心陷入猶豫的李齋搶先行動。黑色騎影降落在地面，立刻跳躍起來，再度衝向李齋。李齋想要跳向側面，飛燕飛了起來。對方砍到飛燕的腳，好幾支標槍都接連刺向李齋原本想要閃避的方向。

「飛燕！」

飛燕察覺到眼前的狀況救了李齋一命嗎？但也因為這個原因，飛燕中了刀，雖然落在驍宗身旁時的腳步並沒有亂，但李齋聞到了淡淡的血腥味。飛燕轉身停在原地，李齋知道苗頭不對，做好了迎戰的準備，立刻有一把刀子砍向她的身體。她費力打落，然後跳向側面。當她跳過去時，立刻有幾個人影竄了出來。她想要逃走，卻無法閃開。長槍的槍頭擦過她的臉，原本在旁邊的驍宗也消失了。騶虞用力跳了起來，長槍從兩個不同的方向飛向騶虞跳落的位置。驍宗打落了其中一把，李齋想要打落另一把，卻沒有打中。標槍從空中飛了過去，打中了去思騎獸的腳。

騎獸用力跺腳，去思從騎獸的背上被甩了下來。李齋立刻想要衝過去，隨即發現自己阻擋了驍宗的去路。騶虞發出低吼聲改變了方向——那裡有舉著弩弓等候的士兵。

李齋幾乎聽到全身的血凍結的聲音。

騶虞在半空中轉身，長尾巴掃到舉起弩弓的士兵。士兵被打到了臉，身體向後仰，另一個舉著大刀的士兵從後方衝了出來。驍宗用力把他的大刀撥開，當對方重心不穩時，一刀砍了下去。這時，終於站穩的弩兵再度將箭對準了驍宗。

弩箭的速度很快。來不及了。

正當李齋倒吸一口氣時，有一個人影跳到驍宗和弩兵之間。

他並沒有看到那支箭，只是晚一步聽到了聲音。在聽到聲音的剎那，衝擊貫穿了喉嚨。

他驚叫一聲。情不自禁伸出的手碰到了那支箭。腰腿頓時變得無力，整個人從騎獸的背上掉了下來。天空——在樹影之間的天空旋轉。

剛才從那片天空一路飛來。他聽到有人說「去抓他」。剛才終於發現了，想要消滅敵人，結果失敗了。於是再度追趕，想要再次消滅敵人，結果看到了一頭白髮。是驍宗。在他閃過這個念頭的同時，看到弩弓瞄準了驍宗。

不可以殺他。腦海中聽到這個聲音。

絕對不可以殺他。

只有腦海中傳來聲音，而且腦海中一直烏雲密布。雖然自己騎著騎獸一路趕來，揮著武器打仗，卻有一種事不關己的感覺。

不可以殺他。

只有這個聲音格外清晰，所以他衝進了射程。

歸泉從斜坡滾落，手上抓住了箭。地面每次搖晃，嘴裡就滿是鮮血。

——沒有殺他。他沒有死。

所以那個人應該會感到高興。

——誰會感到高興？

歸泉問自己。

烏雲中出現一張側臉，但很快又被烏雲吞噬消失了。

李齋愣在那裡。弩弓瞄準了驍宗，一個人影突然竄出，然後中箭，從騎獸上滾落。

滾落騎獸的人影的確穿著王師的盔甲，而且就是剛才攻擊李齋等人的敵人。敵人中箭？為驍宗擋箭？

李齋目瞪口呆。驍宗砍倒李齋眼前的弩兵，然後又反手砍倒手持大刀的士兵，衝到李齋身旁。

「李齋！」

李齋聽到這個有力的叫聲終於回過神，慌忙在斜坡上尋找去思的身影。彤矢搶先一步騎著騎獸衝了過去，酆都也跟著伸出手。好幾個士兵從旁邊的草叢中竄出來。李齋發現那些士兵身上穿著州師的盔甲。是文州師？但這裡已經越過了州境。

湧向彤矢的士兵打中彤矢的騎獸，彤矢和酆都兩個人都被甩出去。驍宗立刻趕到，李齋帶著一絲茫然也趕到了。

「去思！」

去思坐了起來。被騎獸甩下造成的衝擊令全身感到疼痛，剛才被甩下來時，手上的木棍也掉了。他立刻看向周圍，但沒有看到武器，他把手伸向腰部。雖然他帶著劍，但不知該如何使用。他為不知道如何用劍的自己感到顫抖。

——為什麼？

去思從剛才就一直在思考這個問題。在越過州境下山期間，不，在更早之前，在以州境為目標的上山期間就一直在想這個問題。

為什麼會被追上？為什麼追兵會知道自己在哪裡？為什麼妖魔會出現？同伴被妖魔吃掉，慘不忍睹——死狀簡直慘不忍睹。

為什麼會這樣？

正當他很不安地拔劍時，彤矢騎著騎獸趕了過來，然後連同騎獸當場倒地。去思被倒地的騎獸撞到，好不容易抓在手上的劍也飛了出去。去思手無寸鐵，但敵人——拿著武器的敵人接連湧現。

他跌跌撞撞地拔腿就逃。彤矢站起來後，握住他的手，然後把他推向前。去思分不清前後，邊跑邊回頭看，看到彤矢衝向拔劍的敵人，以及酆都跑了過來。

酆都。去思情不自禁伸出手。酆都看到了去思，鬆了一口氣似地舉起了手。這時，旁邊衝出一個人影，人影伸出的劍和酆都的身體重疊在一起。

——酆都。

酆都的身體彈了出去，然後倒在地上。酆都在被敵人推倒之前，雙手撐地，抬頭看著去思一眼，簡短地說了幾個字——去思看到他的唇形在說「快走」。

「給你。」

去思呆若木雞地站在那裡，有人抓著他的肩膀，讓他轉過頭。是驍宗。

驍宗跳下騎獸，抓住去思的肩膀。當驍宗鬆開他的肩膀時，把什麼東西塞到了他的手上。去思茫然地低頭一看，發現是一把劍。

驍宗俐落地為他綁好錦繩，然後把全身麻木、無法動彈的去思推到羅睺的背上。

「記住，死也不能鬆開轡繩，一旦被羅睺甩下來，你就會被牠吃掉。」

「這……我……」

去思說不出話——不行，我做不到。而且酆都……去思和酆都要回去東架。

去思腦海中浮現這些念頭，卻說不出話。驍宗拍了拍騎獸的腰，騶虞一口氣飛奔起來。去思立刻單手緊握轡繩，用另一隻手把劍塞進懷裡，但仍然感到很不安。於是他趴了下來，緊緊咬住了轡繩。

自己無法駕馭。不能拋下驍宗自己逃命。酆都不能死。這些事都絕對不可以發生。

——但就是發生了。有人輕聲對去思細語。

以前不是也曾經發生過嗎？在瑞雲觀也曾經發生過。

去思咬緊牙關。

伽藍付之一炬，許多道士都葬身火窟。好不容易帶著老師逃命的山道比騎獸剛才奔馳而過的斜坡更暗。好不容易克服了難關，逃進一個里。然後看到無數道士和百姓遭到殺害，老師主動走出躲藏的民宅被阿選軍處死。當老師最後回頭時，露出了和酆都倒下時相同的眼神。

他說不出話——甚至無法用言語形容此刻的心情，咬著轡繩的嘴裡發出了嗚咽。淚水模糊了視野，他緊緊握住轡繩，緊緊抱著懷裡的劍。這時，羅睺跳了起來，扭動著身體，同時聽到了牠的低吼聲。羅睺顯然發了怒，想把去思甩下來。

去思拚命抓緊轠繩，騎獸狂暴地在暮色中飛奔。

驍宗瞥了羅睺一眼，目送牠離去。

——這樣就好。

他立刻收回視線，衝向倒地的酆都。他用酆都的朴刀砍向準備拔劍的士兵，然後跪在酆都身旁。

酆都倒在血泊中。驍宗抱起他的頭，放在自己的腿上。酆都黯淡的雙眼看著驍宗，稍微放鬆了臉上的表情，露出一絲微笑，但雙眼的光隨即消失了。

——真希望可以救他一命。

真希望他能夠回到他該回去的地方。當驍宗無助地被困在地底深處期間，他吃苦耐勞，為百姓奔走，為了營救隨時都可以放棄的王，離鄉背井，如今，好不容易準備回去屬於他的地方。

他不應該慘死在這種深山，他不該出現在遠離家鄉的戰場上。

——他不該死在這個荒廢的世界角落。

因為王位無王，這個國家才會如此荒廢。一切都是自己的錯。雖然李齋要自己趕快逃走，但自己不想犧牲他人逃命。雖然同意麾下認為，為了國家，現在必須忍辱負重，但仍然不願意拋棄在荒涼的世界挨餓受凍的百姓，在麾下的幫助下逃命。

如果能夠逃走，當然會逃。因為這是自己的職責。但是，眼前的狀況——這些人應該是馬州師的士兵，他們包圍了周圍，所以根本無法逃走。既然無法逃走，就沒必要無謂抵抗，徒增屍體。奉命上戰場的每個人都有家人，原本應該是驍宗必須保護的百姓。

——所以，那就這樣吧。

李齋轉過頭，看到州師包圍了單腿跪地的驍宗。驍宗不知道把誰的頭放在腿上。到底是誰？驍宗為那個人送終嗎？李齋看到有人把驍宗拉了起來，從驍宗腿上滑落的是酆都。失去生命的遺骸無力地滾在地上。

早知道不應該帶他一起上路。早知道應該把他留在西崔。

——但現在更重要的是驍宗。

李齋改變飛燕的方向，正想追上去，彤矢制止了她。

「李齋將軍，請妳回去通知霜元將軍。」

「但是……」

「主上就交給我。」

彤矢說完，立刻去追驍宗。有五個人影追向彤矢。該追上去消滅這些敵人嗎？但士兵也包圍了李齋。無論如何——必須有人回去通知霜元。

李齋清除了從左右兩側進攻的敵人，飛燕把舉起弩弓的士兵踩在腳下，李齋騎著飛燕繼續飛向高空。她用持劍的手臂遮住臉，衝出了樹冠。她沿著樹影很深的區域回到山巔時，看到泓宏飛了過來。

「——李齋將軍！」

泓宏身後有好幾個人影。

「浩歌？」

「主上呢？」浩歌問。

「被帶走了。」李齋回答：「是馬州師，現在還來得及。」

「我們聽說派出了空行師，所以馬上趕來。」浩歌說完，看向下方的斜坡。

「還剩下多少人？」

李齋只能搖頭說：「只剩下彤矢。」

泓宏和浩歌都露出懊惱的表情。

「三名騎兵呢？」

「一個人死了，另外兩個沒看到。」

浩歌點了點頭。

「我們去追主上，請妳回去通知霜元將軍。」

「在下也一起去。」

「不行，拜託妳去向霜元將軍報告。」浩歌說完，回頭看著泓宏說：「李齋將軍就交給你了。」

「不需要！在下也一起去！」

泓宏把坐騎靠了過來，抓住李齋的手臂說：「回去吧，必須有人去通風報信。」

「那就交給你了。」

「李齋將軍，飛燕會撐不下去。」

李齋聽了，驚訝地低頭看向自己的坐騎，發現飛燕已經滿身是傷，一邊翅膀從根部彎曲，可能折斷了。被長槍打中的腿滴著血，除此以外，胸口和腿上都有很大的傷。

李齋咬著嘴唇。飛燕代替她受了傷，不能繼續勉強牠了，即使繼續勉強牠，也只會拖累別人。而且——的確必須有人去向霜元報告目前的狀況。

「驍宗主上就拜託了。」

在她說話的同時，斜坡下方傳來聲音。馬州師的兵力似乎比想像中更強大。絕對不能讓任何人逃走。激勵的吆喝聲隨風飄了過來。

「我去追他們，由我們來吸引掃蕩的兵力。」

李齋點了點頭說：「不要輕易送死，即使被抓，在下也會和霜元他們一起想辦法。」

「一旦局勢不利，我會設法逃走。州師從北而來，應該可以逃往南側。」

李齋點了點頭，然後突然想到一件事，搖了搖頭。

「不行——不能去江州，否則江州北部會成為掃蕩戰的戰場，絕對不能讓這種情況發生。」

李齋說完，看著浩歌的眼睛說：「在下要說一句強人所難的話，避開江州。雖然在下知道這很危險，但請你們穿越敵營，逃往西北方向。」

「如果這是命令……」

「這就是命令——聽好了，」李齋抓住浩歌的手臂，「即使死了，也絕對不要把恬縣捲進去，絕對不行。」

「李齋將軍。」

「因為瑞雲觀的倖存者都在那裡。」

3

下起小雨的夜晚，牙門觀的夕麗衝了進來。

「白琅的州師出動了。」

夕麗可能趕得很急，肩膀起伏喘著氣，騎獸一到潞溝，就立刻倒在地上喘息。

「原本在白琅郊外的州師出發前往馬州的州境。」

霜元倒吸了一口氣。之前他們認為，一旦白琅的州師出動，就代表要去馬州接驍宗——也就是說，已經逮捕了驍宗。

友尚低吟了一聲：「沒有趕上嗎？」

「應該是。」霜元痛苦地說完，指示部下帶騎獸去休息，請夕麗坐在炕上後，叫人送水進來。

「原本在白琅郊區的一軍兵力前往馬州了嗎？知道他們的目的嗎？」

夕麗點了點頭說：「聽敦厚大人說，夏官指示要加強州境的警衛工作，加強州境和通往州境街道的戒備。」

「原來是這樣，」友尚小聲嘀咕，「他們打算確保道路順暢。」

如果只由從鴻基出擊的空行師負責驍宗的護送工作，有可能遭到奇襲，擄走俘虜，但派一軍的兵力加強從馬州到琳宇沿途的戒備，就能夠確保萬無一失。

「一軍的戒備並不尋常，阿選並沒有低估我們的戰力。」

「他並不是天真的人，不會低估別人戰力，反而會將我們的勢力設定得比實際更高。」

有一軍的兵力，就可以加強從州境到琳宇的戒備，然後和逮捕了驍宗的空行師會合，之後一起護送。如此一來，琳宇除了一軍王師，和已經在那裡的一軍州師以外，最終總共有三軍的兵力。士兵驍勇善戰，有足夠的冬器，還有馬匹和騎獸，再加上兵站，還可以盡情運用沿途的市街和縣城，相較之下，墨幟的人數不到一萬，其中有許多不會打仗的叛民，而且只有最低限度的裝備，騎獸幾乎都已經出動，軍馬的數量也屈指可數。

「夕麗，知道他們的陣容嗎？」

「知道。」夕麗從懷裡拿出文件。

「敦厚大人調查後說，因為不是很確實，所以必須嚴加提防。」

霜元接過了文件，端詳片刻後皺起眉頭，然後一臉凝重的表情交給在一旁待命的麾下。

「崖刮，兵力的差異是多少？」

崖刮是跟隨多年霜元的師帥，是非常能幹的軍官，也有擔任幕僚的經驗，是霜元一直留在身邊的得力助手。

崖刮接過文件後，用手指不停敲打著自己的膝蓋，似乎在計算什麼，很快就得出了答案。

「我也效法阿選用最大值估算，差不多是五倍多。」

「五倍……」

夕麗低吟著。這也意味著根本無法對抗。

「根據熟練程度、經驗值的差異、裝備的差異——不僅武器有差異，還有空行師的數量，馬匹的數量也很多。兵力的差異是五倍多，而且敵人的目的是護送的戒備工作，並不是打仗，一旦認為有危險，就可以逃入附近的縣城。即使敵軍陣營在好幾處被打散，也可以使用市街、縣城和兵站，如果把這些因素也列入計算，相當於我方七倍的兵力。」

「我方的狀況呢？」

「雖然派人在各地尋找，但至今仍然沒有發現英章將軍和臥信將軍的下落。高卓派和牙門觀的所有人都已經抵達，目前正在往西崔移動的部隊，大部分都是李齋將軍的麾下光祐的部隊和承州師。承州系還需要幾天才能抵達，但光祐應該會在近日抵達白琅。」

「所以還無法確定是否能夠趕上……」

「州師也可能加強警戒，如此一來，光祐就無法靠近白琅，顯然來不及。」

洞窖內陷入了沉默。無論怎麼想，五倍的兵力都是無法對抗的數字，如果是七倍的兵力，根本是以卵擊石。

「但是，一旦主上被抓，一切就完了。」霜元靜靜地說：「即使惋惜兵力也沒有意義，要投入所有戰力，絕對不能把主上拱手讓給王師。」

當霜元向部下下達命令時，麾下衝了進來。

「霜元將軍，李齋將軍她——」

「什麼？」霜元衝出去的同時，李齋走進洞窖。從她的樣子一眼就可以看出經歷了激烈的戰鬥，而且李齋臉色蒼白。

「霜元，驍宗主上他……」

「是不是被帶走了？州師已經有了動靜，準備和王師會合了。」

李齋點了點頭，雙腿一軟。

「……對不起。」

夕麗慌忙跑過去把李齋扶起來。

「浩歌有沒有趕到？目前還剩下多少人？」

「剩下的人數很少，浩歌為了吸引馬州師，從馬州往西逃走了，只有在下和泓宏兩個人回來。」

「去思和酆都呢？」

靜之問。李齋聽了，立刻皺起眉頭。靜之看了她的表情，立刻明白了一切，忍不住感到驚愕，腦海中回想起去年初冬以來共度的時光。從孤立無援的狀況至今，曾經一起面對無形的敵人，無數的記憶像針一樣刺著他。

「在下無力保護他們……對不起。」

李齋道歉著。李齋不需要為這種事道歉——但是……

「去思是道士，酆都是神農，他們並不是士兵，照理說，他們不應該曝屍荒野——」

曝屍荒野餵鳥是士兵的命運。但是，他們兩個人並不是士兵。

靜之說不出話，建中拍了拍他的肩膀。

「現在沒時間為死者惋惜。」霜元說：「王師的目的一開始就不是針對我們，他們不是來討伐我們，而是為迎接主上而來。」

如果一開始就知道王師的目的，不知道該有多好。霜元不禁感到羞愧。王師的動向很奇怪，如果再深入思考一下，是否就知道並不是為了自己？

「帶走驍宗主上的部隊會先和文州師會合，然後再和王師大部隊會合。絕對不能讓他們會合，一旦他們會合，墨幟根本不是他們的對手。」

李齋點了點頭。

「雖然很想在他們和州師會合之前下手，但考慮到距離，恐怕來不及，無論如何都要阻止他們和王師會合。」

李齋環視室內，發現友尚和其他人的臉上都露出了悲傷的表情。

雖然緊急下令召集各方勢力，但黑幟的勢力並非都集結在潞溝、西崔，因為墨幟的人數太龐大，無法都安排在附近，立刻向他們下達指令行動。住在附近廢棄里的同道可以在一、兩天內就集合，但要通知躲藏在從這裡到轍圍一帶的同道，再等待他們集合需要花費很長時間。現在沒有足夠的時間等待所有人集合。

「前往馬州的一軍兵力大約會在半個月左右回到白琅近郊。」

無論再怎麼趕路，至少也要十天的時間。從白琅近郊到琳宇也要大約半個月的時間，但琳宇的州師或王師將會前往迎接，雙方人馬會在亢汲還是嘉橋會合？因為必須容納這些兵力，從市街的規模判斷，後者的可能性比較高。

「州師從白琅到嘉橋，最快也要十天的時間，如果去亢汲，七、八天就夠了。」

「在嘉橋挑起事端並非上策，因為琳宇的王師發現事態緊急，很快就可以趕到，但嘉橋和亢汲之間的街道某些路段很狹窄，即使王師趕去救援，也會被困在那裡。」

霜元默默點了點頭。

「考慮到我們趕到東亢汲的天數，我們也需要有十天的準備期間。」崖刮說：「最多只能拉長到十二天，無法在十二天內到西崔集合的人只能放棄，或是命令他們直奔戰場。」

雖然到西崔的遙遠路程令人焦急，但如果不謹慎行事，敵人會發現我方的動向，至少不能讓對方瞭解墨幟打算在哪裡襲擊州師，然而，分散的兵力無法統一行動。雖然明知道這個道理，但除此以外，沒有其他可行的方法。

「一切都操之過急……的確是這樣。」

「——馬州的同道幾乎都還沒到。」葆葉喃喃說道，她在牙門觀正殿的豪華室內咬著整齊漂亮的指甲，「這樣恐怕趕不及了，李齋他們會怎麼樣？」

「如果逃走的話，傷亡不至於太慘重。」敦厚低聲回答：「必須保存兵力。」

「但是，一旦主上被抓，一切都完了，無法終結阿選的天下。」

「至少還有最後一線希望，」敦厚說：「接下來不知道會發生什麼事，加強戒備，關上大門。」

敦厚叮嚀這句話之後，離開了牙門觀。新州侯將在今天傍晚抵達，目前得知新州侯在昨天經過了如雪。據說新州侯原本是阿選的麾下，但不久之前在宰輔手下擔任瑞州州宰。雖然不知道新州侯的為人和立場，但沐雨接到了玄管的建議，希望「和新州侯接觸」。從冬官口中得知，新州侯深得泰麒的信賴，雖然以前是阿選的麾下，但不像支持阿選，或許像友尚一樣，內心對阿選有潛在性的叛意。如果是這樣，應該有辦法說服。

敦厚快馬加鞭趕回了白琅，換了衣服，準備迎接新的州侯。在六官的迎接下，新州侯的轎子在日落時分經過了路門，新州侯在現場點亮的無數火把中走下轎子。

敦厚跪在冰冷的石板上深深磕頭，等待侍從的口令或是州侯的發言，但完全沒有聽到任何動靜。磕頭的六官都感到困惑不已，敦厚忍不住抬起頭，發現從轎子中走下來的幾個人站在那裡，站在中央的就是新州侯嗎？敦厚抬眼看向他的臉，忍不住發出了低吟。

那個男人眼神空洞，不要說沒看到現場的六官，他應該什麼都沒看到，只是失魂落魄地站在那裡看著半空。

他臉上的表情和幾乎已經無法說話的現任州侯簡直一模一樣。

4

弘始九年四月底，文州中央的東亢汲發生了大規模的衝突。

氣候寒冷的文州也終於冰雪融化，農地露出了黑色的泥土。亢汲近郊的農地搶先開始播種。大街道貫穿了經過耕耘的耕地，文州州師沿著大街道向東前進。陣容是黃備一軍，隊伍中央有十騎左右的空行師圍著一輛馬車。馬車的行李臺用木板圍起，無法看到裡面的情況，但從精銳部隊在周圍嚴陣以待，戒備森嚴的狀況判斷，顯然正在運送非比尋常的貨物。隊伍小心謹慎地離開了亢汲，經過兩天行軍，在隔天即將進入街道變窄的山道時，大量士兵從低丘後方竄了出來，衝向隊伍。

州師對墨幟十分警戒，而且高估了他們的勢力，認為如果有馬匹和戰車，就會在平地襲擊州師，所以認為在亢汲前的平坦地區最危險。但是墨幟根本沒有戰車，馬匹的數量也不多，因為缺乏裝備，所以比州師想像的更富有機動性。他們一口氣穿越了東亢汲低矮的山，從側面攻向州師。遭到攻擊的州師分成了兩半，後方部隊不得不逃向亢汲方向，前方部隊則逃向狹窄的山道。因為山道很狹窄，所以隊伍的行動受到了限制。

李齋他們成功地攻其不備，將隊伍截斷，分成了東西兩部分。墨幟有地利優勢，但石林觀和白幟手上沒有像樣的武器，牙門觀派甚至沒有建立指揮系統，李齋等人雖然發現了在空行師周圍的州師，但即使緊跟在後，也無法破壞州師的隊伍。

崖刮指揮的高卓派試圖把敵人的後方部隊逼向亢汲方向，卻無法如願。崖刮指揮的是承州系、檀法寺和高卓戒壇系混合的師旅，指揮系統沒有足夠的時間建立默契。如果不將後方的隊伍逼向亢汲方面，這些兵力就會從去營救驍宗的師旅後方展開攻擊。崖刮費了九牛二虎之力指揮著無法充分執行命令的師旅，總算把州師逼了回去，沒想到遭到了意想不到的攻擊——民眾向他們丟石頭。

文州中央地區的許多農地至今仍然處於荒廢的狀態，很多地方都無人耕種，但亢汲周圍漸漸有人開始耕作。冬天期間儲備的糧食都已經吃完，擁有農地的民眾急於耕作。只要播種，種子就會發芽，長到某種程度後需要疏苗，疏下來的苗可以補充目前已經見底的糧食。太早播種可能會遭到春霜的摧殘，但百姓明知道這一點，仍然急著播種，沒想到兵馬竟然踐踏了他們的農地。

「開什麼玩笑！」

「難道想把我們餓死嗎！」

百姓邊罵邊向他們丟石頭，崖刮無法攻擊向他們丟石頭的民眾，和百姓對峙的士兵雖然大聲說明自己正在營救王，但新王踐祚的消息已經傳開，百姓根本不相信。對他們來說，鴻基的阿選才是「王」。

如果有充分的裝備，根本不必在意民眾丟石頭，但檀法寺的僧侶甚至沒有胸甲，高卓派也沒有像樣的盔甲。雖然並沒有造成重大的傷亡，卻因此阻擋了前進的腳步，無法乘勝追擊州師。州師整頓之後展開反撲，向崖刮他們逼近，崖刮只能後退。

一度被切斷的州師試圖會合，李齋和霜元明知危險，但仍然衝在最前面鼓舞師旅，只不過雙方兵力相差懸殊，根本不是對手。州師雖然有人員傷亡，但仍然繼續前進，前方的馬車通過了狹窄的山道，隔天在嘉橋郊區和王師會合。

李齋等人英勇奮戰，但在各方面都壓倒性不足。

「真希望能夠包圍嘉橋。」

「我們的兵力不足。」

「州師從白琅趕過來，如果不趁現在逃走，就會遭到夾擊。」

逃走了又能怎樣？李齋忍不住想。一旦驍宗被抓走，就失去了拯救戴國的方法。即使保存兵力，當我方重整旗鼓之際，對方也會重整旗鼓。對方有文州師和王師的援軍，根本無法攻克。時間拖越久，對墨幟越不利。阿選有動員九個州的權力。

「即使如此，如果在這裡陣亡，無疑是最糟的結果。」

霜元似乎察覺了李齋的想法說道，李齋不得不同意。

霜元點了點頭說：「撤退，一路北上去龍溪。」

如果三五成群逃走，那條山道反而可以發揮作用。因為追兵無法投入大規模的兵力，對撤退的墨幟有利。

命令立刻傳達了下去，李齋也大喊著「北上」，親自在隊伍中奔跑。

「他媽的，前功盡棄嗎？」

朽棧咂著嘴說。朽棧手上拿的雙斧都鈍了，只能發揮鈍器的功能。

「向龍溪撤退，一旦形勢不利，就躲進山裡。」

「好。」朽棧回答後，向周圍的土匪發出指示後轉過身。李齋拉著飛燕的轡繩轉過頭時，標槍從她的鼻尖飛過。李齋立刻發現了投手，騎著飛燕從敵人的頭頂一刀砍下去，敵人當場倒地。當她環顧四周，準備騎著飛燕向北撤退時，發現朽棧倒在地上。朽棧仰躺在地上，標槍深深插進他的左胸。

「朽棧！」

李齋衝過去時，建中也衝了過去。她立刻跳下飛燕，跑到朽棧身旁，馬上檢查他的身體。朽棧還有呼吸，標槍雖然刺中他，但並沒有刺穿他的身體，只是八成傷到了肺。一旦拔出標槍，空氣就進入，導致肺部壞死。李齋瞭解狀況後，建中也跳下騎獸跑了過來。不時有箭落在周圍，敵人開始射箭，但還未進入有效射程。如果要撤退，就必須趕快行動。

「建中，朽棧就拜託了。」

「妳的騎獸跑得比較快。」

「快走，在下掩護你們。」

「先撤退，快走。」

李齋無法保護酆都和去思，她不想看到更多人犧牲。

「但是……」

正當建中說這句話時，朽棧的胸口噴出了鮮血，他的呼吸急促，發出喘鳴。

「不要拔標槍，要趕快救他——拜託了。」

建中看了李齋的臉一眼，隨即點了點頭，立刻抱起朽棧，把他放上了騎獸。建中衝出去後，標槍立刻飛了過來，李齋揮劍砍落。箭又飛了過來，雖然沒有太大的威力，但敵人明顯越來越近。

「朽棧！」

「首領！」

土匪紛紛叫著，李齋催促他們趕快向北撤離。他們跟在建中身後跑了起來，黑影飛過他們的頭頂——是空行師。李齋鞭策飛燕一躍而起，衝向舉起長槍試圖阻擋他們去路的士兵。李齋的劍對著槍頭揮了下去，但敵人手上拿的是鐵槍，劍彈了回來，李齋的手臂發麻。當她重心不穩時，槍頭刺了過來。飛燕縱身一跳，閃過了鐵槍。飛燕和敵人拉開距離落地的同時，腳似乎絆了一下，發出了短促的叫聲倒了下來。坐在飛燕背上的李齋被拋了出去。

李齋當場倒在地上，重重地撞到了身體，幸好劍還在手上，但她無法呼吸。巨大的衝擊讓她眼前發黑，但她還是坐了起來。空行師近在眼前，襲擊飛燕的敵人也一定就在眼前。在她嚴陣以待時，有什麼東西擦過她的側腹。終於重見光明的雙眼看到敵人重新拿起鐵槍衝了過來，她在地上翻滾，躲過了敵人的第二次攻擊，但又接連遭到第三次、第四次攻擊，她根本無暇站起來。

——應該還有一個人。

——在哪裡？

李齋翻滾著閃躲攻擊，同時觀察周圍。這時，一團黑色的東西遮住了她的視野。

——飛燕。

飛燕壓在李齋身上保護她，然後咬住她的脖頸，用力搖了一下頭，把她甩到自己的背上。李齋不顧一切地抓住飛燕的毛，坐在鞍韉上，雙腿想要夾住飛燕的身體時打滑了。李齋右腳碰到飛燕的腹部，那裡流了很多血。

——是長槍。

飛燕為李齋擋了長槍。

飛燕。她還來不及叫牠，牠就已經飛了起來。背後立刻傳來猙獰的翅膀聲，但飛燕的速度更快，在陷入極度混亂的戰場上空，一路向北飛翔。眼下是亂了陣腳，開始向北方撤退的同伴。

5

霜元沮喪地回到了西崔。

——營救驍宗失敗了。

但是，不能輕言放棄。驍宗還在回鴻基的路上，必須在驍宗抵達鴻基之前把人搶回來。他走入屋內，指示立刻召集主要成員後，隨即走向正在治療傷者的前院。許多受傷的人躺在北穿堂，喜溢和其他人忙碌不已。

「喜溢——」

霜元叫著他的名字走過去，然後停下了腳步。喜溢正滿臉沉痛表情地為一個男人蓋上布。霜元在布完全蓋上之前看到了那張臉——是朽棧。

「還是回天乏術嗎？」
霜元問，喜溢抬起頭，慌忙用袖子擦拭眼角。
「我力不從心，真是太遺憾了。」
「太遺憾了。」
霜元之前曾經聽說，朽棧收留了許多弱勢者，把他們當成家人照顧。不知道這些家人以後要如何生存？霜元在想這個問題時看向周圍。
「李齋呢？」
「正在中院。雖然已經盡力治療……」
喜溢含糊其辭。
「該不會？」
李齋該不會受了重傷？霜元正想這麼問，喜溢搖了搖頭說：「她本人並沒有受嚴重的傷，但李齋將軍的騎獸……」
「飛燕？」
霜元慌忙離開穿堂走去中院，中院的院子角落掛著小帳篷，李齋蹲在那裡。騎獸巨大的頭躺在她的腿上，她低著頭，緩緩撫摸著飛燕的頭。
「……李齋。」
李齋聽到霜元的叫聲，仍然低著頭說：「這次又是牠救了我……」
李齋的手輕輕地、輕輕地撫摸著飛燕的毛。

「牠不知道救了我多少次，之前去慶國時，牠也為了保護我受了滿身的傷。」

「這樣啊。」霜元跪在全身冰冷地躺在那裡的騎獸旁。牠的毛已經擦乾淨，傷口也用白色的布包紮起來。

「牠也和我一起去蓬山，很喜歡泰麒……」

李齋說到這裡，沒有再說下去。霜元默默點了點頭，撫摸著飛燕冰冷的毛。

霜元逃離承州時，也失去了陪伴自己多年的騎獸，所以能夠對李齋的悲傷感同身受。

——謝謝你保護了李齋。

霜元在心裡慰勞飛燕，然後起身走出院子。遇到士兵時，請他把毯子和火盆送去給李齋。

這一戰傷亡慘重，但他們並沒有放棄。墨幟的準備還很不充分，原本該來集合的同道尚未完全集結，所以即使全軍出動，在人數上也完全沒有勝算，但如果驍宗遭到殺害，一切都完了。

「一定要把主上救回來——即使為此付出生命代價也不足惜。」

但是，也有人意志消沉。因為犧牲了太多人。一個年輕的聲音激勵了這些垂頭喪氣的人。

「土匪就是要打仗。」

說話的人還很年輕，另一個站在他身旁、手拿武器的人根本還是少年。

「——他們是誰？」

「是朽棧的兒子。」

霜元聽了赤比的介紹，看著這對兄弟好勝的臉。

「他們叫此勇和方順，應該說，朽棧把他們當成兒子。雖然年紀還小，但朽棧悉心栽培他們，所以絕對不會拖累大家。」

翌日天未亮，墨幟就展開了最後的攻勢。

不顧一切，趕快去琳宇——除了向在街道上移動的人傳達命令，各陣營只要人數到齊，就依次追擊王師。各陣營沒有時間討論如何合作，也沒有時間思考如何編隊，只要人數到齊，就做好戰死的心理準備衝向王師。雖然每個人都知道這樣的進攻方式太魯莽，但驍宗被王師帶去瑞州就完蛋了。瑞州和文州不同，在實質上等於受阿選的支配，無法像文州有任何可乘之機。

「雖然知道這是不合理的要求，但一定要創造奇蹟。」

霜元的激勵聽起來很空虛。

從高卓沿著街道趕來的人不顧一切地快馬加鞭，和王師展開對戰，但王師輕易打退了他們。沒有做好充分準備的烏合之眾根本不是王師的對手，面對王師在物資上壓倒性的優勢，間歇式的追擊根本無法對抗，王師反而對墨幟這種白費力氣的戰意感到驚訝。

李齋翹首以待，光祐率領的人馬遲遲無法趕到。李齋內心雖然難過，但還是騎著陌生的騎獸衝上戰場，只是幾乎沒有戰果。一個又一個同道在她的眼前倒下，即使明知道是白白送死，仍然無法停止攻擊。

他們無法得到百姓的支援，百姓認為墨幟是逆賊而拒絕合作，不僅如此，甚至還有人敵對。雖然墨幟戮力奮戰，但無能為力的事就是無能為力。

墨幟一次又一次敗退，雖然他們窮追不捨，但帶著驍宗的王師還是消失在瑞州防衛線的遠方。他們根本沒有重整兵力的餘力和時間。

6

光祐來到距離白琅還剩下兩天行程的位置。因為接到了「越快越好」的傳令，所以他們一路狂奔，完全顧不得可能會被人看到。幸好州師的兵力都集中在白琅的防衛，以及白琅和琳宇之間的街道上，於是他們利用沿途沒有像樣的戒備，在隊伍最前面的光祐等人快馬加鞭趕路。但是，當他們準備進入暮色蒼茫的市街時，遇到了從城裡出來的人群，這些手上拿著行李的人對他們大喊危險。

「快回去，遠離白琅，這一帶很危險。」

「到底發生了什麼事？」他們問拿著大包小包的女人。
「打仗了，有一群糊塗的人竟然反抗王師。」
「他們攻擊王師，太荒唐了。這裡很快就會遭到討伐，文州完蛋了。」
無論那個女人還是在女人周圍停下腳步的旅人都唉聲嘆氣。
文州的百姓沒有忘記，一旦反抗朝廷，周圍一帶就會被夷為平地，不管有沒有提供協助都一樣。只要朝廷認為某個地方有叛民，即使剛好路過的旅人也都會被殺光。
「但、但是……如果謀反成功的話……」
「不可能成功，」有人咬牙切齒地說：「那些叛民已經被殺了。」
「殘兵敗將都四處逃竄，很快就會遭到掃蕩，真是太倒楣了。」
許多旅人都轉身離開，離開了白琅——離開了文州。
光祐鼓起勇氣問一個男人：「文州師真的打了勝仗嗎？」
那個男人看著光祐等人，好像在看什麼可疑的東西。這數十名騎馬的人，每個人手上都拿著武器。
「因為我們在休假，接到緊急歸隊的指示。」
「喔。」男人小聲嘀咕，雖然稍微鬆了一口氣，但仍然沒有放鬆對光祐等人的警戒。
「攻擊州師的那些人在嘉橋潰敗了，目前已經開始掃蕩。」
「聽說叛民的規模很可觀。」

「聽說人數不少，但根本不是州師和王師的對手，從嘉橋到琳宇一帶，滿地都是屍體。我們好不容易開始耕地……」

男人懊惱地說。光祐向他道謝後，從暮色中的街道匆匆離去。身上的行李格外沉重。

「光祐大人……」

光祐聽到麾下悲傷的聲音，忍不住咬著嘴唇——自己沒趕上。

「都已經來到這裡了……」

「至少現在可以去救援。」

「但是……」

麾下小聲地說，光祐輕輕搖了搖頭說：「沒有用，去了也只是白白去送命。」

「不僅我們自己會送命，還會造成周圍百姓的困擾。來自西崔的命令要求我們火速趕路，萬一來不及，就要保存兵力，將犧牲控制在最小限度。」

「所以——」

「我們逃去馬州。」

光祐看向南方的天空。日暮遲遲的天空中飄著雲，但和冬天期間常見的雪雲不太一樣。下雪的日子終於結束，平地的積雪也融化了。文州終於迎來了春天，但他們仍然被困在冬天中無法走出來。

光祐想起之前在承州離散的主公。這次還是無緣遇見。不知道李齋會對自己這個沒出息的麾下多失望。

「現在只能逃亡……」

山中的太陽下了山，浩歌看著遠方的里和周圍空地點亮的火把。身後傳來輕微的聲音，那是有人踏在結冰雪地上的聲音。山上的積雪也開始融化，但周圍的樹木下還有已經變成冰的雪，樹幹四周的積雪變軟融化。冰冷的水流出來，讓周圍聚集了冰冷的空氣。

「似乎潰退了。」

麾下小聲轉告了偵察兵偵察到的情況。剛才悄悄去下方馬州師陣營偵察的人已經回來了。

「似乎有青鳥飛來，他們開始飲酒狂歡。」

浩歌點了點頭。剛才從山坡吹上來的風中，就隱約聽到了士兵熱鬧的聲音。從那些士兵歡快的聲音中已經猜到了這些情況。

「霜元將軍呢？」

「目前不瞭解詳細的情況，偵察兵說，只聽到他們在談論敵人潰敗，等掃蕩結束後就歸營。」

「這樣啊，」浩歌喃喃地說：「原來還要掃蕩，那我們只能趁天黑逃走。」

「前面的兵力很強，要不要乾脆逃往江州？」

麾下壓低聲音說。

「李齋將軍指示，千萬不能去江州。我們往西逃。」

「但是……」

「往西！不准有任何異議。」

浩歌等人如果逃往江州，一定會留下足跡，江州北部就會成為掃蕩戰的戰場。一旦恬縣被捲入，就會危及瑞雲觀的倖存者，到時候百姓就再也沒有丹藥了。

浩歌激勵正在休息的士兵沿著山路向西移動。每個士兵都無法忘記遭到妖魔攻擊的恐懼，所以很害怕黑暗，就連聽到風聲也會驚慌失措。他們就這樣一路下山，來不及融化的雪變得泥濘，士兵走過去時都忍不住小聲咒罵。

他們躡手躡腳，連夜趕路，當背後的天空終於出現曙光時，浩歌聽到了隱約的嘶叫聲，他知道不遠處的樹林中躲著經過訓練的軍馬。

浩歌揮手示意所有人集中，然後感受到人的動靜，慢慢包圍了聚集的士兵。

風從馬州的山中吹向南方，帶著血腥屍臭味的風穿越了斜坡上的森林，終於吹到了江州北部。春天早一步降臨江州的山谷。山野的雪幾乎已經融化，耕耘的農地也冒出了淡淡的綠芽。

這個小里的周圍是一片黑色耕地，鳥聲啁啾，從山上吹來的風在這一帶變得溫暖，變成柔和的微風。

——但是，見底了。

園糸看著米箱，對著底板嘆著氣。園糸一直都在里家生活，米箱內的穀物是里家所有人的糧食。進入四月之後，就靠地瓜和野草增加分量，努力希望撐久一點，如今終於見了底。

——最多只能撐兩、三天了。

兩、三天之後，米箱就空了。雖然農地已經播種，但從播種到可以食用還有很長一段時間。

園糸嘆著氣，抱著鍋子走出大門。園糸吃住都在里家，也一手包辦安置了許多老人的里家內所有雜務。她單手抱著裝了雜穀的鍋子，另一隻手拎著裝了待洗東西的桶子走出里家，走向不遠處的水井。當她默默整理要洗的東西時，發現有一個人影從眼前的路上走了過來。

那是一個削瘦的老人。他的背駝了，腳步也有點蹣跚。這位像枯樹般的老人名叫淵澄，帶領了在東架藏身的道士。

園糸向他鞠躬行禮，淵澄似乎想到了什麼，改變了行進的方向走到水井旁，然後費力地蹲在園糸身旁。他的樣子沒有平日的霸氣，看起來就像是普通的老人。

園糸訝異地看著他，他沒有看園糸問道：「妳丈夫有沒有和妳聯絡？」

「丈夫——你是說項梁嗎？不，項梁不是我的丈夫。」

自從他離開之後，就完全沒有任何聯絡——園糸原本想這麼回答，但她還來不及說這句話，淵澄就說：「形勢好像越來越詭異了。」

園糸順著淵澄的視線，抬頭望向天空。春天向晚的天空飄著薄雲，並沒有壓得很低的雲。

「北方很不妙。」

「是嗎？」園糸不置可否地笑了笑。她並不覺得北方的雲層特別厚。淵澄縮著身體，抱著彎曲的膝蓋，支撐著手肘，然後注視著半空。

「……不知道去思是不是平安無事。」

他幽幽地說，好像在擔心孫子。

園糸遲疑起來，不知道該怎麼回答，這時，淵澄用力咳嗽起來。

「您沒事吧？」

園糸伸手想要撫摸他的背，淵澄擋住她的手，自己站了起來。他一邊咳嗽，一邊無力地走向里閭。他的身影看起來很寂寞，園糸難過地目送著他的背影。

當天晚上，淵澄就昏倒了。照顧他的里人和徒弟盡了最大的努力，但年邁的道士仍然無法醒來。

兩天後，淵澄靜靜地停止了呼吸。

第二十三章

十二國記

1

西崔冷冷清清。

不久之前，到處可以看到土匪、墨幟和聚集的百姓來來往往，大街小巷都充滿了活力，如今只有風在街頭打轉。空地上有無數墳墓，但插在地上的木板下方並沒有屍體。在戰場上失去生命時，屍體都留在原地，根本沒有人手把屍體搬回來。

土匪幾乎如數遭到殲滅。朽棧留下的兩個孤兒雖然活了下來，但主要成員幾乎都死在戰場上，赤比受了重傷，但總算撿回一條命，算是很幸運。白幟和石林觀除了主要成員以外，幾乎都沒有回來。建中活了下來，但梳道下落不明，牙門觀的博牛也沒有回來。最後看到他時，他正和三個敵人激烈纏鬥。高卓戒壇系也幾乎全軍覆沒，空正和清玄都在戰場上消失了，霜元軍和李齋軍有很多人活著回來，但士兵人數也只剩下原本的三分之一，沒有騎獸，也沒有馬匹，甚至沒有像樣武器的士兵都幾乎沒有回來。原本將近一萬名墨幟，如今一下子減少到數百人。

犧牲並非僅此而已，當李齋等人從琳宇一路攻到瑞州州境期間，州師攻打了牙門觀和西崔。留在西崔的人看到州師出擊，立刻安排年老體弱者往潞溝撤退，但留在西崔和州師奮戰的人死了一大半，余澤也在其中。

李齋來到空地，在余澤的墳墓前祭拜。余澤很盡力，得知酆都的死訊後哭得很傷心。李齋當時安慰了他，也成為最後一次和他談話。出征之前來不及見面，回來時，他已經躺在屍體堆中。

「早知道我也應該留在西崔……」在李齋身旁垂著頭的喜溢似乎為自己撤退到潞溝感到自責，「雖然當時我希望他和我一起走。」

余澤拒絕了喜溢的提議，堅持留在西崔。

「需要有人帶領女人和小孩子，你不必自責。」

李齋說道，但喜溢靜靜地搖頭。

李齋對余澤的死感到很難過，更難過的是牙門觀遭到襲擊時，葆葉也失去了生命。州師大舉進攻，包圍了牙門觀，接連射了火箭，逃出來的人在牙門觀外遭到殺害。當時留在牙門觀的幾乎都是工匠，根本無力對抗就變成了屍體。葆葉也無法躲過這一劫。雖然曾經去火場的廢墟中尋找，但在無數屍骨中，根本無法分辨哪一具是葆葉的屍體。只有當時在白琅的敦厚，和在前線之間往來、負責傳令的夕麗活了下來。

「如果當時我也在，至少可以讓葆葉大人逃命……」

夕麗懊惱地哭了起來，但夕麗一個人恐怕很難保護葆葉。不見葆葉的屍體，也沒有看到她死去，她的消失也讓李齋感到不真實。

街上到處都是空洞，墨幟的殿堂也都填滿了空白。諷刺的是，風很溫暖，而且還帶著花香。李齋從空地回到堂內，也沒有人溫暖相迎，讓她感覺到余澤真的已經離開了。

敦厚在這片沉痛的氣氛中造訪——正確地說，敦厚逃離了文州城，逃亡到這裡。文州城內部發生巨大的變化，阿選之前對文州不聞不問，如今重新掌握了指揮權，宛如沉睡般的怠惰風氣一下子消失，州侯更迭，新的州侯帶領部下走馬上任，但新的州侯一進入文州城，就露出空洞的眼神說要「掃蕩」，顯然一開始就生了病。

「消滅所有對抗國家體制的人，嚴格處罰協助土匪和窮寇的人，以及因為沒有作為而對敵人有利的人。」

敦厚聽到宣布的內容之後，不得不判斷繼續留在州城太危險，只能趁著掃蕩戰的混亂逃了出來。

——沒想到遭到如此徹底的瓦解。

李齋忍不住自嘲，努力建立的一切都在轉眼之間消失，而且以後也會繼續消失。

瑞州的州境有大軍開始聚集，掃蕩戰已經拉開序幕。往鴻基的路上設置了關卡，帶著騎獸的旅人無法進入瑞州。李齋他們在冬季的收穫像雪一樣堆積起來——隨著春天的來臨，都消失得無影無蹤。

「只能逃走。」前來拜訪的敦厚說：「必須承認，目前已經沒有足夠的兵力能夠突破如此厚實的防衛線。」

李齋和其他人聽了之後，只能陷入沉默。

「現在已經無法營救王了，也無法消滅阿選，照目前的情況下去，也沒有方法可以拯救戴國。如果各位為戴國著想，就應該暫時放棄，為了下一次的捲土重來再度蟄伏。」

「放棄？」

靜之忍不住問。

「目前只能放棄主上，但是，戴國還有泰麒。阿選雖然不可能讓主上活命，但只要台輔還在，天命終將改變，到時候就會出現拯救戴國的機會。」

「如果是我，就會把台輔關起來，」建中語帶嘲諷地說：「不讓台輔挑選任何人，如此一來，就永遠是阿選的天下。」

「麒麟無法選王的話，壽命就會終結，阿選早晚會失去台輔。」

到時候，蓬山上就會結出泰果，裡面會有下一個麒麟。戴國的新麒麟誕生之後，選新王的日子就會來臨。

「只要忍耐到選出新王的那一天，戴國就可以重生。」

李齋和其他人知道敦厚的意見很正確，但還是無法接受。

——之前的犧牲就白費了嗎？

如果現在放棄驍宗逃走，當初就不應該追擊，就不必做好白白送死的心理準備，參加那場悲慘的戰鬥。

阿選不會為驍宗留任何活路，這並非單純只是戴國失去王而已。一旦驍宗駕崩，戴國無王，就無法獲得他國的支援。因為接受他國支援的絕對條件，就是必須由王提出要求。

戴國將陷入孤立，失去天道。戴國將失去一切——徹底失去所有的一切。
雖然清楚知道這些事，但李齋和其他人已經沒有選擇。

2

「驍宗踐踏天意，篡奪了王位，必須廣為公告，讓百姓都知道。」
阿選在六朝議時唐突地如此宣布。
「在禪讓之前，要在廣大百姓面前審判他的罪行，讓他謝罪。」
六官聽得目瞪口呆，但沒有任何人提出異議。阿選面無表情地巡視所有人，然後看向案作。
「案作。」
案作被點到名後跪行向前。
「在這個重要的日子，冢宰不能缺席，所以我任命你為冢宰。」
阿選說完後，案作深深鞠了一躬。
——該來的還是來了。
他之前就知道會有這麼一天。因為促使阿選產生登基念頭的不是別人，正是案作。

即使在泰麒指名為王之後，阿選仍然對登基一事興趣缺缺，案作認為是因為空虛感使然。阿選當初襲擊驍宗應該並非為了王位，如果阿選想要的是王位，不可能在得手之後完全棄王位不顧，所以阿選的目的就是為了襲擊驍宗，如果是這樣，那就是出於對驍宗的嫉妒。阿選憎恨比自己更能幹的驍宗。這也難怪——案作忍不住想。事實上，案作經常覺得，如果是驍宗，絕對不可能把全權交給張運那種貨色。

張運只是擅長保身之道的無能之輩。這就是案作對張運的評價。張運是因為有案作協助，所以才能夠假裝自己有點能力。案作操控格外自負，完全沒有意識到自己無能的張運很辛苦，當正面提出建議，張運就會產生敵對心，說案作踰越分際，所以只能巧妙地提議並加以誘導，讓張運覺得是自己想到的錦囊妙計，案作表示稱讚，在一旁推波助瀾。只不過即使張運想要做某件事，滿腦子只有自保之道的他會立刻開始計算對自己帶來的負面影響。案作必須避重就輕，以免張運產生不安，讓他自己做出決定。

如果是驍宗——案作經常這麼想。如果是驍宗，就會看穿張運的無能，瞭解誰是真正有能力的人。這就是阿選和驍宗的不同，這種能力的差異，也導致阿選憎恨驍宗。雖然阿選因為嫉妒襲擊了驍宗，但阿選的王朝很快就瓦解。這也難怪，因為阿選終究只是偽王，所有人都瞭解這一點。因為他甚至缺乏分辨臣下優劣的能力，允許張運那種無能的專橫，當然不可能治理朝廷，所以才會對現狀感到厭煩。戴國的慘澹現狀證明了阿選的無能，阿選不願正視，才會整天躲在六寢深處，不聞不問也不看。既然這樣，讓阿選坐上王位的唯一方法，就是讓他覺得可以確定自己比驍宗更厲害。

於是，案作偷偷向阿選獻計。

「必須讓驍宗在禪讓之前承認自己竊取了王位。」

阿選起初是以訝異神情看著案作。

「並不是主上篡奪王位，而是驍宗竊取了原本就是主上的王位，他必須為犯下這樣的罪過上刑場。他籠絡了當年年幼的台輔，砍掉了台輔的角，讓台輔遵從他。當主上挺身揭發他的蠻橫，他就不顧百姓的苦難逃匿——」

阿選注視著案作的眼睛片刻後問：「要怎麼讓他承認？」

「只要把他帶去刑場審判就好，逼他認罪，向百姓謝罪。」

「驍宗不可能點頭。」

「如果他不點頭，聚集的百姓無法接受。如果告訴百姓，那天是要審判他，百姓就會為了聽謝罪而來。」

案作說到這裡，壓低了聲音。

「百姓等得不耐煩，可能會破口大罵。如果有人丟石頭，其他人也會蜂擁而上，跟著丟石頭。」

「——是嗎？」

阿選小聲問道，然後瞇起了眼睛。案作把身體靠了過去。

「禪讓未免太危險了，不能讓驍宗離開戴國，但是，驍宗必須離開王位，既然這樣，讓百姓超渡他，應該沒有任何問題。」

「你認為石頭可以打死他嗎？」

「千萬別小看失控的百姓，他們在丟石頭後，會陶醉在自己的行為之中，其中甚至會有人從警衛身上搶走武器直接動手。」

「真的會有這種人嗎？」

阿選露出冷笑，眼神中帶著挑釁。案作知道阿選在試探自己。

「也許事先需要安排一下，煽動一些內心不滿的民眾。」

「如果我假他人之手殺了驍宗，就等於是我殺了驍宗。」

「不能下令別人殺他，但心有不滿的人靠近他，覺得想要向他丟石頭，最好能夠用刀子砍他，那就沒問題了。在喝酒的時候，經常會有類似的對話。即使有人遭到煽動之後，真的付諸了行動，也是當事人必須為自己的行為負責。」

案作又接著說道：

「又或者可以讓當事人誤認為這麼做，可以對自己有利。人總是想聽、想看對自己有利的事，也會用對自己有利的想像力彌補不完整的消息，然後對此深信不疑。」

「……原來如此。」

阿選說完，淡淡地笑了笑。案作屏息斂氣，觀察事態的發展。最後阿選聽從了案作的計謀，決定要登基。

這個方法並不一定會成功，但是，當所有百姓都破口大罵，向驍宗丟石頭時，在百姓的內心，就認定驍宗有罪。阿選就會對此感到心滿意足。雖然如果驍宗不死，阿選就無法正式踐祚，但阿選應該並不在意，因為這和現狀沒什麼不同。相反地，如果阿選無法正式踐祚，案作才要傷腦筋，只不過案作只要巧妙運作，就可以解決這個問題。

事實上，案作在得知已經抓到驍宗之後，就開始周到安排。他派人到街上，接近對現狀感到不滿的人。尤其鎖定了治安不佳、有許多災民的地區。有很多人將自己的懷才不遇歸咎於時代，內心充滿憤恨，越是這種人，越容易產生「義憤」。

無法原諒、想要痛罵他、想要向他丟石頭——想要殺了他。只要有人這麼說，就必定有人附和。只要反覆煽動，對方就會下定決心。當然也不會忘記根據對方的為人，暗示只要這麼做，就會在金錢上——或是在地位上獲得好處，並唆使對方，付諸行動才是正義。同時也放出消息說，軍方提高警戒，擔心發生暴動，擔心義憤填膺的民眾會攻擊驍宗，聽說有許多人打算讓驍宗在審判時受到天誅，最重要的是，要讓百姓誤以為有許多民眾基於義憤，打算採取行動。民眾向來靠人數壯膽，當認為有很多人和自己站在同一陣線時，行為的界限值就會一口氣降低。

案作沒有直接做任何事，而是命令能幹的部下。部下又指示部下的部下，然後再去雇用他人。案作只是直接命令部下，必須靠煽動的方式炒作氣氛。即使部下或是部下的部下誤以為一旦發生暴動，就可以有獎賞，也是他們愚蠢的想像，阿選和案作都沒有任何過錯。

案作的時代終於來臨。

「剛才阿選派了使者，說明天會派人來接我，要我像之前一樣參加六朝議。」泰麒用低沉的聲音說。黃袍館的堂廳內只有四個人。

「所以是解除了禁閉嗎？」

潤達問，泰麒搖了搖頭，露出帶著一絲悲痛的笑容。

「一開始就不是關禁閉，他們把我們關在黃袍館，名義上是為了保護我們免受謀反的影響。」

「對喔，」潤達嘆了一口氣後說：「所以代表謀反的危機解除了嗎？」

泰麒點了點頭。

「嘉磬——被他們處死了。」

「啊！」潤達叫了一聲，「但是……但是，嘉磬大人絕對……」

「他並沒有犯罪。」泰麒小聲說道。嘉磬不可能謀反，更何況根本不能相信張運的供詞，這顯然是在羅織莫須有的罪名。

「州六官長也一樣嗎？」

耶利插嘴問。泰麒沮喪地點了點頭。

「這……」潤達叫了一聲，但似乎說不下去了。

「驍宗主上會被帶來鴻基，要審判他。」

泰麒簡單扼要地說明後，巖趙發出低吟。
「竟然——捏造這種事。」
「而且審判的時候，我也要在場。」
並不意外。耶利心想。阿選似乎打算主張天命原本就屬於自己，為此絕對需要泰麒為他證明。
堂內陷入了凝重的沉默。
巖趙嘆著氣說：「這根本是把台輔當成人質。如果威脅說要殺了台輔，驍宗主上或許會違心地懺悔。」
「台輔崩殂會瓦解阿選的計謀。」
耶利說。
「但是，阿選可以用這種方式威脅。台輔崩殂的確是阿選自掘墳墓的行為，但阿選可能為了貶低驍宗主上，做好了自縊的心理準備，更何況不知道驍宗主上有多瞭解阿選的計謀，也許阿選威脅他，他就接受了。」
驍宗一定會認為比起王的死，麒麟的死會給百姓帶來更大的悲劇。
「然後，驍宗主上就變成了竊國賊……」
巖趙抱著頭，泰麒把手放在他的肩膀上。
「我不會讓驍宗主上這麼做，」泰麒斷言道：「既然我在場，就不會讓他這麼做，只要我跪下，誰是真正的王就可以馬上見分曉。只要明確驍宗主上是真正的王，士兵中應該會有人感到猶豫，而且刑場上還有百姓。」

「對──是啊。」潤達點了點頭，似乎鬆了一口氣。

巖趙雖然也點著頭，但內心感到很不安。泰麒只要跪在驍宗腳下，的確馬上就知道誰是王，問題在於泰麒要如何跑去驍宗的腳下？阿選並不會笨到讓泰麒接近驍宗，而且──

他目送泰麒帶著潤達去書房的背影。

「……有這麼順利嗎？」

耶利似乎察覺了巖趙內心的不安問道。

「我和妳可以殺開一條血路，讓台輔去驍宗主上的腳下。」

巖趙回答──雖然有難度，但並非不可能。

「如果在台輔跪下的瞬間射箭就完了。」

「如此一來，阿選也會完蛋。」

「阿選應該並不害怕自己完蛋，我猜想阿選對驍宗主上只有復仇心。」

沒錯。巖趙也這麼認為，所以沒有吭氣。

「除此以外，還有其他不安嗎？」

耶利問道，巖趙點了點頭。

「台輔是黑麒……」

麒麟的頭髮通常是金色，那是麒麟特有的顏色，金髮具備了不容他人置疑的說服力。

「但是台輔的頭髮並不是金色，就連我也會不時提醒自己台輔是黑麒這件事。」

「原來如此，在視覺上缺乏說服力——」

「所以應該無法像金髮的人五體投地地跪在主上面前時那樣，具有壓倒性的說服力。」

如果泰麒的頭髮也像普通的宰輔一樣是金色，那個景象會很震撼，但泰麒恐怕無法帶來這種效果。這也是他回到白圭宮時，別人會懷疑他的原因。最後是因為認識年幼的泰麒的人作證，其他人才勉強接受，但至今仍然有人對他是否真的是泰麒一事帶有一絲懷疑。

「百姓並不知道台輔的長相。」巖趙喃喃地說：「而且在情緒激動的狀態下，不知道能否想起台輔是黑麒這件事。」

「的確……」

「即使如此，原本可以靠轉變或是驅使使令這些方法來克服這個問題，但台輔的角被砍斷了，所以看起來和普通的年輕人沒什麼兩樣。」

「……正因為是奇蹟般的存在，所以別人才會認為是事實……」

耶利小聲嘀咕，巖趙偏著頭納悶。

耶利說：「據說這是台輔自己說的話，因為麒麟是奇蹟般的存在，所以大家才相信天啟是事實。」

「是喔。」
「……這位老兄真有意思，台輔真的太有意思了。」
「妳太不敬了。」
「我對麒麟的威勢無感，但我認為台輔很有意思，他冷靜而透徹，就連對自己的事，也可以這樣事不關己地思考，實在太有意思了。」
「耶利！」
耶利聽了巖趙的責備，笑了笑說：「那我換一種說法，說他非比尋常？他這個人非比尋常，既然這樣，你感到不安的事，他應該早就想出答案了，根本輪不到你來操心。」
巖趙不悅地閉了嘴，然後突然開口說：「……和驍宗主上一樣。」
「我不認識主上，他是這樣的人？」
「他們的為人並不像，我只是覺得妳剛才說的話，很像是麾下在談論驍宗主上時的語氣。」
「是喔。」耶利輕輕應了一聲，深有感慨地嘀咕說：「原來是這樣……」
泰麒思考著。
最理想的方法，就是找到驍宗所在的地方，然後讓他逃走，但他無法查到驍宗目前的下落。嘉磬和州六官長被處死之後，解除了泰麒和其他人像是被關禁閉的行動限制，也可以見到州六官，但六官也擔心支持泰麒會危及自己，泰麒也有同樣的擔心，所以不得不避免和他們接觸。由於阿選派來的小臣隨時都在一旁，很難自由行動，能夠調查到的情況也有限。

王師不知道護送了誰，總之在重重戒護下從文州出發後，已經越過了州境——目前確認了這件事。王師越過州境後直接回到鴻基，但回到鴻基時，驍宗並不在其中，受到重重戒護的人，和負責戒護的士兵也不在其中。可能在中途的某個地方離開王師，躲去了某個地方，但即使泰麒派人去調查是什麼時候離開了王師，也沒有消息。州官的權限無法擴及軍隊，惠棟的離開造成慘重的損失。

在越過州境的第三天時，護送的那個人還在王師內。因為好幾處傳回消息說，有重要人物在負責戒護人員的營帳內，之後雖然看到那些戒護人員，但完全沒有那個要人的消息，既不知道是否還在，也不知道是否已經離開。負責護送的人在回鴻基的途中漸漸減少，在抵達鴻基之前，所有人都消失了，而且也無法確定從什麼時候開始減少。那個師旅在王師中很特別，不屬於任何指揮系統，和其他士兵完全沒有任何交流。雖然士兵都知道自己要保護那個師旅回鴻基，但又奉命不准靠近那個師旅。

瑞州北部有好幾座凌雲山，歷代的王的陵墓都在那裡。泰麒猜想可能把驍宗藏在其中某處，於是派人去尋找，但完全沒有發現有軍隊駐留，或是配置了許多官吏的情況。

泰麒動用了在黃袍館能夠動員的所有人脈關係，已經沒有時間找出驍宗的下落，幾乎可以確定泰麒無法在事先見到驍宗，更無法營救驍宗。審判的現場成為和驍宗接觸的唯一機會。如果無法事先營救驍宗，只有在那裡能夠見到驍宗。泰麒賭上了最後的希望。只要自己能夠衝到驍宗腳下，就可以在百姓面前確定正義在哪一方，到時候有可能一下子扭轉形勢。

泰麒想到這裡，聽到阿選說：「要加強台輔周圍的護衛」，忍不住一驚。

泰麒正在參加六朝議。雖然目前仍然被關在黃袍館內，但朝議時會有人來迎接，在重重包圍之下——據國官說，那是護衛——把他帶來外殿或是內殿。阿選在今天的朝議中向六官下達了這樣的指示。

「萬一百姓失控，對台輔有粗暴行動就大事不妙了。到時候不知道會發生什麼狀況，要確保台輔的護衛工作萬無一失、滴水不漏，也要派小臣隨侍在側。」

阿選說完，帶著嘲笑看向泰麒。泰麒故作平靜，但內心感到極度失望，同時也為阿選可能看透了自己的心思感到不安。

「除此以外，」阿選似乎樂在其中地繼續說道：「窮寇的同夥可能會有幾個人來鴻基，可能會組成敢死隊搶奪驍宗，或是對一切死心斷念，但至少想要維護驍宗的名譽——總之，最好認為有人會採取行動。」

泰麒只能閉口不語，聽他們說話。

「是否封閉鴻基比較好？」

阿選聽了夏官長的話笑了起來。

「不需要這麼做——要那些同夥進入鴻基，在開始審判的同時，關上鴻基的城門。注意觀察聚集群眾的動向，只要有人提出異議，或是反抗士兵等想要袒護犯人的行為，就格殺勿論。」

「格殺——嗎？」

阿選用力點了點頭。

「光是逮捕不夠徹底，也不需要盤問，當場格殺勿論。」

「但是，這樣會不會讓百姓……」

這樣會不會讓百姓覺得阿選慘無人道？阿選聽了夏官長的話，放聲笑了起來。

「不必擔心這種事，只要說他們是窮寇的同夥就好。」阿選開心地說：「你們聽好了，雖然聚集的民眾中可能有叛民，並不需要把他們揪出來。既然來了，就讓他們進來，但是要檢查武器，不能帶任何武器進入王宮。無論是叛民還是其他人，一旦有妨礙行為，就立刻加以排除，要在周圍安排空行師和弓兵。」

封閉鴻基，一旦有任何不平靜的動向，就不讓任何人離開，在鴻基內解決所有的事——阿選對六官長宣布。

泰麒只能在一旁聽著。雖然他提出異議，認為這樣會連累周圍無辜的百姓，但他早就知道阿選不可能聽取他的意見。

如果有人想要營救驍宗——即使有這樣的人，也會被引誘進入鴻基，然後遭到殺害。泰麒根本無法防止這種情況發生。

——沒有人能夠救驍宗了。

泰麒不得不承認這一點。對泰麒來說，驍宗已經遙不可及。他也不知道李齋和其他人的下落，甚至不知道他們是死是活。根據回到鴻基的士兵傳出來的消息，李齋等人僥倖活下來的機率極低。雖然泰麒希望他們還活著，卻沒有任何根據可以這麼相信。

——即使還活著。

如果李齋僥倖活了下來，有辦法突破森嚴的防備進入鴻基嗎？即使能夠進入鴻基，也不可能營救驍宗。李齋他們的勢力遭到摧毀，僅有的人數甚至不值得阿選軍追擊。

聽說有一名士兵表示，戰場上的屍體不計其數。那些沒有像樣的武器和護具，只靠著一支寒酸的長槍和阿選軍對抗的人一下子就送了命。如果逃命，或許有辦法活下來，但他們個個都勇敢不怕死。雖然也有人逃走，但那些人很快就遭到追擊，還來不及逃離戰場，就變成了屍體。這也是無可奈何的事——因為他們既沒有馬匹，也沒有足夠的人數為他們殺出退路。

已經沒有人能夠拯救驍宗了。

唯一可能做到這件事的就是自己，但即使有辦法讓驍宗逃走，也無法讓他平安地逃到遠方，即使這麼做，也無法拯救戴國。

泰麒回到黃袍館，仰頭看著北方的天空。

自己力所能及的只有一件事。

「潤達——我想拜託你一件事。」

「是。」潤達聽到泰麒叫他，忠實地應了一聲跑了過來。泰麒交給他一封信。

「我想請你幫我送這封信。因為路程遙遠，而且可能有危險，但我只能拜託你，你願意為我跑一趟嗎？」

潤達在頭頂上接過信後回答說：「當然願意。」

「謝謝——請你去江州，江州恬縣有一個名叫東架的里，那裡有一位名叫同仁的里宰，請你務必要把這封信親手交給同仁。」

「恬縣的里——嗎？」

泰麒點了點頭。

「那裡是我唯一能夠仰賴的勢力，同仁手下雖然人數不多，但都是有志之士，所以請你把這個交給他。」

潤達用力吸了一口氣之後，說了聲「是」，鞠了一躬。

「我會請巖趙為你準備騎獸。」

「我不會騎騎獸。」

「那頭騎獸很聰明，不必擔心。」

泰麒微笑著說完，找來了巖趙。

「為潤達準備白虎。」

「白虎——那頭騶虞嗎？」
泰麒點了點頭。
「但是，那是……」
「只要說有事外出，應該可以設法讓潤達離開王宮，但離開鴻基之後，可能會有士兵跟蹤，白虎可以甩掉那些跟蹤的人。」
「那當然，因為畢竟是騶虞。」
「絕對不能帶王師去那個里，出了庫門之後，就要馬上騎上白虎，然後駕著白虎出皋門，之後就一路全速前進。白虎會讓你騎，所以不必擔心。」
「好……好。」
潤達滿臉緊張地點了點頭，慌忙去收拾行裝。
巖趙目送他離去後說：「這是——什麼計謀嗎？」
「不是。」泰麒笑了笑。
「當初借用這頭騎獸是為了救驍宗主上，為了以防萬一，必須歸還。」
「喔……」
巖趙不解地點了點頭。
「我目前的處境不佳，潤達很盡忠職守，但正因為這樣，所以很危險，我認為現在是讓他逃去安全地方的時候了。」
那封信上只寫了對同仁和潤達的感謝，身為胎果的泰麒無法寫太多這裡的文字，他盡了最大的努力寫上了附注，要求把白虎帶去墨陽山的隧道。白虎應該會自行穿越那條隧道，飛去雲海上。

「無論事情是否順利，我都會成為阿選的敵人，所以潤達最好不要繼續留在這裡。」

3

一定會有掃蕩戰。

李齋和其他人能夠接受這樣的結果，因為他們早就做好了心理準備，但無論如何都必須避免波及文州的百姓。

雖然意志消沉，但仍然要努力保護百姓，這時收到了來自玄管的消息。靜之把青鳥送去給李齋。

鴗摺的腳上綁了一個黑色的細竹筒——沒錯，就是玄管。

靜之把竹筒拆了下來，從裡面取出捲得很細的紙交給李齋。李齋當場打開一看，臉色越來越凝重。她驚愕地瞪大了雙眼，臉色發白。靜之立刻知道是壞消息，同時也忍不住想——還有比目前更壞的餘地嗎？

靜之有點麻木地這麼想著，李齋開了口。

「驍宗主上會被處死。」

靜之有一種好像被甩了一巴掌打醒的感覺——李齋將軍說什麼？

「時間大約在一個月後，地點在鴻基的白圭宮奉天殿前，罪名是篡位。」

「這是怎麼回事？」

霜元面帶慍色地問李齋。

「驍宗主上篡奪了阿選的王位——似乎是這樣。」

靜之聽不懂這句話的意思，在場的所有人似乎都聽不懂。所有人都露出像是訝異——但明顯是驚愕的表情。

「因為上面寫的是八年前篡位的罪行，所以並不是指目前的事，可能是說驍宗主上當初登基就是篡位。」

「簡直是——彌天大謊。」

霜元怒不可遏，面無表情地站在那裡。

「因為他篡位，導致百姓陷入苦難，所以要他公開謝罪。」

霜元說不出話，忍不住握住了劍柄，但他的手在顫抖。

靜之說：「上面只說要求主上謝罪嗎？這不能說是處死。」

李齋露出戰慄的表情點了點頭。

「但阿選要求手下悄悄在刑場動員，煽動百姓向主上丟石頭。」

李齋把那張薄紙片遞給靜之。那是一張很小的紙片，即使寫的字再小，能夠寫的內容也很有限。上面寫的內容就是李齋剛才說的事。

「──這到底是怎麼一回事？」

「阿選的意思是，八年前，應該是阿選登基，但驍宗主上竊取了阿選的王位，所以要向百姓公開驍宗主上的罪行，讓他謝罪──以這個名目把他帶到奉天殿前。」

奉天殿是白圭宮對外公開的正殿，從皋門進入白圭宮後，聳立在正前方的殿堂就是奉天殿。奉天殿前有一個很大的前庭，周圍都是樓閣。百姓可以自由出入奉天殿的前庭，登基大典等許多儀式都在這裡舉行。

「民眾應該會蜂擁而至，阿選會派手下混入其中，帶頭丟石頭，用這種方式煽動聚集的民眾。」

「這──怎麼可能？」

「民眾相信新王阿選的說法──靜之，你也應該瞭解這一點。不知道該說是幸運還是不幸，台輔回到了白圭宮，開始拯救百姓，許多民眾都認為這是新王阿選在造福百姓。」

的確是這樣。靜之暗想著。就連文州都有百姓罵支持驍宗的靜之等人是「叛徒」。

「如果說成阿選才是真正的王，驍宗主上的登基是一場騙局呢？於是就會變成驍宗主上登基之後，八年來承受的苦難都是驍宗主上的過錯。民眾一定會痛罵驍宗主上，只要有人丟石頭，群情激憤的民眾難道不會跟著丟石頭嗎？」

「的確可能發生這種情況——」

「關鍵的驍宗主上行動應該受到限制，到時候就會被因為憤怒而失控的民眾用亂石砸死……等於是處死。」

「怎麼會……」靜之說不出話。

霜元也粗聲粗氣地說：「絕對不能原諒這種情況發生。」

霜元雖然這麼說，但他自己應該也知道這番話多空虛。這只是一句咒罵——僅此而已。

驍宗是正當的王，卻被說成是竊取王位。自從七年前，驍宗在文州落難遭到囚禁以來，是阿選讓這個國家蒙受苦難，都是因為阿選陷害驍宗，而且棄民不顧造成的，如今卻要怪罪到驍宗頭上，這簡直是莫大的屈辱，絕對無法原諒，但靜之和其他人無法阻止這件事。墨幟的勢力遭到瓦解，人數也大減，已經無法討伐阿選，既無法營救驍宗，也無法阻止民眾，只能咒罵「絕對不能原諒」。

「這也未免太過分了。」

靜之當場跪了下來。

驍宗是一國之王——是獲得上天認可的正當的王。

「台輔向驍宗主上立了誓約。」

靜之當時也在場。年幼的泰麒變成了麒麟追上了驍宗，跪在驍宗面前說「恭迎主上」，驍宗回答說：「准奏。」

「驍宗主上才是王！」

「無論如何都必須阻止！」靜之身旁響起這個聲音，他抬頭一看，發現李齋跪在自己身旁，「至少不能讓這件事發生。」

「但是……」

「雖然目前還沒有方法，但我們必須想辦法。對驍宗主上來說，這是天大的恥辱，不僅如此，對百姓來說，這也是天大的不幸。」

李齋說到這裡，身體忍不住顫抖。

「阿選是僞王這件事早晚會真相大白，到時候民眾就會知道自己親手打死了正當的王——絕對不能讓這種情況發生。」

李齋環視所有人，在場所有人都深深點頭。

「但是，到底要怎麼做？」敦厚問：「即使我們殺去鴻基，也只是去送死，甚至無法營救驍宗主上，不僅如此，甚至可能傷害驍宗主上的名譽。」

敦厚言之有理。即使在刑場引起騷動，也無法營救驍宗，而且看在民眾眼裡，靜之等人的行動根本是困獸之鬥，很可能反而讓百姓更覺得是篡位惡徒。

「即使這樣也沒關係，」霜元豁了出去，「即使和主上一起送命也沒關係，至少要鬆開主上的頸軛。」

「霜元將軍……」

靜之忍不住制止，霜元露出平靜的眼神回頭看著他。

「主上——驍宗將軍是軍人，對軍人來說，在戰場上被打死，曝屍荒野雖然懊惱，但並非不名譽的事。然而，無法打仗，卻被當成罪人打死是恥辱。」

「難道要為了自尊心，主從一起送命嗎？」敦厚喝斥道：「沒錯，這樣的確可以維護你們身為軍人的自尊，你們得到了自我滿足，但戴國怎麼辦？難道就讓阿選一直這樣橫行下去嗎？」

李齋和其他人只能陷入沉默。

「如果你們為戴國的未來和百姓著想，就必須避免去白白送死，要忍辱負重，等待時機，為主上報仇，無論如何都必須消滅阿選。」

敦厚語氣強烈地說，然後改變了語氣，用溫和的聲音規勸他們。

「你們在討論問題時不是經常會說，如果主上在這裡，他會怎麼做嗎？如果驍宗主上在這裡，他會怎麼做？會以捍衛主公的想法為優先，還是把戴國放在首位？你們應該好好想一想。」

敦厚說。

——這一天，靜之悶悶不樂地思考這個問題。沒錯，驍宗一定會說不必管他，要先拯救百姓。

但是，每次這麼想，內心深處就湧起絕望，那是之前在老安時曾經體會過的絕望。當時以為失去了驍宗，因為自己疏於確認，讓驍宗失去了生命。靜之為戴國的未來感到絕望，但更對自己的無能感到絕望。自己也許有能力做什麼，卻因為自己的無能而失去了這樣的機會，他當時為此感到絕望。那是對自己的輕蔑和嫌惡——憎恨。即使別人能夠原諒，他也無法原諒自己。那是一種痛徹心扉的絕望。

——必須營救驍宗。

然而，即使想要營救也束手無策。如今已經沒有時間重整人馬，絕對不可能攻打鴻基，靠優勢兵力奪回驍宗。鴻基有六軍王師，雖然目前不瞭解實際人數和實際情況，但靜之他們目前只剩下兩百人左右，王師的兵力是他們的三百倍以上。王師至少有三百倍的兵力，而且還有堅不可摧的城堡，以及在心情上支持他們的百姓。戰場需要冷靜透徹的計算，無論估算得再寬鬆，都絕對無法得到「不可能」以外的評價。

「能不能溜進王都擄走主上？」

喜溢問，但這是不可能的事。

「王宮的戒備森嚴，如果我們這些人溜進王宮有辦法成事，一開始就會去取阿選的首級。」

喜溢聽了李齋的話，陷入了沉默。

另一個人說：「那刑場呢？既然要在百姓面前審判驍宗主上，我們也可以參與。」

有人點頭表示同意。

「好主意——我們可以混在群眾中進入刑場，然後一口氣衝到主上身旁。」

「恐怕沒這麼簡單。」霜元嘆了一口氣，「阿選當然會想到有人會去搶人，我們也可以和拿著石頭蜂擁而至的民眾一起衝到主上面前——這應該並非不可能，但在營救主上之後，有辦法砍殺民眾，殺出一條血路嗎？」

「雖然向民眾揮刀非我所願，但為了營救主上，這也是情非得已。」

有人說，這不就和阿選沒什麼兩樣？但也有人認為，這也情有可原。

「即使能夠克服心情上的障礙，」靜之開了口，「我相信到時候會有數千名民眾，在這麼多群眾聚集的情況下，有辦法殺出血路嗎？」

「應該不可能。」李齋說：「更何況無法帶武器進入皐門內，如果在下是阿選，即使會讓民眾進入，也一定會搜身，絕對不允許攜帶任何武器。」

「即使殺出了血路，」霜元繼續說了下去，「之後該怎麼辦？有辦法排除重重戒備，離開刑場嗎？有辦法離開王都嗎？即使順利離開了，之後又該怎麼辦？」

靜之回想起白圭宮。高聳的皐門內側是奉天門的樓閣，左右都是高大的樓閣，高大的城牆連結了四周的建築物。進入奉天門之後，就可以前往奉天殿前庭，但前庭的左右兩側也都是樓閣聳立。前庭應該到處都是士兵，奉天門至皐門的間隔牆上有無數士兵和空行師。一旦發生狀況，這些士兵就會立刻趕到；如果有空行師，在發生狀況的瞬間就會馬上趕到。當推開人群，衝到驍宗身旁時，標槍和箭就會從天而降。不僅如此——可能受到周圍人群的阻礙，還來不及衝到驍宗身旁，很可能已經成為標槍和弓箭的標的。

靜之表達了意見，有人說：

「這不可能吧，因為周圍到處都是人。」

靜之苦笑著。

「你認為阿選會在意把周圍的民眾捲入嗎？」

沒有人回答。

阿選根本不在意百姓的生命。比起現場會有相當數量的空行師，能不能靠近驍宗身旁是更大的問題。即使有辦法靠近驍宗，周圍被敵人重重包圍，根本不可能排除敵人。即使發生了奇蹟，阿選在發現發生騷動的瞬間，就會關閉皋門。到時候根本無法離開王宮，就會被龐大的兵力打垮。在靜之他們遭到打垮之前，鴻基的城門也會關上，所以無論如何都不可能離開鴻基。

「即使有辦法逃出鴻基，也無處可去。」有人小聲嘟噥，「只能等著被追捕消滅，甚至連逃的地方也沒有。」

「但是……」

有人可能無法輕言放棄，但只說了這兩個字，就無法再說下去。李齋對現場陷入的沉默忍不住苦笑一聲，低聲說：「而且台輔在阿選手上，即使同時出現好幾個奇蹟，但只要阿選殺了台輔，所有的一切就在那個瞬間結束。」

「所以說，」有人接著說：「根本不可能把主上奪回來。」

靜之很想用力抓頭。無論怎麼想，都無法救驍宗。即使得出了「不可能」的結論，仍然無法放棄。雖然仍然不死心，仔仔細細苦思各種可能性，卻仍然找不到解決方法，最後陷入了「如果有這種幸運……」、「如果有這種僥倖……」這些不可能實際發生的妄想。

——終究還是束手無策。

「即使這樣，我仍然無法對驍宗主上見死不救。」

靜之說——他絕對不答應。

霜元點了點頭。

「拯救戴國是最優先事項，我也瞭解這個道理，但正因為這樣，至少我想去救驍宗主上。驍宗主上應該會說必須以國家為優先，但我深刻瞭解驍宗主上為了國家多麼盡心盡力，如今要為了國家，對這樣的人見死不救——我不希望驍宗主上落入這種境遇。」

「這是私情。」霜元靜靜地笑了起來，他看起來已經下定了決心。

「雖然我知道無法營救，但即使無法營救，至少希望能夠避免主上受盡屈辱而死。雖然現在已經沒有方法向阿選報一箭之仇，但也無法讓驍宗主上在恥辱中死去，至少希望可以把他帶離刑場——即使結果同樣是失敗和死亡，至少要讓他死在戰場上。」

李齋點了點頭說：「我們付出了很大的犧牲，但無法為戴國做任何事，無法覺得自己有任何貢獻。正因為這樣，至少希望可以貫徹忠義。」

李齋說完，露出了自嘲的笑容。

「霜元聽到在下這麼說，或許會覺得太可笑。」

「李齋，妳也是驍宗主上的麾下——時間的早晚根本沒有關係。」
李齋點了點頭說：「當然可以有人以拯救戴國為優先，相反地，如果沒有這樣的人，反而會傷腦筋。在下想要把戴國的未來交給這些有志之士。」
李齋說完，看著在場的所有人。
「為了戴國，之後的事就交給你們了，希望你們逃亡去雁國。」
這就是李齋等人得出的結論。

4

奪回驍宗已經無望。為了戴國的未來，希望有志之士可以逃亡去安全的地方。
眾人聽了李齋的勸說，有人點頭，有人堅定地搖頭。李齋費盡口舌勸說，她第一個想要說服靜之，但靜之不點頭。
「我也要去鴻基。」
「靜之——」
李齋正想繼續說下去，靜之制止她。
「李齋將軍，請妳讓我去，拜託了——我一直跟在妳身邊，妳應該知道我不可能點頭。」

李齋聽了靜之的話，只能陷入沉默。因為她記得之前得知被認為是驍宗的軍人——其實是基寮——在老安去世時，靜之傷心的樣子。不，她無法忘記。如果強迫他留下，他會像上次一樣陷入自責。正因為李齋瞭解這一點，所以只能點頭。

「我也要去。」

泓宏在李齋開口勸說之前，就搶先這麼說。

「光祐可能很懊惱，但誰叫他遲到了，到時候就讓他懊惱得跺腳吧。」

「泓宏，你不需要白白送命。」

「這並不是白白送命，而是堅持自己內心的節操。」

李齋只能嘆氣。

「雖然在下也許不該這麼說……但在下並不認為你們對驍宗主上的情分需要做到這種程度，儘管有身為泰王臣子的情分。」

「才不是這樣。」泓宏一臉受不了的表情說：「李齋將軍，我是妳的麾下，不是嗎？既然妳說要去，我當然也要去，這不是理所當然的事嗎？」

李齋內心百感交集，說不出話。

「那在下就命令你……」

李齋的話還沒說完，泓宏就說：「我拒絕。李齋將軍，如果妳不希望我死，那就請妳撤退，如果妳說要撤退，我會跑得比誰都快。」

「泓宏，拜託你，下一個世代需要人才。」

「反正還有光祐，我是妳的跟班，妳去哪裡，我就會跟到哪裡。主將就必須帶上我這種累贅。」

李齋再度嘆著氣。

「……你真傻。」

「沒辦法，因為主將是個大傻瓜。」

李齋苦笑著，努力克制內心湧起的千頭萬緒。

泓宏目送李齋離去，用磨刀石磨著長槍。

——這次不會再讓她單槍匹馬。

之前他奉命和李齋一起去承州鎮壓叛民，啟程前往承州的途中，李齋被帶走接受訊問。她孤單一人——不允許麾下隨行，在敵兵的包圍下，好像囚徒般被帶走。接下來的七年時間都不知道她的生死。泓宏當年多麼不願讓李齋獨自上戰場，無論要逃走，無論死在戰場上，都不願讓李齋獨自面對。

這一次，一定要陪著她走到最後。

「我也要一起去。」

夕麗打斷了李齋的說法，斬釘截鐵地說。

「夕麗，妳效忠的英章並不在這裡。」

「我當然知道，我想跟隨妳。」

李齋忍不住用手摸著額頭。

「不管是妳……還是泓宏——」

「啊？」

「這會讓在下承受極大的負擔……」

這次去鴻基只是白白送死。無論怎麼想，都沒有活路，只是為了貫徹自己的意志，並非為了對國家、對百姓的大義。

「李齋將軍，這和妳無關，是我自己想法。」

「太沉重了……在下承擔不起。」

李齋忍不住這麼說。在靜之面前，在泓宏面前努力克制的淚水終於失控。

夕麗握住了李齋的手。

「請妳不要這麼想，就像妳想為了主上去鴻基，我也想為了妳同行。就好像妳的決定不需要主上負責，我的決定也不需要妳負責。」

李齋只能搖頭。

「……我是女人，」夕麗說：「李齋將軍，我相信妳能夠瞭解一個女人當兵是怎麼一回事。我的體格不如其他同袍，也缺乏體力，這是與生俱來的差異，我就是不如其他同袍，這件事不知道讓我多懊惱。」

同袍總是對自己有一抹輕視——她感受到這種輕視。在訓練時打贏時，同袍會說「對方一定覺得是女人，所以手下留情」，然後揶揄打輸的同袍「你竟然輸給女人」，所以其他人都不願意和夕麗對打。

「在同袍面前不能流淚，也不能動怒。」

李齋流著淚點頭——沒錯，正因為這個原因，所以在靜之和泓宏面前都沒有流淚，就連和驍宗重逢時，也無法像霜元他們那樣，理所當然地放聲痛哭。

「雖然我當初是自願成為軍人，但還覺得這一點是很大的障礙，當我看到有妳這樣一位將軍之後，帶給我很大的鼓舞。」

雖然是很大的障礙，但可以克服。李齋也一定經歷了相同的辛苦，但是克服了這些不利因素。

「因為有妳，所以我才能繼續當兵到今天，所以我不想留在後方，被人說因為我是女人，遭到同情才留了下來。請讓我也能夠貫徹自己的意志。」

「但是，妳是英章的……」

「我的確是英章將軍的麾下。如果英章將軍在這裡，我一定會追隨他——雖然我認為其實兩者的結果相同。」

李齋聽了夕麗的話，破涕為笑地點了點頭。如果英章在，應該也會去鴻基。

「但是，英章將軍目前不在這裡，所以我想跟隨妳，請妳帶上我。」

李齋回握了夕麗的手。

她說不出「謝謝」這兩個字，也無法說「對不起」。

「我要去鴻基──你們留下。」

建中武斷地說，此勇聽了之後回答說：「我不要，而且你有什麼資格命令我們？我要去。」

「你沒有義務這麼做。」

此勇冷笑著問：「你不是也一樣嗎？」

「我是轍圍人。」

「這已經是好幾十年前的事了，而且又不是你本身獲救。如果你說你的祖先曾經得到幫助，所以你必須去，那我也有不得不去的理由。」

建中皺起眉頭，此勇說：「我的確沒有理由要去，但我有怨恨。」

他的父親遭到殺害。雖然父親是土匪，是違法的存在，但是對此勇來說，朽棧才是這個世界上獨一無二的父親。他失去了同樣是土匪的親生父親，走投無路時，朽棧救了他，把他視如己出，養育他長大，還曾經對他說，此勇的存在是莫大的喜悅。

「我無法原諒阿選，因為只有這個方法可以控訴我無法原諒，所以我要去。」

「這是去送死。」

「即使是送死也沒有關係，我要報仇，要讓他臉上無光。」

「此勇！」

「對土匪說教沒有意義。」

建中聽了此勇的話，默默搖著頭，然後轉身離去。此勇目送他離去，方順對他說：「你說出了我想說的話。」

「是嗎？」此勇回頭看著方順。

「我要把阿選那個傢伙——」

方順還沒有說完，此勇就打斷了他。

「你留下。」

「哥哥！」

此勇轉身面對方順。方順的個子比他矮，但因為骨架比較大，以後可能會比此勇更加高大。方順還有未來。

「家人需要你照顧。」

「我不要，我也要去鴻基。」

「不行。」

此勇把手放在方順的肩上，用力搖了搖。

「以後大家都要靠你了。」

「既然這樣，你可以留下來照顧大家，我還不行。」

「我知道你還不太行，所以一定會很辛苦。」

此勇說完，搖了搖方順。

「因為你還年輕，這也是無可奈何的事，但我不能帶你去危險的地方，你只會給大家添麻煩。」

「我才不會添麻煩，上次不是也幫上了忙嗎？」

「以你的年紀來說，的確很棒，所以你可以協助大家——媽媽和其他人就拜託你了。」

「我才不要。」方順抓住了此勇的手臂，「哥哥，你要一個人去送死嗎？不可以這樣。」

「爸爸不希望我們兩兄弟都死。」

「爸爸也絕對不會希望你去送死。」

「是啊，」此勇點了點頭，「我知道，所以你至少要留下來，但是我可以向你保證，我會努力讓自己活下來。」

「根本沒辦法努力。」

此勇沒有說話，緊緊抱著弟弟。此勇和方順原本是陌路人，但因為杇棧收養他們，悉心照料他們，他們才能夠成為兄弟。

此勇緊緊抱著泣不成聲的弟弟。

「我要去鴻基，你們有什麼打算？」

友尚問麾下。

「當然要去啊。」弦雄理所當然地回答：「既然將軍要去，我當然也要去。」

「如果我說不去呢？」

「那我們就在這裡分道揚鑣，我還是要去。」

友尚注視著若無其事地保養武器的弦雄說：「……真是薄情寡義的部下。」

「戴國變成這樣，我也有責任。」

「原來如此。」友尚說完，看向三名旅帥。

「我當然要去。」

宣施察覺了友尚的視線，搶先這麼回答。長天也默默點了點頭。

「嗯，我猜想你們會這麼說。」友尚苦笑著看向剩下的另一名旅帥。

士真在友尚的注視下低著頭說：「我很想說，我也要去……但是，我不行。」

「這樣啊。」友尚簡短地回答，點了點頭。

「請將軍不要誤會，我是因為傷勢的關係，所以沒辦法去。」

「我知道。」

友尚回答後，士真皺著眉頭說：「之前奉阿選的命令，殺害了無數無辜的百姓，我不認為自己有資格吝惜自己的生命。我們罪大惡極，向阿選舉起叛旗是我們的義務。主上遭到背叛、遭到貶低，守護主上的名譽也是我們的義務。」

「是啊……」

「雖然死也無法彌補，但我認為我們不能苟且偷生，所以我很想同行，只是我的腿……」

「士真，我真的瞭解。」

友尚說完，拍了拍士真的背。

「……我瞭解你的心情。」

「我為自己的沒出息感到懊惱。」

「我也能瞭解你的這種心情……後續就交給你了，這次並不是一切的結束。為了國家和百姓，有朝一日，一定要推翻阿選。」

「是。」士真點了點頭。

「你要在那時候發揮作用，再追上我們。」友尚說到這裡，注視著士真說：「記得，你來的時候，一定要帶上阿選。」

一定要帶上昔日主公的首級。

「這是我們身為麾下的職責。」

李齋等人努力說服其他人盡可能撤退去雁國，無法去雁國的人，至少要向西撤退，同時告訴叛民「文州將會成為掃蕩戰的戰場」，請他們逃向西部，只要少數不怕死的傻瓜去葬身之地送命就好。

只有四十幾個人沒有聽從他們的說服，但敦厚驚訝地說：「沒想到竟然有這麼多傻瓜」，然後忍不住哭了起來。

鴻基戒備森嚴，要去鴻基時無法攜帶武器，也無法帶防護器具。李齋和其他人只在懷裡揣了一把小刀，一身旅裝啟程前往鴻基。在往鴻基的路上看到了正式布告。驍宗是篡位者，要在民眾面前懺悔自己的罪行，並且謝罪。民眾聽了紛紛怒罵，一定要當面痛罵才能洩恨。李齋等人三五成群地混入了這些湧向鴻基的人潮中。

5

人潮湧向鴻基。

審判的前一天，成群結隊的民眾從街道湧入市街。士兵站在鴻基周圍高大的外城牆上，民眾在手持武器的士兵居高臨下注視下走向門闕，排隊接受搜身檢查。

——似乎並沒有搜身。

耶利看著不斷湧入鴻基的隊伍。隨著季節轉換，目前已經不再需要穿厚重的楹袍，很難在衣服內藏武器，也無法遮住容貌。也許是因為這個原因，所以並沒有對民眾仔細搜身。只有帶武器的人會遭到盤問，卻沒有檢查行李，也沒有確認旌券。不時有帶劍或長槍的旅人被推出門外，但人潮流動很順暢。

耶利騎在馬上觀察著湧入市街的人潮，然後掉轉馬頭。筆直通往王宮的路上來往的人潮比平時更多，各個重要地點都站了衛兵，縱橫交錯的十字路口也都有好幾名士兵站崗。

——戒備真森嚴。

她確認完畢之後前往皋門，仰頭看著擠滿了士兵的城牆後進入皋門，然後直飛王宮。禁止民眾通行的庫門前，完全是戰時的戒嚴狀態，對通行者嚴格搜身，即使耶利出示了綬印，仍然遭到仔細搜身，讓她覺得心情很惡劣。進了庫門之後，才終於鬆了一口氣。

——阿選認為有人要搶奪主上。

或者只是小心謹慎，以防萬一？據說窮寇幾乎已經遭到殲滅，應該已經沒有足夠的人數能夠攻入鴻基搶奪驍宗。在回燕朝的路上，她發現隨著漸漸升空接近王宮，士兵的人數也逐漸減少。回到燕朝後，她直接回到了黃袍館。

空蕩蕩的黃袍館內充滿了空虛的靜謐。

——這裡也同樣遭到了瓦解。

泰麒周圍只剩下耶利和巖趙兩個人。她把馬停在冷清的黃袍館入口後走向正館，泰麒和巖趙正落寞地在那裡等她。

「耶利——情況怎麼樣？」

巖趙一看到她，立刻問道。

「戒備森嚴，萬一有人打算來搶奪主上，他們顯然想要一網打盡，感覺無懈可擊，布置的兵力看起來完全不像是窮寇已經遭到消滅。」

「這樣啊。」巖趙重重地吐了一口氣。

如果阿選天真得因為消滅了窮寇而放鬆警戒，或許還有辦法插手，但對目前的阿選完全無法產生這樣的期待。

「——主上呢？」

耶利問，泰麒默默搖了搖頭。

目前無法期待外界的援助。如果有人能夠營救驍宗，就只有泰麒。然而，他不知道驍宗的下落。從審判的日程來看，驍宗目前應該已經在離鴻基很近的地方。考慮到戒備問題，此刻人應該就在鴻基。雖然驍宗所在的地方應該加強戒備，但目前並沒有發現哪裡有明顯的變化。泰麒猜想應該在王宮的地下，鴻基山深處——比正賴所在的迷宮更深處。

入口應該是六寢。偷偷溜去察看太危險，即使不顧個人安危順利溜進去，也沒有充足的時間能夠找到驍宗。這意味著無法在事前營救驍宗。

「要不要乾脆砍下阿選的頭？」

耶利開玩笑說，巖趙苦笑著搖頭——這當然不可能。只靠耶利和巖趙兩個人根本不可能殺阿選，既然無法消滅阿選，就沒有營救驍宗的方法，也沒有方法可以拯救百姓。

漏刻的聲音在凝重的沉默中響起。巖趙嘆了一口氣，起身出去巡邏。雖然他不知道現在該警戒什麼，但至少必須確認黃袍館是否有異常——尤其是否有什麼奇怪的影子進入。

耶利目送垂頭喪氣地走出堂廳的巖趙，走向像雕像一樣坐在那裡看著庭院的泰麒。

——說不出任何鼓勵的話。

「……妳覺得有營救的方法嗎？」

「我認為沒有。」

耶利據實以告，泰麒點了點頭。

「到頭來，我無法為驍宗主上，也無法為戴國做任何事……」

「你沒必要這麼自卑。」

「這是事實。」泰麒露出帶著愁容的笑容，「當初我挑選驍宗主上，來到戴國時才十歲，對國政一無所知，對世事更加一無所知。因為對我來說，這裡是異世界，所以……」泰麒小聲地說：「所以政務的事都交給驍宗主上，我只能在一旁默默守護。我真的一無所知，然後就發生了蝕，下落不明……」

雖然你引發了蝕，但是被阿選逼的。耶利原本想這麼對泰麒說，但又覺得泰麒很清楚這一點。

「……現在仍然做不了任何事。」

泰麒幽幽地說完，閉上了嘴。

「——所以呢？」

耶利催促著他繼續說下去。耶利認為泰麒特地為自己的無力嘆息，應該並不是為了訴苦，而是還有下文。

泰麒抬頭看著耶利，然後露出了苦笑般的笑容。

「我讓民眾——不僅是這個世界，在另一個世界也一樣——付出了很多犧牲，我不僅無力，而且還是個麻煩人物。」

耶利默然不語地注視著泰麒，她大致能夠想像泰麒接下來想說什麼。

「我能夠為百姓做的，只剩下一件事。」

泰麒的聲音很寧靜——宛如白雪般寧靜。

「同時，我也想最後一次回報驍宗主上。我是個不中用的麒麟，無法為驍宗主上做任何事，但是，我從來沒有後悔選擇驍宗主上為王。我選他為王是正確的選擇，這是不可動搖的事實。」

耶利只是點頭。

「驍宗主上是王，我想要證明這件事。」

泰麒說完，握住了耶利的手。

「謝謝妳至今為止所做的一切。」

耶利在泰麒平靜的視線注視下，默默點著頭。她輕輕拍了拍泰麒的手，然後鬆開了他的手，行了一禮，離開正館。

庭院的空氣中帶著不知道哪裡飄來的淡淡芳香，不知道是哪裡的什麼花散發的香氣。

耶利呼吸著冷冷的芳香走在走廊上，在下堂看到了巖趙，向他打招呼。

「情況怎麼樣？」

巖趙聽到耶利的聲音，抬頭看著天花板回答說：「沒有異常。」

「這樣啊，」耶利回答後又說：「台輔打算明天殉身。」

巖趙聽了耶利的話，驚訝地轉過頭。

耶利迎著他的視線說：「如今已經沒有任何方法可以營救主上，台輔承認了這一點，但他不希望主上成為世人眼中的盜賊，所以我猜想他會衝到主上面前跪拜，證明主上才是王，然後和主上一起死在阿選手中。」

「太荒唐了。」

巖趙粗聲說道，正準備大步走出去，耶利制止了他。

「麒麟死了，戴國就會回到上天的手中，消滅阿選的所有天理就會正常運作，這是台輔討伐阿選——唯一的方法。」

「我要制止。」

「你無法制止，這的確是唯一的方法，所以，巖趙——」耶利抓住了巖趙的手臂，「其他的事就拜託了。」

巖趙默默看著耶利的眼睛片刻，耶利點了點頭——你瞭解我想說什麼。

「……妳做就好了。」

巖趙用沙啞的聲音說。

「我還有其他事。」

「——其他事？」

耶利點了點頭說：「必須有人把台輔帶到主上面前。」

耶利把手放在劍柄上。

「耶利……」

雖然不知道能不能成功，泰麒周圍應該會有重重戒護，泰麒也很清楚這一點。雖然他很希望當著公眾的面跪在驍宗面前，昭告大眾驍宗才是王，但也許泰麒的目的只是想要告訴驍宗，自己至今仍然認為驍宗是他唯一的主人。

耶利這麼想著，對巖趙笑了笑。

「台輔說自己很不中用，但在我眼中，他是一個很有趣，而且很好的主人，我希望能夠協助他完成最後的心願。」

耶利打算自己砍殺護衛，為泰麒殺出一條路。萬一——阿選那雙黑手不計一切代價都想要抓住泰麒，試圖阻擋泰麒的心願時——

——應該只有黃朱有辦法做到。

耶利握著劍柄的手更加用力。

——自己將終結一切。

第二十四章

1

凌雲山穿越雲海，聳立在晴朗的天空下。

無論世態人情如何，季節照常變化，陽光已經在不知不覺中帶著夏日的氣息，高聳入天的山巒反射著陽光，看起來一片白色。連綿的山峰和稜線上一片清澈的綠色，將後方的天空襯托得更加藍。

李齋深有感慨地看著街道遠方的這片景色。

這裡即將成為可怕的悲劇舞臺，但這片景色卻明亮、美麗得令人覺得諷刺。

李齋已經七年沒有近距離看到鴻基了。回想當年，那個命運的日子，她在友人不安的眼神中踏上了征伐承州的旅程——回頭看到的那片拂曉時分的景色，是李齋最後一次看到鴻基的風景。

——落差太大了。

世界美得完全不理會李齋的心情，讓她受到很大的衝擊，她再次知道自己的無力和微不足道。她鬱鬱寡歡地在離鴻基不遠的街道過夜，在城門打開的同時就站在城門前。和李齋當年離開鴻基時不同，外城牆上站滿了士兵，街道上已經大排長龍，擁擠的人群中充滿了奇妙的興奮。周圍的人都紛紛和旅伴說著什麼，李齋不想聽到這些聲音。反正都是責罵驍宗的聲音，在來這裡二十幾天的路程中，她已經聽膩了，即使豎耳細聽，也只是徒增難過。

她隨著人群從城門進入鴻基，城門只開了一扇，減少出入人潮，但沒有特別搜身。李齋並沒有帶什麼行李，但周圍許多旅人都帶著包裹，只是沒有人檢查行李。只有帶長槍的旅人被衛兵叫住，衛兵指著長槍說著什麼。被叫住的男人看了看城內和城外，然後把長槍交給了衛兵。李齋猜想可能無法帶長槍進城，如果不交給衛兵，就無法進入。

她被興奮的人群推進門闕，站在鴻基的街道上。周圍不見同道的身影。因為聚在一起容易引人注目，所以他們沿途都分散在群眾中，約定今天在皋門附近的道觀見面。

——一切都會在明天結束。

李齋帶著平靜的心情這麼想。雖然懊惱——尤其想到無法向阿選報仇，就感到怒火中燒，但同時也覺得這樣也好，這種好像內心的火在焚燒身體的痛苦即將結束。想到這裡，就覺得放下了肩上的擔子，讓她感到很不可思議。

街上到處可以看到士兵，李齋盡可能避開他們的視線。因為無法保證不會遇到認識的士兵，尤其巖趙軍的麾下擔任鴻基的警備工作，當然無法忽略遇到熟人的可能性。

——不知道霜元會不會有問題？

李齋和巖趙的麾下不熟，但霜元追隨驍宗多年，應該認識很多人。

她沿著擠滿人的路直走，走去皋門看了一下。這裡也有許多士兵，城牆上也都站滿了士兵，還有許多騎獸，顯然有相當數量的空行師守在那裡。比起士兵的人數，巨大的城牆更令李齋感到沮喪。睽違七年的白圭宮城牆太巨大——而且又高又厚實。

白圭宮和鴻基只要關上城門，李齋和同行的其他人根本不可能突破。一旦進入，就出不去了。她重新確認了早就預料到的事實。皋門敞開著，可以看到通往奉天殿的庭院。和奉天殿的前庭相比，顯得有點小——但寬敞的前庭四周都是高大的建築和牢固的城牆，看起來就像是一個打開蓋子的箱子，一旦關上城門，就真的變成一個箱子。只要從四周射箭，被關在裡面的人在轉眼之間就會倒地身亡。

李齋這麼想著，走去約定的道觀。霜元等數人已經在那裡。李齋向霜元點了點頭，霜元笑了笑，也向她點頭。李齋並沒有說話，霜元也沒有對她說話——不僅如此，在場的所有人都沒有說話，只是靜靜地仰望著道觀的正殿，也許是他們已經無話可說了。李齋默默站在那裡，看到了靜之的身影。靜之馬上發現了李齋，走到她身旁，但也沒有說什麼話。

審判在正午開始。那天清晨，所有人都到齊了。「雖然時間還早，出發吧。」不知道誰說了這句話，李齋只是默默點頭，再度走向皋門。門前擠滿了人，往奉天門的庭院也已經沒有立錐之地。

想到這麼多人為了親眼目睹欺騙自己的竊國賊來到這裡，就感到很難過。

奉天門敞開著，可以遠遠看到正前方雄偉的奉天殿。放眼望去，無數民眾擠滿了巨大宮殿前的廣大空間。奉天殿聳立在三層樓的基座上，最下方的基座向前突出，形成了須彌壇。登基大典時，從王師中挑選出五千精銳排列在基座上。李齋也曾經站在那裡——那已是遙遠的往事。

此刻，士兵也排列在李齋曾經帶著驕傲所站的地方，在須彌壇下方設置了一個用白木做成的臺座，臺座中央豎了一根柱子，二十多名士兵拿著長槍站在柱子周圍。

——這是把犯人綁在那裡示眾的柱子。

李齋覺得好像有一隻手揪住心臟。這個國家的王就要在這裡結束一生嗎？

她知道要盡可能站在柱子附近，但實在太令人痛心，完全不想靠近，而且到處擠滿了人，即使想要擠去前面也無法如願。

「不妙——趕快。」

她聽到身旁傳來小聲說話的聲音。霜元指著前方。必須撥開人群，盡可能靠近那個令人痛心的地方。李齋這麼想著，用肩膀撥開人群。這時，靜之抓住了她的手臂。她看向靜之，靜之用眼神看著腳下。李齋順著他的視線低頭往下看，看到地上有大大小小的石頭。

照理說，這裡不應該有石頭。那些石頭差不多都像拳頭般大小，剛好適合撿起來丟。原來是因為有人被石頭絆到，所以人潮不時搖晃。這些被石頭絆到，生氣地看向腳下的人等一下看到有人在邪惡的指示下開始丟石頭後，就會立刻想起腳下也有相同的凶器。姑且不論是否能夠丟中，民眾會撿起腳下的石頭丟向柱子。民眾只是基於憤怒丟石頭，也許並沒有想用石頭砸死人，但是這裡有這麼多人，所有人都一起丟石頭時，就會有一定的比例打中，然後就會奪走這個國家正當的王的生命。

——但是，驍宗是王。

他會和那些遭到磔刑處死的犯人一樣，因為眾人丟石頭而輕易死亡嗎？恐怕會需要很長時間才會命絕，丟向他的無數石頭可能不足以讓有神籍的人結束生命，之後會怎麼樣呢？李齋猜想，應該會有某個「民眾」從站在行刑臺周圍的士兵手上搶走武器，上前去砍驍宗。

她用力撥開人群往前擠，硬是擠進人群中，有時候不惜用粗暴的方法擠到前面。不一會兒，終於隔著人牆看到了刑場的樣子。前方建了矮堤擋住人潮，用拳頭大的石頭堆起的矮堤只到李齋膝蓋的高度，矮堤內側是虛有其表的柵欄，士兵橫向拿著棍棒，排隊站在柵欄內側。行刑臺就設置在中央，周圍雖然有士兵護衛，但那些士兵應該很快就會離開，或是在有人開始丟石頭時就假裝上前制止，然後離開那裡。

——真是膚淺的把戲。

圍在刑場周圍的民眾形成了矩形的人牆，李齋來到最前排後方時停下了腳步，從人群中環顧站在那裡的人。有男人一臉興奮的表情，有女人皺著眉頭瞪向柱子，也有人大聲和身旁的人說話。雖然每個人臉上有不同的表情，但沒有一個人感到難過。李齋知道，這裡沒有人為這個國家的王擔心。她看到有些人臉上完全沒有表情，不知道那些人是怎樣的心情。

「我無法原諒。」

李齋聽到一個壓抑的聲音說話，大吃一驚地抬頭看向身旁，發現靜之渾身顫抖。

——這讓人情何以堪。靜之在嘴裡嘀咕了好幾次。這簡直欺人太甚。設置的刑場充滿侮辱，有這麼多民眾來好奇圍觀，而且這些人就像參加慶典般興奮的樣子也令人感到充滿屈辱。這些民眾都相信了阿選放出的消息，認為驍宗是「篡位者」。因為實在太不甘心，忍不住憎恨在場的這些人。

李齋不知所措地看著靜之，點了點頭。

「不要激動。」

聽到小聲說話的聲音，回頭一看，發現霜元和他的麾下就站在身後。所有人在不知不覺中都集中在李齋的周圍。鼓譟聲像海浪聲般瀰漫整個空間，周圍都是自己的同道，所以也不必擔心說話會被旁人聽到。

「絕對不能讓他們用那根柱子。」靜之的身後傳來壓抑的聲音。當驍宗被帶上刑場，被綁在那根柱子上之前，就要衝出人群。

「這樣太早了，」李齋低聲回答：「在民眾開始丟石頭之前，刑場上的士兵人數應該會減少，我們應該等待那一刻。」

「但是……」

「我們應該在民眾有動靜之後趁亂行動，不要在無法靠近的情況下就白白送死，要忍耐！」

雖然李齋言之有理，但靜之想到驍宗將被綁在那根柱子上，就感到怒不可遏。

「而且——所有人同時衝出去並非上策，分成兩批。」

靜之感到訝異，偏著頭納悶。

「有一半人留在現場，假裝是圍觀的民眾控制這裡，否則就會失去退路。」

「退路？」有人不滿地問：「哪裡有這種必要？」

「我們原本就只有這些人，只靠一半的人數有辦法救他嗎？」

「不知道，雖然只有萬分之一的可能性，但還是必須留下生存之路。事到如今，應該不需要靠斷絕後路來堅定決心吧？」

「雖然是這樣……」

「半數太多了，」霜元說：「留十五個人在這裡。」

李齋點了點頭。

靜之對霜元這樣回答感到不可思議。他瞭解沒有退路就沒有生存之路，但有必要留下後路嗎？這裡的人這麼多，即使確保了從刑場到這裡的退路，也無法撥開密集的人群逃去他處。而且即使可以逃離這裡，只要城門一關就完蛋了，甚至可能把周圍的民眾也一起捲入。

「要奮戰到最後。」

李齋說道。她似乎察覺了靜之的疑問，看著靜之的眼神也充滿力量。

「不能白白送死。即使最後變成這樣的結果，和一開始就送死完全不一樣。」

靜之被李齋有力的眼神震懾，點了點頭。

「而且……」當李齋靠向靜之的方向時，響起了莊嚴的銅鑼聲。聚集在廣大廣場上的民眾立刻鴉雀無聲。

靜之看向正殿。奉天殿正面的那扇門周圍有動靜。正殿正面的大門打開了，幾個身穿禮服的官吏從昏暗的殿內走了出來。舉著旗幟的官吏站在門的左右兩側，侍官也跟著站在那裡。

靜之屏息注視著這一幕。當官吏站好之後，身穿典禮用盔甲的儀仗兵走了出來。從敞開的門可以遠遠看到奉天殿的內部，昏暗中，可以看到放了龍椅的高臺，周圍垂著珠簾，代表裡面有人。

——阿選在那裡。

靜之倒吸了一口氣。

「……台輔。」李齋輕輕叫了一聲，靜之看向李齋。

「龍椅旁也垂著珠簾，台輔在那裡。」

「太可惡了。」

站在李齋身旁的同道低吟道。阿選竟然把麒麟帶來刑場——而且是準備上演一場慘劇的行刑場。

「太殘忍了……」

有人發出了痛徹心扉的呢喃。正當靜之咬緊牙關，聽到了群眾的喧鬧聲。他四處張望，想要瞭解喧鬧的理由，發現群眾像海浪般搖晃，於是看向須彌壇的右側，發現一群人影正從那裡的樓閣走出來。

靜之忍不住發出呻吟。

他看到了刑吏。士兵圍著中央一個身穿樸素的褐衣、雙手反綁在身後、被繩子綁住的人影。那群人來到須彌壇前，人潮也隨著他們的行進晃動。一行人在喧鬧聲和宛如地鳴般的聲音中肅穆地走向刑場。死亡的隊伍在行刑臺前停下了腳步。

驍宗無所畏懼的抬著頭，完全不以身上的粗衣、桎梏和繩子為恥，一臉淡然的表情看著群眾。不知道是否覺得陽光太刺眼，他微微瞇起眼睛。

「……讓我衝上去。」有人說。

「忍耐！」霜元說。靜之忍不住握緊了放在懷裡的小刀。他很想就這樣衝上去——即使最後一事無成也無妨，他無法忍受繼續看著眼前發生的事。

——至少不能白白送死。

他拚命這麼告訴自己。絕對不能發生無法靠近驍宗就曝屍街頭，讓人嘲笑驍宗愚蠢的麾下白白送死這種事。這是靜之最後的志氣。

刑吏要求驍宗站在行刑臺上，跟隨的士兵解開驍宗的手銬，抓住他的雙手，要他站在柱子前，然後把他的雙手拉到身後。驍宗反手抱著柱子，被綁在柱子上。

刑吏確認之後，用誇張的動作打開文書。周圍的喧鬧太大聲，無法聽到刑吏的聲音，但知道他應該在控訴驍宗的罪狀——篡奪阿選的王位，導致國家沉淪，讓百姓承受不必要的痛苦。

靜之的手在顫抖，李齋按住他的手。

在民眾有動靜後，留下確保退路的幾個人，其他人衝到驍宗身旁。

但真的有辦法跑到驍宗身旁嗎？在砍斷桎梏時，有辦法保護驍宗不會受到民眾的傷害嗎？最重要的是，能不能持續無視民眾的叫罵聲和丟過來的石頭？

絕對不允許民眾丟石頭。驍宗沒有任何理由讓人丟石頭。

「李齋將軍，讓我上去……」靜之低吟時，正殿有了動靜。

2

——時間拉回稍早的時刻。

正殿仍然大門緊閉。殿內光線昏暗，瀰漫著宛如薄暮般的空氣。耶利和前來迎接的下官一起走進奉天殿，奉天殿中央設置了三個龍臺，龍椅放在中央特別豪華的龍臺上，左右兩側的龍臺中，其中一個是王后的座位，另一個是宰輔的座位。下官請泰麒入座，泰麒被眾多護衛重重包圍。當泰麒走上龍臺，坐上自己的座位，護衛立刻把他團團圍住。在珠簾落下之前，看到阿選坐在中央的龍椅上。

耶利站在泰麒的背後。雖然護衛都帶著武器，但不同意耶利帶武器。原本甚至不同意耶利同行，耶利堅持如果無法同行，也無法讓泰麒出席，最後才終於准許她陪同。

耶利偷偷看向泰麒周圍的士兵。那些人並不是在典禮時負責護衛工作的虎賁氏，而是黃袍館的小臣。嘉磐被帶走之後，黃袍館內的小臣換了很多人。以前有很多士兵都對泰麒很友善，但換了一批人之後，小臣的氣氛也和之前完全不同。雖然看起來都不像傀儡，但個個冷漠疏遠。看起來並不是武功高強，卻也無隙可乘。總共有二十五人。臺上——珠簾內有十人，臺下有十五人。阿選是否認為有這麼多攜帶武器的士兵，泰麒就動彈不得了？但是，阿選為什麼警戒到這種程度？

阿選隔著珠簾，看著泰麒周圍的小臣，忍不住發出冷笑。

——這下子插翅也難飛。

阿選並不是在警戒什麼，這些護衛只是讓泰麒無法逃走。

事到如今，泰麒已經無能為力。唯一能做的事，就是衝到驍宗面前。泰麒可以衝到驍宗面前，跪拜在驍宗的腳下，證明驍宗才是正當的王，指責阿選才是大逆的罪人。但是，泰麒是黑麒，即使泰麒再怎麼大聲說自己是麒麟，也缺乏足夠的說服力。而且廣大的前庭聚集了那麼多民眾所發出的聲音，會淹沒泰麒的叫喊。

窮寇很可能趕來這裡，試圖搶走泰麒，但阿選判斷人數應該不多——聽說之前已經消滅了窮寇，但必定會有漏網之魚。雖然不知道還剩下多少人，但其中必定有驍宗的麾下。正因為想到這種可能性，所以完全封閉了鴻基，現在應該所有的門都已經關上了。外城牆的步廊上站滿了士兵，宮城四周的城牆也一樣，尤其是奉天殿四周的建築物更是有大量士兵。守衛白圭宮和鴻基的士兵是平時的四倍，從他州調來的士兵可以確保防衛工作滴水不漏。

只剩下一、兩百名同道即使有辦法營救驍宗，也無法逃出鴻基。不，甚至連營救驍宗也有困難。最大的障礙就是眼前擠滿前庭的民眾，如今，群眾這道人牆徹底包圍了驍宗。

阿選派人在馬州抓到驍宗，然後又派王師把驍宗帶回瑞州。進入瑞州之後，就讓他們悄悄離開隊伍，帶去位在鴻基北方的凌雲山——托飛山。托飛山是一座陵墓山，驕王的墳墓也在那裡，隨時都有少數官吏和士兵駐守。阿選派手下占據後，把驍宗關在那裡。昨天才伺機從雲海上帶到白圭宮，直到剛才，都一直關在圜土的獨居房內。等一下就要把他帶上刑場，讓他以狼狽的樣子示眾，然後被亂石打死——被自己的百姓亂石打死。

——你就好好看清楚。

不准你逃離這裡，也不許你移開視線。你就好好詛咒自己無法阻止悲劇，只能眼睜睜看著悲劇發生。

阿選露出殘酷的笑容時，響起了宣告悲劇開始的銅鑼聲。

玄管站在殿內角落的暗處，看著正面的門同時打開——開始了，現在只能祈禱。

巖趙也站在奉天殿支柱後方的暗處。阿選的龍椅近在眼前，琅燦就站在龍臺下方，位在龍臺背後的暗處，巖趙站在她旁邊。當正面的門全都打開之後，燦爛的陽光照進殿內。當眼睛適應光線之後，看到巨大的廣場內擠滿了群眾。有這麼多民眾要來痛罵驍宗，這些民眾的聲音像怒濤般傳來。

巖趙咬牙切齒地問琅燦：「……這下妳滿意了嗎？」

琅燦聽了巖趙壓低嗓門的問話，低聲回答：「這不該問我，該問上天。」

群眾發出的無數嘈雜聲在周圍的建築物之間迴響，彷彿帶著巨大的壓力，震撼了空氣撲了過來。

那是憤怒，還是對處罰的期待？

——無論是什麼都無所謂。

案作竊笑著。

他站在阿選背後，巡視著將前庭擠得水洩不通的人群。這些雲集的人牆，將成為屠殺驍宗的裝置，然後進入案作的時代。

不知道阿選帶著怎樣的心情迎接這個瞬間。

耶利隔著珠簾看向龍椅時，泰麒倒吸了一口氣，看向左側，凝視著東側的樓閣。耶利順著泰麒的視線，也看向東側的樓閣，正感到驚訝，不一會兒，就看到樓閣的門打開了。

那裡出現了好幾個人影。群眾沸騰起來，像怒濤般的聲音傳入耳中。眼前的景象也宛如一片大海，人海隨著俘虜的移動起伏，就像是海浪在拍打。

這是耶利第一次見到驍宗。原來他就是這個國家的王，被命運和上天作弄的泰麒主人。過去，他曾經在這裡——就是阿選所在的那個位置，面對無數群眾登基。群眾在當時應該發出歡呼，如今卻為了痛罵他而來。這些群眾不知道自己隨著陰謀起舞，為了屠殺當年歡喜迎接的王而來。

俘虜被綁在行刑臺上。耶利發現他淡然自若，既沒有害怕，也沒有虛張聲勢。

——不知道他在想什麼。

正當耶利這麼想的時候，聽到泰麒用力吐了一口氣。

耶利靠向泰麒，想要窺視他的臉，就在這時，泰麒站了起來。身旁的士兵立刻把手伸向泰麒，應該示意他不要站起來。泰麒抓住了士兵的手，然後把士兵拉了過來，好像要對他說話。

士兵一臉錯愕。耶利看著他們。泰麒左手拉過士兵，同時右手拔出士兵的劍。

當士兵倒吸一口氣時，泰麒手上的劍已經刺向他的腹部。耶利立刻上前，在場的其他士兵並不知道發生了什麼事，也可能看到發生了什麼事，但大腦拒絕理解。耶利撞向愣在那裡的一名士兵，同時拔出他的劍。在士兵發出驚愕的聲音之前，泰麒已經舉著搶來的劍，砍下了正前方的珠簾。

臺上充滿了光。

泰麒朝向光跑了過去。耶利馬上追上去，砍向擋在泰麒面前的士兵。

駹淑不知道發生了什麼事。只見泰麒舉劍刺向同袍——看起來是這樣，但不可能發生這種事。他大驚失色地愣在那裡，快速思考著到底發生了什麼狀況。

剛才看起來好像是泰麒搶走了同袍的劍，或者事實就是如此。泰麒應該想要指責士兵帶著武器監視自己的無禮行為，所以也許想要告訴同袍，至少要放下武器。同袍上前想把劍搶回來，結果不幸中了劍——是不是這樣？不，只是看起來像這樣，但同袍倒在地上可能只是想要向泰麒磕頭道歉。但是泰麒為什麼要站起來？而且離開了自己的座位，想要衝下龍臺。必須上前阻止。雖然駹淑這麼想，但身體無法動彈。一切宛如惡夢中看到的景象，泰麒緩緩走下階梯，留下了殘像。同袍個個目瞪口呆，簡直有點滑稽。也有人驚慌失措地伸出手，但身體前傾後倒在地上。耶利掠過同袍的身體，超越了泰麒。耶利手上也不知道什麼時候出現了一把劍。

——到底發生了什麼事？

思考來不及應付映入眼簾的景象，他下意識地尋找午月和伏勝的身影，想要向他們求助，但他們早就已經被調離了。兩個人影緩緩衝向明亮的光和敞開的門。同袍驚愕不已，慌張中笨拙地想要追上去。有人在臺上跌倒，同時聽到了呻吟，聞到了血——的腥味。

李齋馬上察覺正殿發生了什麼事。原本整齊排列、一動也不動的侍官和儀仗兵回頭看向殿內的方向，有人探出頭。有人跌跌撞撞地衝了出來，士兵在後面追趕。到底發生了什麼事？站在基座上的士兵轉過頭，群眾、刑吏和圍在行刑臺周圍的士兵也跟

著抬頭看向正殿的方向。

「衝！」

有人叫了一聲。也可能是李齋自己發出的叫聲，或是所有人都異口同聲叫了起來。這是大好機會——眼前無疑是最好的機會。

在她腦海中閃過這個念頭的同時，她已經衝了出去。半步前的靜之從懷裡拔出小刀，砍向轉過頭的士兵，然後把重心不穩的士兵推向後方，繼續往前衝。李齋撞到了倒下的士兵，順手搶走了他的劍。在超越士兵的同時砍了一刀，同時繼續向前衝。在離刑場還有一半距離時，周圍的人都已經搶到了武器。

這時，怒吼和震耳欲聾的叫聲才傳入耳朵。她推開驚訝得愣在原地的人，砍向慌忙衝過來的士兵。跑到只剩下四分之一的距離時，一群士兵從前方湧現，但這些士兵並沒有看向李齋他們，而是和從正殿跑過來的人對峙。

那幾個人以驚人的速度被砍倒在地，從倒地的那些人中跳出一名年紀還很輕的少女。她以讓人驚訝的速度砍向周圍，撂倒蜂擁而上的敵人向前跑。李齋用眼角掃到這一幕，將眼前的士兵砍向左右兩側。終於看到了粗糙的白木臺座。

「攔住他！」

驍淑聽到聲音才終於回過神，慌忙跑去追泰麒。殿內擠滿了驚慌失措的人，亂成了一團。下官跑向中央的龍椅——垂著珠簾的龍臺下方，原本就在殿內的侍官也聚集過來，紛紛喊著不要讓叛賊靠近自己。士兵接到命令之後，立刻聚集在他們周圍保護，但每個人臉上都充滿茫然，不知道發生了什麼狀況。事實上，除了泰麒身旁的人，其他人都不可能瞭解發生了什麼。

有人狼狽逃竄，有人衝了過來，殿內極其混亂。馳淑撥開人群往外衝，被砍倒的士兵——馳淑也不知道他們的死活——在腳下擋住去路。他左躲右閃，避免踩到他們，避免被絆倒，一路衝向大門。混亂在基座上擴散，有一群人衝向刑場，也有人轉身想逃，還有人跑過來。所有人的動向錯綜複雜，大家撞成一團，怒罵聲和尖叫聲此起彼落。馳淑被撞成一團的人擋住去路，無法繼續向前跑。抬頭一看，耶利帶頭的那群人已經衝下基座，即將抵達刑場。不僅如此，正面的群眾中，有一群人湧向刑場。他們砍倒士兵，一路衝過去。有士兵在他們後面追趕，也有士兵跑去支援。民眾不知道發生了什麼事，也跟著跑了起來，周圍陷入了沸騰。

——出事了。

阿選茫然地看著眼前的景象。

他只知道泰麒的座位附近突然響起一陣騷動，當他轉過頭，想知道發生了什麼狀況時，人影已經從珠簾內衝了出來。原本包圍在泰麒周圍的士兵吃驚地散開，好幾個人影竄了出去。士兵慌忙追了上去，築起了一道人牆。

阿選只看到人們驚慌失措的樣子，人牆擋住他的視線，無法看到是誰衝了出去，又做了什麼。他忍不住站起來察看動向。只看到有人逃出去，有人衝進來——在一片錯綜混亂中，有一群人衝出正殿，直奔刑場。這時才終於響起緊急通報的聲音。在正殿內跑來跑去的士兵紛紛叫著什麼，只聽到每個人都在說「台輔」，其他的一片混亂，根本不知道他們想要傳達什麼。阿選的耳朵捕捉到「搶走了」、「逃走」、「殺」之類的字眼。

「發生了什麼事？」阿選聽到案作的叫聲，「趕快來報告！」

聚集在前庭的群眾好像聽到這個聲音般動了起來，好幾個人衝向刑場。士兵試圖制止，正殿衝出去的人群，和從群眾中衝出來的人群都跑向驍宗。

駹淑努力想要衝去那裡，但被慌張的人群擋住了去路。衝在最前面的耶利已經跑到行刑臺。泰麒緊跟在耶利身後，士兵想要上前抓人，卻無法如願。不僅耶利的劍戟非比尋常，泰麒也揮劍阻擋士兵。泰麒揮的劍完全沒有劍技，只是胡亂地亂揮一通，但已足以阻擋追兵。就在這時，從群眾中衝出來的人已經抵達行刑臺。駹淑搞不懂發生了什麼狀況，驚慌失措地看著眼前發生的事，那群叛賊已經聚集在臺上。

霜元最先跳上去，在霜元把臺上揮著長槍的士兵推下去的同時，李齋也跳了上去。這時，少女也衝上來，她的背後還有一個人影。

李齋看到那個人影時，情不自禁跑了過去。她推開敵人，直直衝向少女身旁。人影跟著少女跑過來，李齋立刻貼在人影的背後，和追上來的士兵對峙。在保護身後人影的同時，一邊在臺上後退。李齋在確認前後的情況時，視線捕捉到那個人影。

——台輔。

——李齋。

原來妳還活著。泰麒心想，但視線立刻看向立在行刑臺上的柱子。泰麒不顧周圍和士兵交鋒的人，筆直衝過去。衝到那裡時，雙腿跪了下來。當他抬起雙眼時，看到了那雙紅色的眼睛。

泰麒說不出話，只能靜靜地仰頭看著，聽到頭頂上傳來平靜的聲音。

「……蒿里？」

那個人雖然戴著桎梏，卻沒有一絲畏縮。深紅的雙眼，白銀的頭髮，但露出笑容的臉龐凹了下去。

「……你長大了。」

「驍宗主上。」

泰麒跪著前進。

「這麼多年，真的很對不起……」

他深深地磕頭。

「——主上。」

只有驍宗才是戴國的王。

輕微的嘈雜聲漸漸變成巨大的鼓譟聲。駹淑愣在原地。泰麒竟然向俘虜磕頭。

——所以，這意味著？

案作也愣在那裡。泰麒跪在驍宗的腳下。那是案作的春秋大夢破碎的瞬間。巖趙想要跑向那片混亂之中，也忍不住停下腳步，呆若木雞地看著眼前的景象。士兵跑向跪倒在驍宗腳下的泰麒身旁，把手放在他的肩上，試圖拉他起來。在叛賊砍向士兵之前，泰麒把手上的劍一揮，劍尖掃到了士兵，士兵按著大腿根部，後退了半步。

「……果然不是等閒之輩。」

巖趙聽到身旁響起一個淡淡的說話聲，回頭一看，發現琅燦瞇著眼睛。

「有史以來，應該從來沒有麒麟親手殺傷他人。」

「殺了他！」

極近的距離響起了尖叫聲。

「他果然是冒牌貨！才不是什麼台輔！」

案作大叫著。駹淑也聽到案作的尖叫聲，既覺得有道理，又強烈地認為不可能。兩種想法在內心天人交戰，讓他無法動彈。

不知道案作的聲音有沒有傳到極其混亂的現場。有士兵衝向泰麒，叛賊攻擊士兵。靜之跑向驍宗，俐落地砍掉了驍宗的桎梏。士兵衝上前阻止，泰麒揮劍砍了過去。士兵抱著手臂退後，夕麗又砍了一刀。夕麗不認識剛才那砍向士兵手的年輕人，只看到他蠟黃臉上失去血色，濺滿鮮血，握著劍的手不停顫抖，彷彿染上了瘟疫。有一隻手抓住年輕人的手，試圖奪走他的劍。

「幹得好——可以了。」

驍宗用力掰開泰麒緊握著劍柄的手，從他手上接過了劍。那雙宛如被逼入絕境的黯然雙眼仰望著驍宗，驍宗向他點了一下頭。

——那就是戴國的血脈，無庸置疑，濃烈的血液可以克服戴國的嚴冬。

那一剎那，泰麒的身體在那雙眼睛的注視下融化了。

3

民眾當時只看到一片混沌。

犯人被帶上刑場。刑吏應該正在宣讀犯人的罪狀，這時從正殿傳出聲音，圍在刑場周圍的人牆倒了，許多人就像潰堤的水一樣衝向行刑臺，周圍陷入一片混亂狀況。到底發生了什麼事？民眾目瞪口呆地看著這片混亂，這時，突然出現了一頭獸。那頭獸有著像鋼一樣黑銀色身體，額頭有真珠的一角。

那頭獸跪在犯人的腳下，抬頭看著犯人，帶著仰慕，用脖子靠向犯人。然後翩然起身彎下身體，催促著犯人。

——是麒麟。

民眾紛紛喃喃說道，議論聲在巨大的廣場上像漣漪般擴散。有人問：「為什麼？」，也有人慌忙地說：「所以——」，所以在刑場上的——被帶上刑場的不是犯人，而是——他們的王。

男人啞然地張著嘴，拿在手上的石頭從無力的手指中滑落。他原本想要向竊取王位，造成他們苦難的罪人報仇，原本手上握著代替箭的石頭，如今因為恐懼而顫抖。

駹淑停下腳步，手上的武器掉在地上。

是麒麟——這是理所當然的事。因為他是泰麒。麒麟選擇了驍宗。

阿選也站了起來，茫然地看著眼前的景象。

——他不是沒有角嗎？

阿選之前砍掉了泰麒的角，所以泰麒照理說無法轉變為麒麟，也無法召喚使令。

——難道當時失手了？

「……原來癒合了。」

琅燦驚訝地嘀咕，巖趙也大吃一驚。

「之前就聽說台輔的穢瘁已經治好了……」

難道穢瘁治好了，所以被砍掉的角也癒合了嗎？之前就覺得，像麒麟這種動物，即使角被砍掉，應該也會再長出來，但泰麒周圍看不到使令的影子，雖然周圍次蟾跋扈，泰麒似乎也沒有察覺。更何況如果他有角，應該可以感受到驍宗的王氣，就不會留在宮中，而是衝去救驍宗——然而，回想起來，就可以發現從某個時間點開始，泰麒周圍的人不再有失魂落魄的情況。那是因為他失去的角癒合，又重新長出來了嗎？因為身為麒麟的能力甦醒，所以排除妖魔的能力也增加了。泰麒在某個時間點痊癒了，但他一直隱瞞至今。

「……上當了。」琅燦撇著嘴角笑了起來，「再次深刻體會到，那個麒麟果然不是等閒之輩。」

「將軍！」

成行聽到背後傳來悲鳴般的聲音。成行騎的騎獸已經從角樓出發，率領部下衝向一片混亂的刑場。部下都舉著弩弓，雖然已經進入了弓箭的射程，但他命令部下，絕對不可殺傷犯人。為了避免萬一射中犯人，成行下令在他同意之前，任何人都不得展開攻擊。他們打算拉近到極近的距離，以免發生誤射的危險——就在這時，看到了猛然出現的獸，一名部下立刻叫了起來。

「成行將軍——那是？」

部下的騎獸紛紛靠了過來。

「台輔——所以，果然是？」

成行點了點頭。驍宗果然是真正的王。但是——

「這種事，早就知道了。」

成行對著部下大喝一聲：「我們的主公不是驍宗，而是阿選將軍，是阿選將軍的王朝。」

「但是……」

「士兵不必思考是非對錯！衝啊——殲滅窮寇！」

隨著成行一聲令下，士兵立刻行動。無論是多麼愚蠢的命令，無論是多麼不合理的命令，命令就是命令。對士兵來說，違抗命令是大罪。只要接到「衝」的命令，就必須衝上戰場，即使明知道自己的行為會為軍隊和國家帶來重大損害，違抗命令的士兵一定會被追究背叛的罪。命令本身的對錯不是問題，即使之後成為問題，下令者會遭到審判，也和士兵完全無關。

但是，許多弓兵都無法射箭。因為是命令，即使不想射向標的，卻又不能不服從。然而，如果對著標的射箭，就會射中麒麟。這件事——只有這件事，無論如何都做不到。

其他地方也傳來了命令的聲音。

「立刻關門，不要讓窮寇逃出去，全數殲滅，片甲不留！」

聽到命令的部下準備關上奉天門，但看到騷動落荒而逃的人潮阻止他們把門關上。士兵聚集在一起，擋住人潮，設法把門關上，但巨大的人潮推開士兵，硬是把門打開。內心的恐懼讓這些群眾採取了行動。有人違抗阿選，發生了騷動——既然這樣，在場的所有人都會遭到虐殺。

洶湧的人群形成巨流湧向奉天門，湧向皋門。李齋他們也混進人群，驍宗騎在泰麒身上，如此一來，驍宗隨時可以逃離戰場。群眾形成的人牆中有縫隙，剛才在人群中留下同道，就是為了確保這條後路。也許有辦法隨著人潮離開白圭宮。

但是，軍隊大舉出動，雖然無法阻擋人潮，但都衝向驍宗。

「可以從皋門離開嗎？」

「也許可以——但之後怎麼辦？」

即使可以逃離這裡，也無處可逃，絕對會遭到阿選的追擊而死。

「主上，你趕快和台輔一起離開這裡。」霜元大聲說道。

「不行！」驍宗斷然拒絕。

「主上！」

「鎮定！真的要逃，麒麟跑得很快，絕對不會被追上，但是，有這麼多空行師，有辦法穿越鴻基的上空嗎？」

「這……但是。」

「主上說得沒錯，」李齋插嘴說：「不要輕言放棄，先離開鴻基再說。」

「但是，李齋將軍。」

靜之回頭看著李齋。雖然原本就不打算活著回去，但現在成功地營救了驍宗，無論如何都必須保護驍宗。

「在下剛才的話說到一半，在下在人群中看到了項梁。」

「啊！」靜之叫了起來。

「項梁不是去找英章了嗎？這代表他去了又回來了，既然這樣，英章一定在某個地方。」

正因為李齋察覺了這件事，所以才提出要留下退路。李齋和其他人在無意中牽制了阿選軍，所以英章應該能夠自由行動。雖然因為要留下退路，導致衝上行刑臺的人數減少，但泰麒在正殿吸引了眾人的目光。

李齋等人隨著人潮跑了起來，從關了一半就卡在那裡的皐門跑向市街。來到市街後，群眾開始四散，周圍的人潮越來越少，有一群拿著武器的士兵衝了過來。

當李齋舉起劍時，驍宗叫了一個名字。李齋雖然聽不清楚他叫什麼，但知道他在叫跑過來的人。

「主上！」

「──驍宗主上。」

「杉登呢？」李齋聽到驍宗問。既然這樣，這些人顯然是巖趙的部下。他們一跑過來，立刻加入了守護驍宗的行列。

──驍宗認識所有的麾下。

又有一群不是士兵的人跑過來，驍宗也叫著他們的名字。李齋一路奔跑，隊伍越來越壯大。在不斷砍倒追兵的同時，一口氣衝到午門。正前方的午門已經關了起來。

「……到此為止了嗎？」

正當有人嘆著氣時，關閉的門被人推開了。門上的樓閣和周圍的外城牆上都站滿了士兵，有一群人正在攻擊這些士兵。門打開了，軍隊衝了進來。跑在最前面的果然是──

「——英章！」李齋叫了起來。

「李齋，妳還活著！」

騎著騎獸的英章揮著長槍，大聲說道。

「你之前都躲去哪裡了？」霜元問。

「你們才躲躲藏藏，霜元，看來你成功躲過去了。」

霜元跑向英章，然後抬頭看著他騎著騎獸的樣子。

「你們來得太好了！」

「你不錯嘛！成功地營救了驍宗主上，太好了。」

英章指著身後，士兵正在和王師對戰。雖然只有最低限度的裝備，而且一看就知道是拼湊起來的軍隊，但人數相當多。李齋和其他人也衝進英章軍內，一起殺出重圍，離開了鴻基。

「接下來該怎麼辦？」

「你們以為我會在沒有對策的情況下採取行動嗎？」

和他們同行的英章冷笑一聲，指向南方。在空地的盡頭、往南的街道上有另一支軍隊。

「這是……」

在隊伍前露出爽朗笑容的是臥信。

「各位，好久不見了——我們直接去江州。」

李齋和其他人都說不出話。臥信笑了笑，指著身後說：「我們已經打下了江州城，從這裡到江州城的街道也都在我們的控制之下。」

李齋放眼望去，白色的旗幟一路向南延伸。旗幟的下方寫了一個薄墨的「一」字——那是酆都設計的墨幟旗。

4

阿選怒火沖天地從皋門的門樓看向鴻基的街頭，他平時從來不會上門樓，守護皋門的衛兵看到王激動的樣子，都難掩慌亂之色。

鴻基陷入一片混亂，遠遠就可以看到人潮在街上東奔西跑。守在外城牆上的士兵行動也缺乏統一性，像無頭蒼蠅一樣在上空飛來飛去的空行師更是象徵了眼前的困境。

有一群人從離開鴻基的街道離去，人群已經擠滿了整個街道，邊和追趕的王師對戰，邊以驚人的速度離去。

「發生什麼事了？」阿選茫然地嘀咕。

在連阿選都啞然無語的狀況中，以麒麟和騎在麒麟身上的人為中心的人群開始移動，聚集在巨大前庭的群眾化為海嘯，巨浪湧向奉天門，轉眼之間就突破了奉天門，然後又衝向皋門，撞壞了皋門——在阿選的龍椅所能看到的視野中，看起來就是這樣的情況。

虎賁氏跑了過來，請阿選先撤退。阿選聽從了勸告，但當人潮離開之後，又急急忙忙衝上皋門的門樓。眼下是鴻基的市街，外側是外城牆和向南延伸的大街道。當阿選低頭看時，人潮已經準備從那裡離去。

「為什麼？」阿選咬牙切齒地問：「為什麼會發生這種事？」

「——為什麼？因為傀儡不會主動做任何事。」

在鴻基郊外，臥信在指示先到的人騎上騎獸的同時向眾人說明。

「支配各地的都是傀儡，雖然會服從阿選的命令，但不會做命令以外的事。無論我們做什麼，如果對方沒有瞭解的意願，我們要在他們的眼皮底下活動就很容易。而且——你們在文州鬧了很大的事。」

警戒的重點都集中在文州。阿選擔心李齋等人會反擊，所以加強了文州的兵力。為了能夠在他們逃離時展開掃蕩戰，也加強了承州的兵力。既然要處死驍宗，就必須對有強烈親驍宗傾向，頻頻謀反的委州也加強警戒——最重要的是，鴻基的警戒守備工作需要相當多兵力，於是只能從他州調來必要的兵力。

「所以兵力嚴重失衡，我們之前所在的馬州到江州，還有藍州都幾乎變成了空城，尤其是離鴻基很近的江州、藍州，只剩下不到一軍的兵力，其他的都趕來鴻基支援了。」

傀儡會對叛亂產生警戒，但缺乏防患於未然的意志，而且再加上兵力減少，州師應付日常的工作就已經忙不過來了。

「起初我們並不知道發生了什麼狀況，但後來項梁找到了英章，又派人來到這裡，才知道宮城的狀況和李齋將軍在文州的事。」

臥信和英章打算一起去文州。因為他們聽到傳聞，說文州有叛民集團，他們認為絕對是李齋，於是就指揮兵力準備會合，英章在馬州的山中遇到了浩歌，得知驍宗獲救，而且被劫走了，於是認為即使去文州也來不及了——於是臥信他們就改變了方針，將所有的兵力都帶往江州。

「只是紙老虎。」阿選大吼著，「那些人就是全部的勢力，他們不可能有更多兵力。」

「——其實說起來，只是紙老虎，我們所有的兵力都在這裡了。」

臥信滿不在乎地笑了起來。臥信潛伏在藍州，隱藏了四千兵力，英章也在馬州藏了將近七千兵力。雖然沿著街道掛起了旗幟，但就只是掛上旗幟而已。看起來以為臥信的勢力控制了整個街道，其實只是一百名左右的部隊在前面插旗幟而已。

「很遺憾，沿途的城幾乎都空了。」臥信也跳上了坐騎說道。提供騎獸的人向他們揮手。

雖然臥信的陣營看起來很壯觀，但其實只到江州城為止。他們攻下了最低限度必要的要衝，收編了義民，把他們留在那裡，然後把其他人都關進城內。江州城也幾乎變成了空城。

「他們就像是吹氣的皮球，」阿選大聲對周圍的人說：「趕快追擊，只要立刻進攻，他們根本不堪一擊。」

「——我們連紙老虎也稱不上，根本是紙糊的小道具。」臥信微笑著說：「但是，大家只要再加把勁挺住就好。」

「即使只是紙糊的小道具？」李齋偏著頭納悶。

「沒錯，因為雁國的特使已經出發來這裡。」

李齋忍不住驚叫起來。

王位的力量很強大，而且阿選特別不好對付，但阿選有一個致命的弱點，那就是他不知道可以獲得他國的支援——他無論如何都不可能知道這件事。

阿選雖然向來處事周到，卻沒有估算到他國的軍力。也就是說，阿選的判斷一開始就存在著他根本無從瞭解的大漏洞。

「應該會在江州城附近見到，只要驍宗主上對特使說一句希望獲得援助，問題就解決了。」

雁國的軍船在戴國的沿岸待命——臥信說完，笑了起來。

「因為在江州發現了不可思議的騎獸，一個年輕人抓著轡繩，但騎獸並不願意讓年輕人坐在牠身上，騎手可能拚了老命騎在上面。當我們想要抓住騎獸時，騎獸甩掉了騎手逃走了。雖然逃走了，卻一直不離開，然後跟著我們。被騎獸甩掉的騎手滿身是傷，失去了意識，但他胸前抱了一把劍。」

李齋倒吸了一口氣。

「劍？」

臥信點了點頭。

「是寒玉，而且劍上綁著寫了台輔的名字，由景王背書的旌券，所以我們慌忙保護了那個年輕人。」

「這到底是——」

「那個年輕人說自己叫去思，是瑞雲觀的道士，從他口中得知了情況，瞭解到雁國願意支援。」

「原來他還活著……」

「既然這樣，最好趕快去問雁國。有了那個旌券，應該可以獲准見到延王。我立刻派部下前往雁國，很幸運地見到了延王。延王知道旌券的事，也記得寒玉。」

臥信笑著說：「情況就是這樣，即使江州城被奪回去，雁國也會很快幫我們打下來。」

「這樣啊……」

——原來是這樣。

李齋回想起把旌券綁在驍宗劍上的那天晚上。那天和驍宗重逢，只要去雁國，攻下文州城，就有勝利的希望。那個夜晚充滿了希望，沒想到之後在轉眼之間失去了一切，失去了很多同道——失去了太多人。

原本以為之前辛苦累積的一切都付諸東流，但是，所有的努力絕對沒有白費。

「……謝謝。」

李齋情不自禁地說，這時，聽到前方傳來「啊！」的叫聲，她反射性地看向叫聲的方向，看到麒麟——泰麒往下墜落。

「——台輔！」

李齋騎著騎獸，衝向飄然而落的泰麒。

——泰麒應該已經竭盡了全力。絕對得了穢瘁。

正當李齋衝上前去想要救泰麒時，一頭騎獸在她面前像閃電般從天上疾馳而來，啣住了泰麒的喉嚨。

——不，正確地說，是啣住了泰麒像鹿一樣的脖子。從天而降的是一頭騶虞。已經裝了鞍轡，但沒有騎手。

「計都！」

驍宗衝過去叫了一聲，就追著下降的騶虞，李齋也跟著追了上去——當她轉頭看向身後，想要確認是否有追兵時，看到在街道旁的樹林邊，有一個人影抬頭看著他們。那個人直視李齋他們的方向，點了點頭之後，消失在樹林中。李齋確認之後降落在地面，好幾頭騎獸都圍在騶虞周圍。計都把泰麒放在地上，驍宗和其他人圍在用力喘息的麒麟周圍，攤開了布，把水拿了過來。

「沒事，台輔並沒有受傷。」

跟隨台輔的少女很有自信地保證，李齋鬆了一口氣，轉頭看向身後。

「在下剛才看到琅燦。」

沒錯，那就是琅燦。計都身上裝了鞍轡，所以是琅燦騎過來的嗎？她看到泰麒墜落，所以趕過來嗎？

「琅燦？在哪裡？」

聽到有人激動地問，回頭一看，原來是項梁。

「項梁——原來你平安無事。」

「對。」項梁點了點頭，看向李齋指示的方向。

「我有事要問琅燦。」

項梁正準備走向坐騎，響起一個聲音。

「項梁——不用了。」

回頭一看，泰麒在少女攤開的布上變成了人的樣子。

「台輔。」

項梁跑了過去，泰麒對他說：「你平安無事，真是太好了……請不要打擾琅燦。」

「但是她……」

「她不是敵人……耶利，對不對？」

泰麒注視著耶利，耶利一臉困惑地看著泰麒，既沒有肯定，也沒有否認。

泰麒認為琅燦並非敵人，他從一開始就隱約這麼認為。當泰麒回到白圭宮時，琅燦為了確認泰麒所言是否屬實，要求阿選砍泰麒，其實還有更簡單的方法——要求泰麒當面向阿選立下誓約，但琅燦沒有選擇這種方法。照理說，麒麟無法向王以外的人磕頭。因為做不到。但是，只要事先告知，要求使令按兵不動並非不可能。如果事出突然，會來不及應對，但事先宣布要動手，泰麒可以命令使令忍耐。不僅如此，還可以派使令襲擊為此靠近的阿選。泰麒認為琅燦故意不使用最簡單，也最確實的方法。

「耶利，是不是琅燦派妳來我這裡？」

耶利也沒有回答這個問題，只是把泰麒拉上計都。計都的主人是驍宗，只要和主人一起，計都應該願意讓泰麒同騎。

「現在的首要任務是趕路，趕快逃去安全的地方。」

這一天，攻入鴻基的墨幟在成功營救驍宗之後，撤退到位在鴻基南側的縣城。雖然離大街道很近，但並不在大街道旁。墨幟在當天拂曉時才攻打下這個並不算大的縣城。李齋等人抵達時，才終於制伏了整個市街，開始部署兵力防護。

攻入鴻基的墨幟在對抗追擊的王師的同時，跟著驍宗等人後退。雖然墨幟的人數減少，但王師的人數也在減少。隨著驍宗才是王的傳聞傳開，許多人都離開了王師，從王師倒戈向墨幟的人數也不少。墨幟在後退的同時，每增加一個支配的縣城，原本占領那裡的兵力就加入墨幟，聽到消息的士兵和百姓也都趕來加入，墨幟增加的人數超過了減少的人數。王師的人數逐漸減少，追擊的陣仗拉得越來越長，最後終於後繼無力——王師無法繼續追擊，為了防守鴻基，只能打道回府。

以飛空的方式帶領部隊後退的一群人在輾轉幾個縣城之後，急忙趕往江州漕溝城。他們在三天後抵達了漕溝城。近郊的州師已經趕到漕溝城，試圖奪回漕溝城，所以正在打守城戰。州師在遭到後退的墨幟夾擊後只能撤退。江州已經沒有足以攻下州侯城的兵力了。

第五天，漕溝城掛起了旗幟。在原本就已經掛起的墨幟旗旁，掛上了禁軍和瑞州師的旗幟，以及江州師的旗幟，還有飛龍圖案的漆黑旗幟和畫了麒麟圖案的雌黃色旗幟，這是王旗和麒麟旗——代表王和麒麟都在此地。

第二十五章

1

江州州都漕溝聳立在沙洲上。從瑞州一路向西往下流的大河被漕溝山截斷，分別流向南北兩個方向，夾縫中的山地高聳入雲，成為巨大的淩雲山。長年沖刷的土砂堆積在山麓下，形成一片廣大的低窪地區。縱橫的水路流經那裡，流向成為淩雲山一部分的城市。周圍的外城牆上到處設置了水門，流入的水就像另一種路，水路網羅了整個市街。到處都架設了橋梁，也設置了船隻的停泊處，可以看到小船停靠在住家旁的獨特景象。

李齋抵達漕溝時，市街內部和城外的低地仍然持續有小衝突，江州城內雖然已經完全制伏，但到處留下了戰鬥的痕跡，仍然很混亂。目前還不是能夠安心自由走動的狀態——李齋和其他人圍著驍宗和泰麒進入了內宮。

得知雁國的使者已經在外殿等候，李齋等人來不及打開從鴻基撤退過程中拿到的行裝，立刻前往外殿。李齋一走進外殿，立刻聽到有人大聲喊她的名字。

「——李齋！」

李齋停下腳步，一個矮小的人影猛然跑了過來。

李齋驚訝地大叫：「……延台輔？」

穿越寬敞的外殿跑過來的孩子一頭金色的頭髮，所以使者是——

李齋看向延麒跑過來的方向，看到了一個高大魁梧的身影。他也正大步朝這裡走來。當她看著輕輕向自己點頭的那個人時，矮小的人影撲了過來。李齋慌忙後退。

「……不行，會讓你生病。」

李齋舉手制止，延麒用拳頭打向她的手說：「穢氣真的很重。」

延麒說完，抬頭看著李齋。

「——但是，妳幹得好！」

李齋看著延麒克制內心情感的表情，內心也百感交集。在明知道身處絕望的狀況離開慶國的那天晚上，最後為她送行的正是眼前的延麒。

「李齋，真的太好了。」

謝謝。李齋想要說這句話，卻無法說出口。

「嗯，」延麒點了點頭，輕輕握著李齋的手，「看到妳平安，真是太好了……」

延麒喃喃說話時，一隻手抓住他的衣領，把他拎到一旁。

「只花了不到一年的時間，太棒了。」

「您特地來這裡嗎？」

「戴國的使者拿出旌券時，我簡直懷疑自己的眼睛。雖然聽使者說明之後，瞭解了戴國的狀況，但使者說不知道妳的消息，既然這樣，我怎麼可能不來這裡？」

「……不勝惶恐，感激不盡。」

延王笑著點了點頭，看向李齋身旁。

「你平安回來了——幸有良臣相助。」
「謝謝。」驍宗回答，然後恭敬地單膝跪地。
「——懇請助我一臂之力拯救戴國。」
李齋情不自禁跟著驍宗跪地，周圍的其他人也都同時跪下來磕頭，頭頂上傳來一個有力的聲音。
「我答應。諸國鼎力支援——你們放手去做。」
戴國的命運在這個瞬間發生了戲劇性的變化。
十天之後，士兵陸續集中在江州城的兵營，從鴻基和王師邊戰邊退的士兵抵達了江州城。
李齋看著那些士兵，每次看到熟面孔就打招呼，為彼此的平安感到高興，也慰問彼此的辛苦。當她看到在隊伍最後的友尚時，忍不住跑了過去。
「原來你平安無事。」李齋對友尚說，然後看到友尚身旁的品堅。
「你是——」
友尚點了點頭。
「品堅協助我們後退。品堅——這是李齋。」
「我知道，看到妳平安無事真是太好了。」
品堅恭敬地行了一禮，李齋看到了他身後的杉登。他是巖趙的麾下。
「還有杉登，好久不見。」

一問之下才知道，杉登在阿選的統治下，被分到品堅軍。品堅看到英章軍衝入鴻基後下令「保護窮寇」。

「這樣啊。」李齋正想點頭，不由得倒吸了一口氣。在馬州追捕驍宗的阿選軍的指揮官，不就是品堅的麾下嗎？

「品堅，在下記得你有一個麾下名叫歸泉。」

「沒錯，」品堅點了點頭，「但被阿選偷走了。阿選召見他，他回來的時候就生了病。聽說他被派去馬州，然後死在那裡。」

「原來是這樣。」李齋嘀咕著，所以品堅決定倒戈。之前曾經聽說他是個善待部下，木訥寡言，卻很重情義的將軍。

品堅開口想要問什麼，但最後沒有說話，只是行了一禮，就走向麾下的方向。他是否知道李齋當時也在場？也許他想問部下臨死的狀況？最後覺得問了也於事無補，所以把話吞了下去嗎？

李齋帶著複雜的心情目送他離去，背後有人叫她。

「李齋將軍！」

回頭一看，發現了熟面孔。是光祐。他是李齋的麾下，之前在承州一別，就沒再見過面。

「光祐，你平安無事嗎？」

「對。」光祐回答的同時，跑到李齋身旁，當場低下了頭說：「……我沒有趕上。」

他可能說之前來不及和李齋他們會合。光祐原本要帶著李齋軍剩下的士兵前往西崔，但最後還是來不及參加為了奪回驍宗而做困獸之鬥的那場絕望的戰役。

李齋拍了拍光祐的肩膀說：「看到你平安，真是太高興了。」

光祐沒有趕上並不是他的錯。他平安活了下來，之後遇到了英章，在英章和臥信火速趕往鴻基時，他進入了江州城，為制伏江州城盡了很大的力。在制伏江州城之後，又趕去城外，為保護後退的墨幟而戰。

「你好好活了下來，真是太好了。」

光祐聽了李齋的話，用手臂遮住了臉。李齋拍了他的肩膀好幾次，然後突然發現一件事，抬起了頭，看到熟悉的士兵都站在光祐背後。

他們是在承州一別之後，睽違了七年終於重逢的麾下。

和麾下重敘舊誼之後，李齋飛到雲海上方。這是天上領域的最上層，如果在王宮內，就是稱為燕朝的區域，在州侯城則稱為內朝。李齋來到內朝的腳步很沉重。見到光祐和其他麾下當然很高興，只剩下獨自一人時，就會想起那些再也見不到的麾下。李齋軍有五名師帥，但只有泓宏和光祐兩個人活了下來，另外三名師帥中，有兩人被處刑而死，李齋從泓宏口中得知，另一名師帥在趕往這裡的途中死亡。雖然之前就知道了，但現在忍不住再度感到難過。

「……戰城南……」

——**死郭北**。

她忍不住唱起這首歌。這首歌在不知不覺中開始在墨幟之間流行，李齋以前也經常唱這首歌，隨著地位的提升，也就不再唱了。

在軍中，隨著軍階越來越高，就越來越不容易死亡。因為打仗時，在戰場上所站的位置會越來越退後，周圍有護衛，讓自己遠離危險——這也是理所當然的事，因為指揮官的死就代表師旅的敗北。戰術高明、小心謹慎，遠離危險的人在戰爭中倖存，然後高升。但是，這七年來，無論地位的高低，李齋和其他人全都身處前線。

——**野死不葬烏可食**。

所有人都持續奮戰，這就是打仗。

李齋嘴裡哼著歌，走上樓梯，樓梯盡頭的樓閣就是內朝。李齋抵達的那一天還充滿緊張的內朝，如今已經安定下來。有許多江州官吏的身影，他們幾乎都沒有被關起來，都在內朝工作。這一切必須歸功於江州春官長的努力。

江州侯是「生病」的州侯。州宰和夏官長也都病了。臥信率兵進入州城，占領了州城時，州師和官吏都奮力抵抗，但州侯和其他生病的人只是一再重複「要向國府報告」，完全沒有任何抵抗。急著趕路的臥信把州侯和高官，以及主要的軍官關在一棟房子內，就急忙趕去鴻基。因為兵力和時間都不充分，所以只在房子周圍留下二兩五十名士兵。

隔了一天，光祐等人抵達了漕溝，進入了州城，當時，春官長在被關的房子內已經說服了其他官吏。

——無論怎麼看，都覺得江侯的狀態不尋常。

江侯對阿選即位持否定的態度，曾經批判阿選是趁人之危竊取王位。在驍宗下落不明，國家卻開始運轉時，他認為「豈有此理」。當不久之後，傳來驍宗的訃報時，他也以「難以理解既沒有大葬禮，也沒有準備陵墓」提出了質疑。沒想到不久之後突然改變了立場，在他改變立場後，瑞雲觀很快遭到討伐，付之一炬。如果是以前的江侯，根本不可能同意討伐瑞雲觀，也一定會對王師沒有知會自己就採取行動感到怒不可遏——因為江侯以前是瑞雲觀的道士。

春官長說，江侯的變節太匪夷所思。之後的棄民不顧、討伐也都不像是江侯會做的事。就算江侯因為某種意圖倒戈，也不可能原諒阿選這七年來的所作所為，既然江侯容忍了這些事，那江侯就無可原諒。更何況原本傳說已經駕崩的驍宗還活著，雖然聲稱是驍宗篡位，但既然這樣，為什麼之前說他駕崩了？為什麼當時沒有說他篡位？

——既然主上還活著，泰王就非驍宗主上莫屬。

當光祐和其他人打開房子的門時，春官長率先表示服從。雖然其他人並非全都完全支持春官長，但接受了春官長要求他們不要抵抗的建議。當李齋等人和驍宗一起進入州城時，已經和他們達成了不會用武器抵抗的協議，完全制伏了州城。

應該有人對州城被占領感到憤怒，也有人為不知道到底該相信阿選還是驍宗感到困惑。雖然有許多非暴力的抵抗，但在耶利的指揮下抓了次蟾，看到堆起的妖魔屍體後，州官終於瞭解了狀況。於是官吏和城內的士兵全都向驍宗歸附投誠——李齋認為，如果春官長沒有說服眾人，就會白白流很多血，到時候，整個州城都會因為這些犧牲而憤怒，必定會招致流更多血。

李齋輕輕嘆了一口氣。就在這時，聽到有人叫她。

2

「——李齋！」

回頭一看，英章帶著麾下從東方走了過來。李齋停下腳步等他們。英章的舉手投足依然未變，彷彿不曾有過七年的空白。

李齋露出淡淡的笑容。

在逃離鴻基後最初進入的小城，英章一到達，就立刻去見驍宗。李齋和霜元已經在文州見到了闊別多年的驍宗，但英章和臥信在那一天才終於在鴻基見到驍宗。和英章一起衝到驍宗面前的臥信簡直就像小孩子，李齋當時悄悄離開，所以不知道他們當時聊了什麼。聽說英章當時放聲大哭，因為這個消息來自臥信，所以真實性很不可靠。

——但還是很令人欣慰。

李齋正在想這些事，英章走到她面前，停下了腳步，然後要求麾下先走一步。

「妳要去見主上嗎？」

英章問李齋，李齋搖了搖頭說：「不——我剛才去下面找剛回來的人。」

「見到光祐了嗎？」

「他很平安，真是太好了。」

「光祐的表現很出色，他率兵以驚人的速度從碵杖趕到這裡。臥信也讚不絕口，妳要好好誇獎他。」

「在下知道。」李齋點了點頭。

「說到臥信——」英章突然想到一件事，「我聽說花影也到了。」

李齋用力點頭說：「她昨天剛到。」

李齋昨天去迎接了花影。花影在垂州和李齋離別之後，發現垂州病了，就回到了自己出身的藍州。一個可以稱為朱旌首腦的人窩藏了臥信，臥信也潛伏在藍州。臥信和花影在藍州重逢，當臥信攻打江州城時，花影帶著藍州的人脈發揮了很大的作用。李齋為和老友重逢感到高興——因為原本以為花影可能已經離開人世。花影見到李齋也很高興，她也以為穿越妖魔的巢穴踏上旅程的李齋可能已經不在人世。

驍宗的麾下陸續在江州聚集，最令人驚訝的是原本大家都以為已經死了的皆白竟然還活著。大家以為發生蝕的時候，他和瓦礫一起墜入雲海而失去了生命，沒想到奄奚把他從瓦礫中救了出來，他得知朝廷陷入動蕩後決定躲起來。救了皆白的奄奚聽說了阿選在二聲宮殺了多名下官的事，對皆白說，只要他出面，一定會遭到殺害，提議他逃走，就當作已經死了。

——因為主上也公平對待奄奚。

救了皆白一命的奄奚這麼說。事實上，驍宗的王朝的確不會輕視奄奚，這是因為不太瞭解身分地位這種問題的泰麒對奄奚的處境提出了異議。

——同樣是人，為什麼只有奄奚必須趴在地上，不許他們抬頭？

李齋也曾經聽到年幼的泰麒這麼說，皆白強烈贊同這一點，努力改善了奄奚的處境。想到皆白的心腹嘉磬侍奉泰麒到最後，不由得感慨良多。

過去累積的無數小石頭在不知不覺中聚集在一起，帶來了巨大的結果。

李齋最近經常有這樣的體會。

——過去打造了現在。

既然這樣，現在也可以打造未來——即使目前還看不到未來的路。

「對了，你有沒有見到正賴？」

巖趙在鴻基混亂之際救出了正賴，他單槍匹馬營救正賴，遍體鱗傷的他讓正賴坐上騎獸後，為了防止追擊而留在原地。聽說阿選軍中負責正賴護衛的士兵協助了巖趙，他們在此之前都是泰麒的小臣。

但是，之後就沒有人再看到巖趙，救了巖趙的那些小臣也失去了消息。李齋目前還未見到正賴，聽說他到達漕溝時，就已經是無法和他人見面的狀態。

「見到了，」英章皺起眉頭，「他整天找人去見他。」

既然這樣，代表正賴的身體狀況已經穩定，李齋說了聲「太好了」，英章說：

「原本打算如果他死了，要隆重地為他送行，看來現在沒這個機會了。他應該很快就會恢復，不久之後，妳就會看到他那副憨樣了。」

「你又說這些損人的話。」李齋苦笑著說：「……他的身體狀況到底如何？雖然在下已經聽說了傳聞。」

聽說正賴被人抬進來時的狀況慘不忍睹，讓周圍人都大吃一驚。

「因為他太傻，太意氣用事，完全不知輕重。」

英章說完，故意大聲地嘆著氣，然後露出了嚴肅的表情說：「他可能還需要休養才能四處走動，瘍醫說他以後走路可能會有點瘸，但不管怎麼說，至少還能走動，所以還算差強人意，只是有些地方就無法挽回了。」

英章低聲說到這裡，又接著說：「但冬官說應該可以裝義眼和義指，雖然身上會有很多傷痕，但至少乍看之下不會看出來——只不過他的貧嘴薄唇還是老樣子，所以他自己可能覺得無所謂。」

「多虧正賴保護了國帑，才能救我們……」

「這點我承認。其實有雁國幫忙，他的意氣根本是白費力氣，但我就不把這些事告訴他，當作對他的獎勵。」

李齋苦笑著搖頭。正賴的努力當然不是白費，對墨幟來說——對驍宗來說，國帑發揮了很大的作用。最重要的是，因為正賴藏了那些國帑，才能大幅削弱阿選的行動。這一切都是正賴的功勞。

「對他來說，能夠和主上躺在一起療養就心滿意足了。主上特別厚遇傻瓜。」

李齋笑了起來。驍宗目前也仍然需要療養，聽說在驍宗的堅持之下，請人把正賴的病床搬到他的宮殿內，目前仍然留在正寢。

「有沒有討論今後的事？」

目前正賴被視為冢宰。李齋指出這件事。

「正賴似乎想留在台輔身邊——台輔的情況怎麼樣？」

泰麒的身體狀況也很差。李齋之所以沒有機會見到正賴，是因為帶泰麒前往蓬山。自從泰麒在鴻基郊外墜落之後，他幾乎無法起床，好不容易才終於到了漕溝，然後就一直臥病在床，連和延王、延麒見面時也無法參與。延王和延麒都去探視泰麒，但延麒只能留在堂室，無法靠近病床。

——這也難怪。

李齋難過地看著驚恐得愣在原地的延麒。延麒仰頭看著李齋，臉上的表情看起來快哭出來了。

「李齋，這是怎麼回事？」

李齋猜想延麒應該在問只有麒麟才知道的怨詛。泰麒從蓬萊回來時也一樣，泰麒身上的怨詛讓所有麒麟都無法靠近，這次當然也一樣——因為泰麒確實親手殺傷了他人。

「台輔真是亂來。」

聽說泰麒突然失蹤是為了設法拯救百姓捱過冬天，也聽說了他當初怎麼進王宮，又如何在王宮持續奮戰，以及他做的種種違背常識的行為。

李齋在他們第一個到達的城內去探視泰麒時，泰麒看起來很悲傷。李齋已經聽說了很多事，也感到悲傷不已。

「李齋，妳在生氣嗎？」

這是泰麒問的第一句話，李齋面帶微笑，向他搖了搖頭，然後握住了他的手。

「……你一定很痛苦。」

「李齋，我──」

李齋再度搖頭，打斷了他。

「在下並不是不知道麒麟是怎樣的人，但我們需要有人不惜犯罪，也要努力拯救戴國。如果你感到自責，請你責怪我們這些渴望得到救助的戴國百姓。」

「李齋……」

「如果台輔認為那是罪過，那並不是你一個人的罪過，而是祈願安居樂業的所有國民必須背負的罪過。」

過去打造了現在──無論是好是壞。

「以前曾經有人說，在多雪多雲的這個國家，只有王和宰輔生活的鴻基是唯一的晴空。宮城是一穴蒼天，如果王是天蓋，台輔就是光輝。」

李齋緊緊握著泰麒乾瘦的手。

「所以請你不要自己把雲召集到身邊……」

「好。」泰麒點了點頭，但不知道他如何理解李齋的話。李齋並不認為這麼簡短的對話能夠幫助深陷自責的泰麒，泰麒的身體一天比一天差，延王和延麒去探視他時，他也沉睡不醒，那一整天都沒有醒來。

延麒依依不捨地對李齋說：「帶他去蓬山，這是我們當初的約定吧？」

「——是。延王和台輔要走了嗎？」

「要先走一步，因為接下來會很忙。雖然沒能和他聊天很遺憾，等他安定之後再來。下次會帶陽子和景麒一起來。」

李齋點頭後行了一禮，隔天就如約帶著泰麒出發前往蓬山。在蓬山時——

李齋輕輕搖頭，甩開了當時的記憶。她之前也去過蓬山，那一次受到了很大的衝擊，這一次並沒有什麼新的衝擊。只是見到了和上次相同的情況，傳說中的女神也和上次一樣無情，再次確認了上天的毫無道理和莫名其妙，雖然並不是一趟愉快的旅程，但她早已對此心灰意冷，知道上天就是這麼一回事。

李齋發現英章露出訝異的眼神看著自己，慌忙擠出了笑容說：「最後一次看到台輔時，他的氣色已經好多了，據說一個月左右就可以回來了。」

「太好了，」英章鬆了一口氣說：「這樣就好，剛才看到妳滿臉愁容，嚇了我一跳。」

「台輔有蓬山上的仙女照顧，所以不必為他擔心。台輔的角已經長回來了，使令也回來了……只是以後還是可能會留下微恙，畢竟那是很嚴重的穢瘁。」

「這樣啊。」英章面帶愁容，但很快就放寬心說：「這樣的台輔和正賴剛好絕配，兩個人都可以放慢步調。」

「那倒是。」李齋露出了微笑。

3

——**戰城南，死郭北，**

野死不葬烏可食。

去思小聲哼著歌，低頭看的市街上飄著墨幟的旗幟。

他正站在江州漕溝山接近雲海的高處注視著地面，眼下是一大片低窪地區，分成南北順流而下的河流對岸，南北兩側都是山。他將視線移向北方，河流後方的那片廣大的山區層巒疊嶂，一路向江州北部攀升。他從位在斷崖上的禁門向北望去，酆都——還有許多同道長眠在在那片山區的遠方。

——**為我謂烏，**

且為客豪！

野死諒不葬。

那是在文州和士兵共寢同食期間學會的歌，想起那些死者真的如歌中所唱曝屍荒野，就不由得感到難過。他認為自己仍然情不自禁地唱這首歌，就像是試圖剝開即將癒合的傷口上結痂的行為。如果忘記了，傷口就會慢慢癒合，卻總是忍不住剝開結痂確認疼痛的感覺。雖然很想當作那些人沒有死，但又不想忘記死去的那些人——士兵或許是基於這種心情，所以喜愛這首歌。

——**腐肉安能去子逃？**

「終於找到你了。」

去思突然聽到有人對他說話，慌忙轉過頭，看到了一張熟悉的臉。

「——項梁。」

「好久不見。」

項梁面帶微笑走到去思身旁，在去思所坐的石塊上坐了下來。這裡是禁門前可以俯視一片岩石平臺的圍牆，寬敞的瞭望臺上有兩、三塊大石塊，很適合用來欣賞風景。不知道是原本打算採石卻沒有搬走，還是打算堆起來卻一直沒有動工。去思很喜歡坐在上面。

「風很舒服。」

去思抬頭看著頭頂。在背後懸崖上扎根的巨大松樹扭著樹枝，剛好遮住了柔和的陽光，樹枝後方的夏日天空格外明亮，完全沒有一朵雲，但去思周圍剛好在樹蔭下，吹來陣陣涼風。

「江州城真大，我找了很久，一直找不到你。」項梁說道：「我聽說了淵澄長老的事……太遺憾了。」

去思點了點頭。這是另一個結痂。淵澄帶領了留在恬縣的瑞雲觀道士，來不及聽到好消息就與世長辭了。他年事已高，窮困的生活影響了他的健康，所以這也是無可奈何的事，但很希望能夠最後看他一眼──如果能夠親口告訴他，王已經回來了，不知道該有多好。

東架位在漕溝的北側，騎獸只要三天就可以到達，但河的對岸是敵人的勢力範圍，江州州師包圍了漕溝。

從白圭宮逃到東架的醫官潤達報告了淵澄的死訊。

潤達在泰麒的要求下前往東架，終於找到了東架這個小里，見到了里宰同仁，把泰麒的信交給同仁，但信中寫的並不是要求東架派人救援，只有謝意和道歉──潤達看到東架只是一個貧窮的小里時，就已經猜到是這麼一回事。因為無論怎麼看，那裡都不可能有可以援助泰麒的勢力。他猜想泰麒派自己到東架，應該是為了讓他離開白圭宮。這意味著泰麒當時已經決定放棄自己的命運。

潤達和同仁都忍不住嘆息，然後按照信中的指示，將騎獸帶去墨陽山的隧道，但騎獸沒有上山，而是飛向西方消失了。潤達驚慌失措，但騶虞已經嗅到主人位在戴國西方，而且放走的白虎在戴國西方的海上找到了雁國的船。

潤達擔心泰麒的安全，打算回去鴻基。在回鴻基的路上得知時局開始變化。他跟隨從鴻基逃出來的士兵來到漕溝，和泰麒重逢。

去思從別人口中得知了這些事。如今王回來了，當王的麾下集結時，就不再需要去思。尤其去思並沒有參加攻打鴻基的戰役，只是跟著隊伍來到漕溝城，所以只能在角落看其他人。在李齋等人回到漕溝城後，他才終於和李齋重逢。彼此雖然為重逢感到高興，但之後就沒再見過面。他從李齋口中得知項梁平安回來了，卻始終都沒有機會見面，所以看到項梁特地來找自己，感到格外高興。

「去思，你已經沒事了嗎？」

去思點了點頭。他之前緊抓著騎獸一天一夜，渾身都受了傷，左肩的傷勢最嚴重。雖然接受了治療，但不久之前還需要固定，前天才終於拆除。現在動作還不太靈活，而且也會疼痛，但瘍醫說，只要忍著痛多活動，應該會慢慢好起來。

去思把這些情況告訴了項梁。

「是嗎？那真是太好了。」

項梁笑著說。去思只是點頭，但他知道這裡也有結痂。如果受了傷，只要接受檀法寺僧侶的治療，就會很快好轉，但參加墨幟的檀法寺僧侶無一倖存。

戰爭很無情。去思親眼目睹了酆都死去的瞬間，但並沒有看到他的屍體，但能夠看到那個瞬間，或許就是比下有餘了。他能夠接受酆都已死這件事，但是在戰場上很多犧牲都發生在沒有人看到的地方，沒有人知道是什麼時候、怎麼死的。像朽棧和余澤那樣，能夠輾轉確認他們的死訊已算幸運，夕麗和朽棧的兒子完全失去了消息，還有——靜之。

也許還活著——希望他們還活著。

可能一輩子都會帶著這種放不下的心情。

「……項梁，你一直都在體會這種感覺。」

去思情不自禁地嘀咕。項梁看著天空點了點頭，然後轉過臉，握住了去思的手，要他伸出手後，逐一彎起了他攤開的手指。

「去思、李齋將軍，還有台輔和主上……」

項梁用力握住了去思的手。

「這種時候，就要計算活著的人數。」

打仗——就是這樣，更何況仗還沒有打完。阿選加強了鴻基的防備，試圖包圍漕溝城。同時有人撕裂或是突破這個包圍網聚集而來，最後的戰役將會到來，那是驍宗和阿選的命運之戰。目前活著的人也可能在那場戰役中離開。沒有任何確實不變的事——這就是這個世界的無常。

「項梁，請你一定要活著。」

去思應該無法參加那場戰役。雖然他很想去，但像去思這種老百姓無法參加那場決戰。

項粱回答說：「去思，你不是道士嗎？你必須守護瑞雲觀的法統和丹藥的傳承，從另一個角度來說，那是比士兵打仗更嚴峻的戰鬥。」項粱笑了笑接著說：「而且，即使我死了，只要能夠撥亂反正，你能夠活下來，我就不是死得毫無價值。只要你能夠繼續傳承丹藥，就代表我也助了一臂之力。」

「一定能夠撥亂反正嗎？」去思破涕為笑地小聲問道。

項粱點了點頭說：「一定可以──我向你保證。」

但他沒有保證一定會活著回來。去思閃過這個念頭時，聽到項粱說：「我也想活著回來，因為我和人有約。」

去思微微偏著頭，項粱笑著向他點頭，仰望著天空說：「我和人約定，一定會回來──栗應該長大了，要為他買新的上衣。」

4

風吹過山間，山谷中綻放的花同時隨風搖曳，同時傳來了人們熱鬧的聲音。園糸聽到有人開朗地大笑，忍不住探頭張望。她把剛摘下的花放進籃子，看向聲音傳來的方向。

山坡上開了一大片花，風拂過黃色和紅色的花，在像向大海突出的岬角般的高臺上，栗和三個孩子正在閭胥的陪伴下，在高臺上跳來跳去玩耍。近郊的人都聚集在這裡採花——開朗熱鬧的氣氛令人欣喜。

去年秋天，園糸來到這片位在山間的土地時，周圍的山坡上都是凋萎枯黃的草，一片荒涼冷清的景象，如今到處都綠意盎然。

廢墟也長出一片深綠色的草叢，從那裡到里為止的山坡上，綻放了許多白色的小花，谷底是一片黃色和紅色的花。之前做夢都無法想到，這裡會有這麼多花——園糸這麼想著，伸手準備採下一朵花。

「要把紅花留下。」

這時，一隻胖胖的手從旁邊伸了過來，制止了準備採花的園糸。

「紅花原本是黃色，漸漸變成紅色。」那個女人笑著說：「花的顏色會變。紅花代表已經過了顛峰，接下來就會凋零了，帶有一抹紅色的花才能做為染料。」

「好。」園糸點了點頭，留下了紅花，伸手採下在旁邊綻放的明亮黃色鮮花。這種花可以用來製作染料，也可以製藥。

東架的人自古以來就栽培紅花，這一帶沒有像樣的耕地，只能種蕎麥、小米和紅花。這裡一塊，那裡兩塊，好像攤開白布般的蕎麥田也開了花。紅花收成結束之後，就要收成蕎麥。

「還有——茅草。」

她第一次來東架時，也曾經看過茅草。街道旁枯黃的茅草在風中搖晃，發出淒涼的聲音。

「不是雜草嗎？」

「這是特地種的，可以預防山坡上的土石鬆動。」

園糸想起去年晚秋，曾經看到有人割掉枯萎的茅草整地。這裡的男人把滾落的泥土補了回去，修好了毀壞的石牆。女人在一旁把挑選過的茅草綁在一起，做為冬天禦寒的材料。小孩子和老人則在田埂摘鴻慈的果實。

——接下來就是漫長的冬天。園糸努力工作，努力融入這裡的生活。撿枯枝、疏伐小樹、燒炭，織布後，把織好的布放在雪地上曝晒。鴻慈和糧食一天比一天減少，只能忍耐飢餓。在漸漸習慣時，冰雪開始融化，冬天期間，這個里有一個小孩子誕生了，然後死了六個人，其中有四個里人，還有兩個是躲藏在這裡的道士，淵澄就是其中一人。

里人都說，今年的雪不像往年那麼凶猛，寒流也比去年緩和，在冬天之前摘的鴻慈還剩下了少許。

「下一個冬天會更好。」女人俐落地採著花說道：「花的數量比去年多，蕎麥田裡也有很多蜜蜂，可以採到很多蜂蜜，代表蕎麥的品質很好。」

「這和主上歸來有關嗎？」園糸問。

「也許吧。」女人笑著說。

王進入了江州漕溝城，雖然還沒有回到鴻基，但有越來越多人聚集在漕溝城，大家都說，很快就會打仗，而且王一定會勝利。王打了勝仗之後，就會坐回王位，到時候生活就會更美好。

……只不過還要繼續打仗。

不知道項梁在幹什麼？園糸轉頭看向南方的天空。不知道他是否平安。不知道他之後是否也能夠繼續平安。

園糸在東架找到了容身之處。她努力工作，漸漸在這裡站穩了腳跟。工作和漫無目的流浪不同，是一件快樂的事。耕地時可以期待播種，播種時可以想像植物生長的樣子。園糸在自己耕的地上播了種，發芽後的植物開了花。

採下的花帶回里內揉軟之後發酵，乾燥之後儲存起來，就是昂貴的染料，也是藥物，可以深刻體會到目前努力工作是為了創造未來，園糸和栗都可以活下去的真實感令人欣喜，完全忘記了身體的辛苦。

那一抹寂寞應該會隨著時間漸漸忘記。

——一定可以。

當她這麼想時，聽到輕快的腳步聲。在她回頭的同時，一個矮小的身體撲了過來。

「——怎麼了？我還在工作。」

園糸說話時，栗上氣不接下氣地攤開了手，上面有一塊白色扁平的石頭。像硬幣般大小的石頭中央雕刻了一個小圖案。

「啊喲，這是守護石。」身旁的女人叫了起來，「是道觀賣的守護石，栗，你撿到的嗎？」

「嗯！」栗得意地點頭，把石頭遞給園糸。「阿母。」

哇——園糸露出微笑。不知道是因為窮困的關係，還是因為旅程太孤獨、太辛苦，栗幾乎都不說話，但從今年春天開始，他慢慢開了口。園糸覺得兒子的笨嘴拙舌很可愛，比任何收穫更讓她感到高興。

「要給我嗎？你不用自己留著嗎？」

「不用。」栗搖著頭，把石頭交給園糸，又轉身跑向高臺的方向。

「怎麼了？」

「我要再找，」栗回答：「再找一個。」

園糸緊緊握著石頭，然後把握緊的拳頭放在胸前。

——另一個要給誰？

園糸很想問，但她問不出口。

栗矮小的背影在花田中奔跑，留著不採的紅花搖曳著。風在吹，鳥在啼，燦爛的夏天包圍了這個小里。

在曆法上雖然已經過了立秋，接下來就要沿著漫長的傾斜滑向冬天，但目前仍然充滿明亮的陽光和閃亮的色彩。

——完全感受不到即將到來的戰亂徵兆。

嘆。

弘始八年九月，宰輔歸還宮城。阿選拘執宰輔為囚，冬至宣告踐祚。臣甚為哀

翌年二月，冢宰派內宰攻擊宰輔。司寇禦之，並拘繫冢宰、內宰。同年三月，文州函縣有反。文州有叛民謂墨幟。阿選派禁軍右軍討伐，墨幟於函縣安福西遏止。

四月，阿選於馬州囚上。同月，墨幟舉兵營救失敗，傷亡慘重。

六月，攻打鴻基，終救上和宰輔。七月，於江州漕溝整朝。

十月，上於鴻基討伐阿選，平定九州，改曆為明幟。

《戴史乍書》

解說

末國善己

有很長一段時間，對日本人來說，奇幻小說就是J・R・R・托爾金的《哈比人歷險記》、《魔戒》，勞勃・歐文・霍華德的《王者之劍》系列，麥克・摩考克的《永恆戰士》系列，還有栗木薰的《豹頭王傳說》等這些令人聯想到中世紀歐洲的世界，用劍和魔法戰鬥的故事。在一九八六年第一次推出電子角色扮演遊戲《勇者鬥惡龍》系列爆紅之後，更加深了這種印象。

直到酒見賢一的《後宮小說》在一九八九年出版，成為第一屆日本奇幻小說大賽的得獎作品才有所改變。這部小說描寫中國傳統和文化，令人想起明末清初時代的同時，卻並沒有出現魔術、咒術這種超自然現象。直到這本小說問世之後，奇幻小說的舞臺才擴大到中國和古代日本等東方的世界。

一九九一年，小野不由美推出了《魔性之子》，成為新潮文庫的奇幻小說系列中的一部作品。如今成為日本具代表性的奇幻小說家，持續創作「十二國記」系列作品的小野不由美，也是帶領日本奇幻小說「擴展和深化」的作家之一。

《魔性之子》描寫了會為周圍人帶來不幸，因而遭到孤立的高中生高里的祕密，是一部同時具有推理和驚悚小說魅力的作品，事件的背後隱藏了中國綜合性地理書《山海經》中出現的妖魔，令人強烈預感到一個建立在中國傳統的天命思想，和易姓革命的思想原理基礎上的「虛構世界」。作者在撰寫《魔性之子》的時候，就已經包含了「另一個故事」。之後，作者又進一步加強了這個「虛構世界」的設定，在一九九二年以新系列之姿推出了「十二國記」的第一部作品《月之影　影之海》。「十二國記」系列最初是由講談社X文庫WHITE HEART出版，所以在之後由新潮文庫出版時，將《魔性之子》定位為「十二國記」系列的前傳。

「十二國記」當初以每隔一、兩年就推出一部作品的頻率持續出版，長篇小說在二〇〇一年的《黃昏之岸　曉之天》，短篇集在二〇一三年的《丕緒之鳥》之後，就沒有再推出新的作品，所以新作《白銀之墟　玄之月》是該系列睽違六年的作品，更是睽違了十八年的長篇作品，相信是許多讀者翹首盼望，渴望已久的作品。本作品成為該系列至今為止最長的大河長篇小說，總共有二十五章，分成四集，無論是故事的分量，讓人欲罷不能的快節奏，以及紮實的主題和感動，都在整個系列作品中數一數二。有謎團，有陰謀，有打鬥，有人性的故事，充滿起伏的故事，必定可以滋潤多年沒有讀到新作的「十二國記」書迷的飢渴。

故事的舞臺在戴國。在《月之影　影之海》中已經提及戴國這個國家陷入混亂，在《風之海　迷宮之岸》中描寫了漂流到蓬萊的泰麒無法理解麒麟的功能而陷入苦惱，〈冬榮〉（《華胥之幽夢》）這個短篇則是描寫了之後的發展，驍宗急於整頓因前王驕王治理不當而陷入混亂的戴國，卻和泰麒相繼失蹤，《黃昏之岸　曉之天》則描寫了女將軍李齋為了終結自稱為新王的人造成的混亂，去向景王陽子求助。戴國在前傳《魔性之子》中也發揮了重要作用，完全可以稱為「十二國記」中的關鍵國家。描寫了各國的王和麒麟，努力摸索如何在不違反禁止向他國出兵的「天綱」情況下，拯救戴國方法的《黃昏之岸　曉之天》是一部外交故事，成為直接續篇的本作品，描寫了戴國的人民為了拯救因新王而沉淪的祖國挺身而出，聚焦在內政和國家的重建上，逐漸解開了在系列作品中片斷出現的有關戴國之謎，是作品的精采之處，強烈建議讀者事先閱讀以戴國為舞臺的各部作品，才能充分享受本故事的樂趣。

戴國的文州是知名的玉石產地，尤其函養山是最古老、而且是最大的玉泉。被泰麒選上的驍宗即位後不久，實質支配礦山的土匪發生叛亂，驍宗派了一萬兩千五百名禁軍前往。這是為了向多年來遭到土匪和文州侯欺壓的百姓宣示，驍宗將建立一個新的世界。土匪人數只有五百人，但即使鎮壓了暴動，其他地方又出現了新的紛亂，暴徒以意想不到的方式串聯，擴大了戰火。當驍宗為了拯救被捲入暴動的轍圍御駕親征時，竟然在混亂的前線消失，泰麒被砍掉力量來源的角，也失去了蹤影。

新王趁機掌握了政權，戴國道教的總本山瑞雲觀認為驍宗消失、新王誕生的過程有蹊蹺，提出了質疑，認為這是企圖篡位的謀反，新王討伐了反抗自己的瑞雲觀，將瑞雲觀付之一炬，之後也徹底鎮壓所有的敵對勢力。六年的時間就這樣過去了，在瑞雲觀的倖存道士去思遇見驍宗的麾下，曾經在文州參加鎮壓暴動的項梁，以及帶泰麒回到戴國的李齋等人，以及因為新王的出現，經歷了漫長的流浪生活的驍宗派人士之後，劇情發生了巨大的變化。

「十二國記」以中國的傳說和文化為基礎，但正如《風之萬里　黎明之空》的結局讓人聯想到《水戶黃門》一樣，這個系列也繼承了日本娛樂的基因。作品仔細描寫了立下效忠驍宗的誓言，「在此發誓，暫且忍耐雌伏，一旦主上現身，必定赴湯蹈火」，並在地圖背面簽名的忠臣，在面對窮困的生活，和夙願不知何時才能實現的不安，到底是不屈服逆境，貫徹忠義，還是為了把握翻身機會而變節的煩惱，帶有被評為凝聚了日本人美學的《忠臣藏》的影子。因為遭到妖魔攻擊而受傷，導致李齋失去一條手臂的設定時，相信有不少時代小說迷會想起林不忘筆下的獨眼單臂怪劍客丹下左膳，因此是一部不同世代的人都樂在其中的作品。

雖然令人聯想到《忠臣藏》，但本書並非只是將新王勢力視為惡，雌伏等待反擊機會的驍宗派視為善這麼單純的勸善懲惡作品。驍宗雖然能幹，但被認為有點獨善；至於李齋這個人，比起身為軍人的職責，她更重視對驍宗個人的忠義；新王身處激烈的競爭，最後被壓力擊垮，被虛無感所吞噬，故事中所有的人物都不是天生的壞人，也並非天生充滿慈愛的善人，作者從客觀的角度描寫每一個人。讀者必定能夠從中找到令自己產生共鳴的角色，同時提出了正因為戰亂來自正義和正義之間的對決，所以才難以解決這個普遍的問題，更具有真實感。

李齋和其他人努力尋找驍宗的下落，根據他們的調查，發現帶著驍宗同行的部隊上了函養山，但下山時已經不見驍宗的蹤影。驍宗憑自己的意志離開隊伍之後遭到襲擊，在從函養山出的貨中也發現了驍宗的一段腰帶，上面沾到了血跡。雖然號稱通知王駕崩的白雉已鳴，但那是新王的欺騙，驍宗很可能還活著。驍宗悄悄逃離了函養山？還是仍然在坑道宛如蜘蛛網般密布的函養山上？如果還活著，為什麼這麼多年沒有出面？本書整體帶著推理小說的味道，驍宗的生死和下落成為最大的謎。

另一方面，泰麒離開了尋找驍宗下落的李齋等人，做出了和項梁一起回到敵人大本營——王宮的驚人之舉。無論是用政變等強硬的手段，或是藉由投票的民主方式，基於改革社會的必要性所產生的新政權通常都會積極推動改革，但新王完全沒有打造新世界的氣概。新王為什麼會有這種匪夷所思的行動？其中的理由也成為牽引整個故事的第二個謎。

泰麒回到王宮之後，即使身處遭到半軟禁的狀態，仍然充分靈活運用身為麒麟的權限，主動出擊，試圖瞭解新王的真正意圖。在《風之海　迷宮之岸》中，對這個世界一無所知的泰麒，如今運用了各種精心設計的策略，和新王勢力那些老奸巨猾的官吏鬥智鬥力，讀者應該會對他的成長感動不已。泰麒主動跳進宮廷陰謀劇的漩渦中，是為了拯救生活在寒冷戴國的百姓，希望在嚴寒來臨之前整頓支援百姓的體制。因為設定了時間限制，所以泰麒和新王勢力的暗鬥較勁緊張得令人窒息。

時下的推理小說經常有遵守嚴格規定的村莊，有透視能力或是念力等特異功能者的存在等特殊的設定，本書也是建立在有上天制定的、絕對不可違反的規則，具有特殊能力的麒麟和騎獸這些特殊設定基礎上的一部出色推理小說。只不過本書並非這麼簡單，看似和事件無關的一句話成為伏筆，成為之後劇情發展的重要線索，在某個場景中又可以解讀為完全不同的意思，四集內容中小心埋下的各種伏筆在最後逐一真相大白，合理解釋了驍宗的下落、泰麒的角被砍掉的理由，以及新王為什麼毫無作為等謎團，整部作品縝密周詳的結構也令人震撼不已。

在「十二國記」之前的作品中，也經常出現麒麟指名的王漸漸變成了暴君傷害百姓的歷史，所以一直有人討論，麒麟挑選的人物成為好王的「天意」是否絕對無誤這個問題。本書藉由提出，當同時有驍宗和新王這兩個無論在功勞和人望方面都不分軒輊的人存在時，麒麟是否能夠挑選出正確的王這個疑問，進一步對「天意」提出了質疑。

上天並不是把王的名字告訴麒麟，而是麒麟藉由感受「上天認可的新王氣息」進行選擇，所以說起來並非明確的根據，更像是一種直覺。既然這樣，這就和基於恩情、忠義，或是利害決定向驍宗派靠攏，或是投靠新王勢力的戴國軍人、官吏沒有太大的差別。除了官吏可以針對驍宗和新王這兩個人中，誰更適合成為王進行選擇，四處行腳販賣丹藥的神農酆都、受到前王驕王的庇護而獲得巨大的財富，目前也投入拯救窮困百姓活動的富商葆葉，以及靠實力支配礦山，憑著人數優勢曾經背叛王，但也會向在荒廢沉淪的國家中生活有難的人伸出援手，富有俠義心腸的土匪，也都有選擇的權力。從這個角度來說：「十二國記」所描寫的麒麟選王，很像是在隱喻成為現代人的權利和義務、挑選執政者的制度。

戴國為了爭奪王位持續混亂，妖魔跋扈，物資的生產和流通停滯，百姓無法安居樂業。即使在亂世的漩渦中，仍然有軍人和官吏努力改善國家，也有民間組織不仰賴國家，持續支援百姓。這顯示出國家的運作是靠默默無聞的百姓，王也只是構成國家這個巨大體制中的一個零件。正因為這樣，當王做出違反體制的行為，無法發揮正常的功能時，麒麟就會換王。泰麒說新王才是真正的王，這到底是「天意」，還是為驍宗回朝反擊所布下的局？劇情在沒有明確這一點的基礎上持續展開，就連驍宗派人士也忍不住疑神疑鬼，這種充滿懸疑的發展，更襯托出人民才是國家的主人，如果無法以人民為主體進行選擇，就無法成為一個更好的國家（麒麟是在這個延長線上挑選一國之王）的主題。

無論是驍宗派還是新王派，都是自己決定要走哪一條路，但在王宮內那些「失魂落魄」的人則完全相反。在新王登基後，王宮內的官吏和治理各州的州侯曾經反彈，但那些對新王不滿的人都突然變得委靡頹廢，沉默寡言，有人突然消失，也有人只是愣在那裡什麼也不做。這些「失魂落魄」的人無法自己做出選擇，只是隨波逐流。作者之所以把這些「失魂落魄」的人寫得令人害怕，就是要向讀者傳遞訊息，希望讀者不要成為這種不負責任的人。

作品中所描寫的選擇，並不光是影響天下國家的發展這種在大是大非上的選擇。新王下令鎮壓驍宗派，甚至不惜虐殺無辜的百姓，討伐瑞雲觀。新王麾下的軍人是該盡本分，完成主君的命令，還是選擇憑著良心抗命？現代人無論在學校或是公司，只要身處組織，就會遇到上司和前輩提出無理要求。本書也提醒讀者思考，遇到這種情況時，到底該為了確保自己的地位，只能「人在屋簷下，不得不低頭」，還是即使孤立無援，也要貫徹正義。

真正的王到底是驍宗還是新王？本書以巨大的規模描寫了戴國的戰爭，同時提出了一個問題——是否國家的主人不是王，人民才是真正的主人？這令人想起了芳國，月溪殺了因為嚴刑峻法而處死無數百姓的王仲韃和王后佳花，以及選擇了暗君的峰麒，在沒有麒麟的狀況之下，以國主之姿治理國家的故事。月溪在百姓和官吏的支持下統治國家，和戴國一心為國的軍人、官吏和百姓齊心協力，克服因為王位無王導致的混亂很相似，在十二國圖中，芳國和戴國這兩個國家是線對稱的關係這件事也耐人尋味。

十二國的故事和現代日本接軌，之前也刻劃了許多現實社會面對的課題，本書更加強調了這種手法，讓人認為這是探究「上天決定的規則是否絕對沒有錯」、「上天到底是什麼」這些系列作品中根源性問題的線索。戴國的謎團暫時告一段落，但還有更多謎團的「十二國記」今後將如何發展？不禁令人期待作者的下一部作品。

（令和元年八月、文學評論家）

國家圖書館出版品預行編目(CIP)資料

十二國記. 15：白銀之墟玄之月. 四 / 小野不由美作；王蘊潔譯. -- 初版. -- 臺北市：尖端, 2020.08
面； 公分

譯自：白銀の墟 玄の月 (四) 十二国記

ISBN 978-957-10-9005-4(第 4 冊：平裝)

861.57 109007503

奇炫館

十二國記 白銀之墟 玄之月(四)

(原名：白銀の墟 玄の月(四) 十二国記)

著　　者／小野不由美
譯　　者／王蘊潔
封面及內頁插畫／山田章博
執 行 長／陳君平
企劃宣傳／陳品萱
榮譽發行人／黃鎮隆
美術總監／沙雲佩
國際版權／黃令歡、梁名儀
協　　理／洪琇菁
美術編輯／陳又荻
文字校對／施亞蒨
總 編 輯／呂尚燁
執行編輯／洪琇菁
內文排版／謝青秀

出　　版／城邦文化事業股份有限公司 尖端出版
台北市中山區民生東路二段一四一號十樓
電話：(〇二)二五〇〇－七六〇〇
傳真：(〇二)二五〇〇－二六八三
E-mail：7novels@mail2.spp.com.tw
發　　行／英屬蓋曼群島商家庭傳媒股份有限公司城邦分公司 尖端出版
台北市中山區民生東路二段一四一號十樓
電話：(〇二)二五〇〇－七六〇〇(代表號)
傳真：(〇二)二五〇〇－一九七九
中彰投以北經銷／楨彥有限公司(含宜花東)
電話：(〇二)八九一九－三三六九
傳真：(〇二)八九一四－五五二四
雲嘉以南／智豐圖書有限公司
(嘉義公司)電話：(〇五)二三三－三八五二
傳真：(〇五)二三三－三八六三
(高雄公司)電話：(〇七)三七三－〇〇七九
傳真：(〇七)三七三－〇〇八七
香港經銷／城邦(香港)出版集團有限公司
香港灣仔駱克道一九三號東超商業中心一樓
電話：(八五二)二五〇八－六二三一
傳真：(八五二)二五七八－九三三七
E-mail：hkcite@biznetvigator.com
新馬經銷／城邦(馬新)出版集團 Cite (M) Sdn. Bhd.
E-mail：cite@cite.com.my
法律顧問／王子文律師 元禾法律事務所
台北市羅斯福路三段三十七號十五樓
二〇二〇年八月一版一刷
二〇二三年六月一版四刷

■中文版■

郵購注意事項：
1.填妥劃撥單資料：帳號：50003021戶名：英屬蓋曼群島商家庭傳媒(股)公司城邦分公司。2.通信欄內註明訂購書名與冊數。3.劃撥金額低於500元，請加附掛號郵資50元。如劃撥日起 10～14日，仍未收到書時，請洽劃撥組。劃撥專線TEL：(03)312-4212 ・ FAX：(03)322-4621。E-mail：marketing@spp.com.tw